SÉRIE DES ROIS

LE ROI VAMPIRE

SÉRIE DES ROIS

1

LE
ROI
VAMPIRE

HEATHER
KILLOUGH-WALDEN

TRADUIT DE L'ANGLAIS PAR
GUILLAUME LABBÉ

A·D·A
éditions

Éditeur : François Doucet
Traduction : Guillaume Labbé
Révision linguistique : Isabelle Veillette
Correction d'épreuves : Nancy Coulombe, Carine Paradis
Montage de la couverture : Matthieu Fortin
Mise en pages : Sylvie Valois
Conception de la couverture : Heather Killough-Walden
ISBN livre : 978-2-89752-098-4
ISBN PDF : 978-2-89752-099-1
ISBN ePub : 978-2-89752-100-4
Première impression : 2014
Dépôt légal : 2014
Bibliothèque et Archives nationales du Québec
Bibliothèque Nationale du Canada

Éditions AdA Inc.
1385, boul. Lionel-Boulet
Varennes, Québec, Canada, J3X 1P7
Téléphone : 450-929-0296
Télécopieur : 450-929-0220
www.ada-inc.com
info@ada-inc.com

Diffusion
Canada :   Éditions AdA Inc.
France :   D.G. Diffusion
                Z.I. des Bogues
                31750 Escalquens — France
                Téléphone : 05.61.00.09.99
Suisse :   Transat — 23.42.77.40
Belgique :   D.G. Diffusion — 05.61.00.09.99

Imprimé au Canada   SODEC

Participation de la SODEC.
Nous reconnaissons l'aide financière du gouvernement du Canada par l'entremise du Fonds du livre du Canada (FLC) pour nos activités d'édition.
Gouvernement du Québec — Programme de crédit d'impôt pour l'édition de livres — Gestion SODEC.

Catalogage avant publication de Bibliothèque et Archives nationales du Québec et Bibliothèque et Archives Canada

Killough-Walden, Heather
    [Vampire king. Français]
    Le roi vampire
    (Série des rois ; 1)
    Traduction de : The vampire king.
    ISBN 978-2-89752-098-4
    I. Labbé, Guillaume. II. Titre. III. Titre : Vampire king. Français.
PS3611.I44V3514 2014   813'.6   C2014-941427-7

PROLOGUE

Ça fait mal, pensa-t-elle. *Mon Dieu, ça fait vraiment mal.* Evie posa avec précaution ses poignets enveloppés de gaze contre sa poitrine puis ferma ses yeux. Son cœur faisait maintenant des siennes dans sa poitrine, battant faiblement selon un rythme iné-gal. Elle avait mal à la tête et ses jambes semblaient engourdies. Elle prit ensuite le temps de penser à tout ce que ces sensations signifiaient puis elle sentit la menace du désespoir planer avant d'étouffer un sanglot.

— Je peux chasser votre douleur, dit-il en la regardant se recroqueviller sur elle-même contre le mur froid de la cave. Pourquoi continuez-vous à me défier ?

Evie sentit des larmes couler sur ses joues et s'émerveilla d'être en mesure de les former après tout le sang qu'il avait pris. Ces larmes étaient toutefois les mêmes qui avaient menacé de s'échapper depuis qu'il l'avait emmenée ici. Elle avait été forte… elle pouvait maintenant se le permettre.

Evie baissa sa tête sur ses genoux pliés. *Je ne suis pas vraiment ici,* tenta-t-elle de se dire en dépit du fait que la douleur combat-tait sa tentative de le faire. Elle n'était pas censée être ici, dans cette cave sombre sous une maison située au milieu d'un impossible nulle part. Deux jours plus tôt, elle vivait dans un autre monde. Deux jours plus tôt, elle avait été une auteure avec une vie normale et avec au moins 30 ou 40 autres années à vivre. Mais maintenant…

Maintenant, tandis qu'elle étreignait son petit corps dans les ténèbres humides de cet espace horrible qui était devenu son cauchemar éveillé, elle sentait une angoisse misérable pousser contre son enveloppe extérieure. Cette enveloppe était devenue mince et fragile, comme la coquille d'un œuf. D'une seconde à l'autre, dans n'importe quelle affreuse minute, un de ces coups de bec transpercerait sa coquille et elle se briserait. Juste comme ça.

C'était ce *qu'il* voulait, cet homme qui l'avait arrachée à son bonheur avant de la projeter dans cette obscurité diabolique. C'était ce qu'il attendait. Ce pour quoi il ferait apparemment n'importe quoi. *N'importe quoi…*

Une partie d'elle-même s'accrochait encore au doute, malgré tout ce dont elle avait été témoin au cours des derniers jours. Le reste d'elle-même était cependant transformé. Elle était régénérée. Elle *croyait*. Tout cela à cause d'une preuve accablante ; la preuve que Roman D'Angelo lui avait donnée quand il lui avait fait tourner la tête avant de l'attirer dans son monde étonnant et fantastique.

Et c'était la preuve que l'ennemi de Roman lui infligeait maintenant et impitoyablement à maintes reprises qui avait finalement modifié sa perception entre des faits et de la fiction. Elle ne pouvait désormais plus ignorer la vérité qui lui avait été démontrée.

Roman était un vampire. Son ravisseur était aussi un vampire. Ils étaient réels.

Ils étaient *réels*.

Il n'y avait donc aucun moyen de s'en sortir. Les humains étaient faillibles. Les humains pouvaient être dupés ou dominés. Mais les vampires étaient…

Il n'y avait aucun moyen de s'en sortir. Du moins, elle n'en connaissait aucun.

Roman…, pensa Evie. Elle ne pouvait faire autrement. Où était-il maintenant ? Cet homme grand, mystérieux et intense qui avait changé sa vie pour toujours. Il était injustifié de se languir de lui. Roi des vampires ou pas, il ne pouvait rien faire pour l'aider maintenant. Son ravisseur avait fait en sorte qu'il en soit ainsi. C'était du moins ce qu'il lui avait dit, et elle le croyait. Elle n'avait pas le choix, car Roman n'était pas ici… et elle mourait.

— Prononcez seulement les mots, Evie. Pour l'amour de Dieu, la supplia son ravisseur en se mettant à genoux devant elle et en prenant une fois de plus son menton dans sa main.

Elle laissa ses yeux fermés, réticente ou incapable de croiser son regard ne serait-ce qu'une fois de plus.

— Vous pouvez mettre un terme à tout ceci, renchérit-il. Vous pouvez décider de ne plus jamais avoir à ressentir de la douleur ou de la peur.

Evie gémit doucement en guise de réponse. Son corps la faisait réellement souffrir. Son ravisseur libéra son menton, et la tête d'Evie se retrouva de nouveau contre le mur. Elle n'avait jamais eu aussi froid.

Elle prononça presque les mots. Elle passa bien près bien de rendre les armes et de lui donner ce qu'il voulait. Elle désirait seulement que la torture cesse.

Tout ce que tu as à faire est de prononcer trois petits mots. Que trois petits mots.

Evie secoua sa tête, ce qui lui donna le tournis, mais elle repoussa ces pensées de son esprit. *Non, s'intima-t-elle. Accroche-toi encore un peu.*

Son cœur sembla palpiter, comme s'il poussait un soupir d'impuissance en guise de réponse.

Oh mon Dieu, Roman, pensa-t-elle misérablement. *Dépêchez-vous, je vous en prie.*

* * *

Charles Alexander Ward avait poussé un gros soupir à son retour dans la salle de séjour après avoir verrouillé une fois de plus la porte de la cave. Il s'était ensuite assis sur le divan avant de se pencher pensivement vers l'avant en appuyant ses coudes sur ses genoux.

C'était une dure à cuire et il devait reconnaître que la dernière partie de son plan prenait beaucoup plus de temps que ce qu'il avait prévu. Il pouvait toutefois entendre le désespoir naissant qui se mélangeait à chacune de ses respirations. Le vent était en train de tourner. Elle allait bientôt rendre les armes… ou mourir.

Il se demanda depuis combien de temps il était parti avec elle. D'Angelo avait sans aucun doute retourné ciel et terre à la recherche de son amour. Charles pouvait imaginer l'édit du roi se répandre en long et en large en un rien de temps. Il pouvait imaginer les yeux du roi et ce à quoi ils pouvaient ressembler à ce moment. Cette pensée offrit à Charles un rare frisson.

Cela n'avait toutefois pas d'importance. Le roi ne pouvait pas l'atteindre ici. Charles avait seulement besoin d'un peu plus de temps… une heure, peut-être, au maximum. Il avait seulement besoin que sa précieuse captive prononce trois petits mots.

Les Chimères étaient des créatures nées de l'union entre une race énigmatique, sombre et dangereuse connue sous le nom d'Akyri et les mortels infâmes adeptes de la magie, les sorciers. En raison de cette combinaison, les Chimères étaient des êtres de magie par-dessus tout. Tous les vampires possédaient les pouvoirs intrinsèques d'un sorcier... et les tours de passe-passe innés des morts-vivants.

Ils formaient également une race maudite. Le mal inhérent de leur parentage infectait le sang qui coulait dans leurs veines et avec les années, ils en étaient venus à se faire connaître sous un autre nom : vampires.

Les règles qu'un vampire devait suivre étaient peu nombreuses et assez simples, mais difficiles au mieux. Le soleil était caustique, mais *pas mortel* pour une Chimère. Cependant, en dépit de la représentation populaire propagée par Hollywood, le fait de vivre dans l'obscurité de la nuit n'était pas un choix intéressant ou acceptable pour les vampires. Ils s'étaient donc tournés vers leur magie pour résoudre le problème. À l'aide de sorts ou d'items chargés de la puissance de ces sorts, les Chimères avaient pu paver la voie à leur race afin qu'ils puissent évoluer sous les rayons du soleil.

La seconde vérité essentielle liée au fait d'être une Chimère : le sang était également une nécessité. Un vampire devait s'alimenter. La fréquence selon laquelle il devait le faire était dictée en grande partie par l'environnement choisi par une Chimère. Il était plus sain de vivre dans un milieu humide, près de l'océan, et préférablement ombragé par la forêt. Pour cette raison, des endroits comme la Louisiane et la côte du nord-ouest étaient très populaires chez les vampires. Ceux qui choisissaient de vivre dans le désert ou qui n'avaient pas le choix en raison de leurs carrières se voyaient dans l'obligation de s'alimenter plus souvent, comme compensation au manque d'humidité dans l'air.

L'alimentation se retrouvait dans deux catégories différentes. Il y avait longtemps, les vampires tuaient automatiquement leurs victimes en prenant leur sang. C'était plus facile ainsi et ce n'était pas comme si les humains étaient très doués pour dépister les assassins, quand ils daignaient s'en soucier.

Depuis que D'Angelo était le roi, le rituel de l'alimentation avait cependant pris une tournure positive dans la mesure où les humains étaient concernés. On enseignait aux vampires à prendre seulement ce dont ils avaient besoin d'une victime. Il arrivait finalement qu'un meurtre soit nécessaire. Les Chimères ne vivaient pas longtemps sans absorber jusqu'à la dernière goutte de sang d'une victime. C'était maintenant une chose plus rare. Des vampires plus jeunes pouvaient passer une semaine ou deux sans devoir tuer quelqu'un, et les vampires plus âgés pouvaient attendre plusieurs mois.

Finalement, il y avait seulement un moyen pour un vampire lui permettant de créer un autre vampire.

Et c'était un secret.

Les Chimères n'étaient que ça : des rejetons. En général, elles étaient nées et n'avaient donc pas été créées. Au sein des cercles sociaux de sa race, aucun moyen permettant à un mortel d'être transformé en immortel avait jamais été officiellement documenté.

Il était possible d'utiliser du sang de vampire pour qu'un jeune mortel ne vieillisse pas. La princesse vampire, Isabel Marie Wraythe, l'avait fait ; un loup-garou avait ainsi pu demeurer jeune pendant environ cinq décennies en consommant son sang sur une base régulière. Ce sang avait également infecté l'intérieur des veines de Byron Caige, le rendant plus sensible à la lumière du soleil.

L'aspect infectieux du sang des vampires était bien connu. Les Chimères avaient utilisé leur sang pour guérir des mortels dans le passé, et il y avait toujours eu des effets secondaires. Il était préférable d'évoluer sous le radar après avoir partagé son sang avec un humain. Du moins pour un certain temps.

Le fait de partager du sang ainsi que ses effets secondaires ne créait cependant pas un autre vampire. La transformation d'un humain en vampire, comme les mortels s'y référaient, était impossible.

Ou du moins, c'était *censé* l'être. C'était ce que Roman D'Angelo voulait faire croire à tout le monde.

Malachi Wraythe, le défunt roi des sorciers, avait été le plus vieil et le plus proche ami de Charles. Au cours des années, Charles avait beaucoup appris auprès de Malachi. On lui avait *donné* beaucoup. Après le nom de la fille du roi des sorciers, également décédée, c'était le nom de Charles qui était inscrit tout en haut du testament de Wraythe, et un des cadeaux qui lui avait été légué était un livre… rempli de *secrets*.

Wraythe avait été beaucoup plus âgé que les apparences le laissaient croire. Sa fille était une vampire, née de l'union de Wraythe et sa femme captive, la reine Akyri. De ce fait, une partie de son apparente jeunesse éternelle était sans doute attribuable à du sang de vampire emprunté. Cependant, la magie noire était également très utile en ce sens. La vérité était que Wraythe était très vieux et qu'il avait acquis beaucoup de connaissances.

La connaissance était généralement source de puissance. Cependant, la connaissance de la sorcellerie était particulièrement puissante ; un angle maléfique pouvait rendre *n'importe quoi* ainsi. Charles avait maintenant accès aux sortilèges de sorciers qui avaient été dissimulés aux yeux des hommes pendant des centaines d'années. C'était pourquoi il demeurait maintenant à l'écart de son roi. Et ce n'était pas tout.

Il savait aussi comment transformer un mortel en vampire. Le secret avait été caché par le roi des vampires une éternité auparavant.

C'était si facile. Si simple. La prise de sang était nécessaire, bien sûr. Il fallait s'y attendre. Les loups-garous devaient aussi s'y astreindre. Mais lorsqu'un loup-garou revendiquait sa partenaire au gène dormant, il lui chuchotait des mots qui scellaient l'affaire. Ainsi, pourquoi le procédé serait-il différent pour une Chimère ? Il s'avéra qu'il *n'était pas* différent. Charles fut étonné qu'aucun d'entre eux n'y ait pensé auparavant. Ou peut-être que certains d'entre eux y avaient pensé sans toutefois savoir quels mots devaient être utilisés.

Charles sourit en y pensant. *Il* savait.

Les mots étaient anciens. Ils l'étaient à un point tel qu'ils n'avaient pas encore été traduits à partir de leur langue d'origine. Ce n'était cependant pas cette absence de traduction qui les rendait difficiles à produire. C'était la personne qui devait *prononcer* ces paroles qui rendait la transformation du mortel en vampire si improbable.

Un loup-garou pouvait revendiquer sa partenaire. En la prenant, *il* devenait le dominant, celui qui possédait le pouvoir, et c'était ce pouvoir qui faisait qu'elle était désormais sienne. Les Chimères n'avaient pas eu droit à ce luxe. C'était tellement plus compliqué avec les vampires, mais pas en raison d'un plus grand nombre d'étapes. C'était plus compliqué parce que pour qu'un mortel devienne un vampire, il ou elle devait *le vouloir* de son propre gré. Ils devaient l'accepter en fonction de leur propre volonté.

Et prononcer les mots.

Addo nox noctis. Apportez la nuit.

Dans la cave, la jeune Evelynne Grace Farrow, que ses proches connaissaient sous le nom d'Evie, était fort probablement en train de lutter avec ses démons intérieurs, et Charles avait pu capter le plus faible des sanglots frissonnants. Ses lèvres formèrent un sourire décidément cruel.

Il avait joué son jeu très soigneusement au cours des dernières semaines et les cartes étaient tombées parfaitement en place. La voyance de la sorcière avait eu raison de tout jusqu'ici.

Plusieurs semaines auparavant, Charles avait visité la vieille femme dans l'obscurité de la caverne souterraine dans laquelle elle vivait et lui avait dit qu'il voulait obtenir sa vengeance. C'était aussi simple que cela. Elle n'en avait pas été étonnée. Pour une sorcière, il y avait peu d'autres raisons de le vouloir. La haine, la vengeance (le genre de ce clan obscur et dur) étaient les forces agissantes qui menaient les gens à leurs portes.

Ainsi, elle avait pris son sang et avait jeté un sort…

Charles serra ses dents derrière ses lèvres fermées tandis qu'il glissait rapidement la lame contre sa paume avant de serrer son poing au-dessus du bol en pierre noire de la sorcière. Il pouvait sentir son excitation tandis qu'elle regardait le sang s'écouler de sa blessure pour remplir le récipient sous sa main. La coupure commença à guérir quelques secondes plus tard, mais il avait déjà rempli le bol à moitié et cette quantité avait apparemment été suffisante parce que la sorcière voyante avait soulevé sa main pour lui signifier de s'arrêter.

Charles baissa son poing et recula. La voyante s'avança.

Charles observa tandis qu'elle se penchait en murmurant au-dessus du bol. La puanteur du sang brûlant s'éleva vers ses narines et le bol se mit à produire de la vapeur. Il sentit ses canines s'allonger dans sa bouche, alors que chaque muscle dans son corps se préparait pour le combat ou la fuite.

Il franchissait le point de non-retour en le faisant. Il le savait.
Il y avait aussi un certain degré de peur qui accompagnait le
fait de savoir que vous étiez en train de signer officiellement
votre propre ordre d'exécution. C'était une évidence. Il y avait
également une furieuse force motrice, parce que l'on n'attei-
gnait pas ce point de non-retour par accident, et c'était la rage
bouillonnante qui redressait la colonne vertébrale de Charles et
rétrécissait son champ de vision tandis que la sorcière maléfique
crachait ses mots venimeux dans le sort qui était son destin
décisif.

— Une femme, dit-elle finalement à haute voix, cette der-
nière s'élevant pour combler les ombres qui obscurcissaient les
recoins de sa caverne.

Charles fronça les sourcils.

— Quoi?

La sorcière voyante se tourna pour lui jeter un coup d'œil
par-dessus son épaule de noir vêtue.

— Une femme, suceur de sang. C'est une femme que vous
cherchez.

Elle consacra de nouveau son attention au bol, que Charles
devina être taillé dans un morceau d'onyx ou d'obsidienne, puis
son regard plongea dans les profondeurs obscures et cramoisies
de son sang bouillonnant. Elle sembla examiner quelque chose
qu'il ne pouvait pas voir. Puis, elle poussa un soupir accompagné
de soubresauts et hocha la tête.

— Une femme très spéciale.

Charles ne s'était jamais considéré comme étant du genre à fonder
une famille. Malachi l'avait bien su. Tous deux avaient à peu près
les mêmes goûts en matière de femmes et la même approche quand
venait le temps de les traiter, surtout dans la chambre à coucher.

Cependant, la petite Evie offrait une nuance à son existence qui n'avait simplement pas été là jusqu'à tout récemment.

Elle était une chose adorable. Impossible de le nier. Ses épais cheveux châtains étaient beaux, et doux, et parsemés de reflets couleur miel qui faisaient ressortir les éclats dorés dans ses yeux bruns. Elle était petite, mais forte, avec des courbes qui donnaient envie à un homme d'y enfoncer les doigts. Et elle était intelligente. C'était son intelligence qui l'intriguait le plus. Plus tôt dans le mois, il avait passé un peu de temps dans son esprit, à écouter les pensées qu'elle croyait être privées. Elles étaient profondes et parfois intenses, tout en étant indéniablement différentes de ce à quoi il était habitué. Il y avait une subtilité non identifiable dans son essence qui le fascinait. Il ne serait pas en mesure d'y associer un nom s'il s'y risquait. Quoi que c'était, il en était captivé.

C'était logique. Il avait autrefois pu lire dans son esprit, mais il n'y parvenait plus à présent. Sa magie de sorcier ne fonctionnait pas sur elle non plus. Elle était devenue plus résistante face à sa race d'une façon ou d'une autre. Elle n'était pas du tout comme d'autres êtres humains.

Et son goût faisait réagir ses canines dans ses gencives à cette simple pensée.

Selon la voyante sorcière, Evie Farrow était censée causer la perte du roi des vampires. Il *faudrait* une femme spéciale pour provoquer la chute de Roman D'Angelo.

Après avoir décidé quel était le meilleur et donc le plus douloureux plan d'action à suivre pour D'Angelo, Charles n'avait plus qu'à demeurer en retrait et attendre. La voyante l'avait assuré que Farrow et D'Angelo se rencontreraient. Elle avait eu raison. Et comme la voyante l'avait prédit, le roi des vampires était tombé profondément et immédiatement amoureux de la jeune Evelynne.

Maintenant que Charles avait été témoin des charmes inconscients d'Evie et l'avait même goûtée, il ne pouvait pas blâmer son roi. Il commençait aussi à croire que ce plan pourrait réellement fonctionner. Evie Farrow pourrait provoquer la chute *de n'importe quel* homme.

Il avait d'abord planifié de leur permettre de tomber amoureux... avant de tuer la femme. Ce serait rapide et brutal, et le coup porté à D'Angelo serait immense. Cependant, Roman D'Angelo avait déjà vécu la mort d'une personne aimée auparavant. Il s'en était remis et était passé à autre chose. *Ceci* serait tellement pire. Ce serait tellement mieux que de la tuer. Le roi ne s'en remettrait jamais.

Charles allait aimer apprendre à Evie les choses qu'elle devrait savoir une fois qu'elle aurait été transformée en vampire. Elle devrait s'alimenter. Elle résisterait probablement au début, mais il avait appris comment traiter avec des femmes qui opposaient de la résistance. Cette partie serait amusante. Elle tenterait aussi sans doute de s'échapper. Aidée par la force nouvellement acquise grâce à son état de vampire, elle essaierait de courir, de voler et même de se cacher. C'était là quelque chose sur quoi Charles pouvait compter et qu'il pouvait même anticiper avec plaisir. Les femmes étaient tellement plus agréables quand elles résistaient.

Finalement, elle céderait et ce serait le triomphe le plus doux entre tous. Car lorsqu'elle le ferait, Charles aurait ce que le roi des vampires voudrait si désespérément pour lui-même. La chose qu'il voulait plus que tout. Sa reine appartiendrait à un autre.

Charles pourrait même faire en sorte que ce soit *elle* qui le tue, *lui*.

Il sourit à cette pensée. Malachi Wraythe serait vengé. Et Roman D'Angelo ne serait plus.

CHAPITRE 1

Trois semaines plus tôt

C'était peut-être la chose la plus difficile qu'il avait jamais eu à faire, mais Charles était parvenu d'une façon ou d'une autre à assister à la réunion sans dévoiler son jeu. De l'autre côté de la grande table d'acajou se trouvait le roi des vampires, grand, majestueux, silencieux et immobile sur sa chaise, donnant encore et toujours cette image de calme perpétuel et mystérieux. Cette attitude rendait Charles malade. Et cette réaction maladive l'aurait trahi aux yeux de D'Angelo en un battement de cœur si Charles n'avait pas jeté ces sorts avant de se présenter au manoir du roi.

Ils étaient impératifs. C'étaient des mots, des phrases et des parcelles de pouvoirs qu'il avait pu apprendre grâce à son amitié avec le défunt roi des sorciers et à travers le temps. Il avait passé des années exaspérantes à les perfectionner, mais maintenant, alors qu'il défiait son ennemi, entouré par ses disciples, il était réellement reconnaissant d'avoir déployé de tels efforts. L'anneau qu'il portait sur son majeur droit protégeait ses pensées. Le médaillon qu'il portait autour du cou dissimulé sous sa chemise à col boutonné protégeait son rythme cardiaque et l'odeur de cortisol et d'adrénaline qui coulait dans son sang. Finalement, le sort qu'il s'était jeté avant de quitter son appartement agissait comme un bouclier.

Les vampires possédaient la capacité d'utiliser la magie. En dépit de leur sombre héritage, la plupart d'entre eux étaient portés vers le type de magie utilisée par des sorcières bien intentionnées dans des assemblées de sorcières partout sur la planète. Cependant, la magie de Charles possédait toujours un penchant contre nature. Ses talents penchaient vers le côté sorcier du spectre. C'était une des raisons expliquant son amitié avec Malachi Wraythe.

Une telle magie ne passerait cependant pas bien avec le roi des vampires, qui exerçait une emprise stricte sur son royaume. Il était la main de fer dans le gant de velours qu'aucun vampire sain d'esprit n'oserait contester.

Charles n'avait que peu de choix. Il était ce qu'il était ; il était né ainsi. Wraythe le comprenait. Longtemps auparavant, il l'avait pris sous son aile et lui avait montré la voie. Malachi avait enseigné tout ce qu'il savait à Charles, et c'était ce savoir interdit qui demeurait hors de la perception incroyable de son roi grâce aux nombreux boucliers de protection de Charles.

Il était bien sûr possible que D'Angelo soit au courant de toute façon.

D'Angelo savait *tout*. C'était ce qu'on disait de lui.

Les yeux du roi étaient plus vifs que tous les yeux sur lesquels Charles avait pu arrêter son regard. Ils étaient noirs, exempts de lumière, comme si toute la connaissance avait été aspirée en eux et ensuite cachée dans des profondeurs insondables, pour ne plus jamais en sortir. Il avait une façon d'être, une façon de voir des choses qui n'étaient pas tout à fait là et d'entendre des choses qui n'avaient pas encore été dites. La magie était considérée comme étant le sixième sens, et Roman D'Angelo en possédait un septième.

Rien ne lui échappait.

C'était ainsi que Charles savait que D'Angelo avait joué le rôle déterminant dans le trépas de Wraythe. D'Angelo n'avait jamais aimé le roi des sorciers. Il avait interdit à son peuple de travailler avec lui et avec ses proches. Il n'aimait pas la fille de Wraythe, la princesse des vampires, et il était notoirement connu dans les cercles des Chimères que D'Angelo avait un problème particulier avec la façon dont Wraythe avait plus ou moins asservi sa femme, la reine Akyri, Olivia.

La rumeur voulait que D'Angelo soit responsable du meurtre de la princesse des vampires. Peu après, lorsque Wraythe lui-même avait été tué, Charles était en mission commandée personnellement par D'Angelo. Pourquoi?

C'était comme si le roi des vampires savait que Charles tenterait de s'interposer. Mais pour qu'une telle chose soit vraie, D'Angelo devrait aussi être conscient de l'amitié qui unissait Wraythe et Charles.

Et c'était pour cette raison que malgré les précautions que Charles avait prises avant de se présenter à la réunion obligatoire des membres de la cour du roi, il était maintenant assis à une distance équivalente à une table en bois poli de l'homme énigmatique et puissant en craignant que D'Angelo soit tout de même au courant de quelque chose. Qu'il puisse lire ses pensées.

Et qu'il comprendrait que Charles projetait de le tuer.

— M. Ward, dit soudainement D'Angelo d'une voix douce et incroyablement charismatique portant en elle la force du temps.

Charles passa bien près de sursauter. Une telle manière d'agir aurait toutefois été trop évidente, alors il se lécha plutôt lkes lèvres et tenta de croiser le regard de son roi. C'était presque impossible. Il n'y avait sur la Terre aucun regard comme celui de D'Angelo.

— Oui, mon Seigneur?

— Vous semblez troublé, indiqua D'Angelo avec un calme imperturbable, ses yeux sombres complètement déconcertants. Vous n'êtes pas bien?

— J'ai faim, voilà tout, expliqua Charles. Continuez, je vous en prie.

Ils avaient discuté de la communauté des loups-garous et des effets du renversement d'une malédiction de loup-garou datant de plus de 4000 ans. Jusqu'aux dernières semaines, les loups-garous mâles avaient eu toutes les cartes en main dans leur société particulière. C'était eux qui possédaient une force surhumaine, la capacité de guérir de la plupart des blessures, un taux de vieillissement qui se situait entre le tiers et la moitié de celui des humains, et plus encore. Chaque loup-garou mâle alpha naissait avec un certain pouvoir qui le différenciait des autres. Les femelles ne possédaient cependant aucun de ces traits ou de ces capacités. Le plus pernicieux était le fait que les louves-garous n'étaient pas en mesure d'engendrer des enfants loups-garous. Ainsi donc, les loups-garous mâles avaient été dans l'obligation de pourchasser des femmes spéciales, des femmes qui pourraient donner naissance à leurs enfants loups-garous; des femmes connues sous le nom de partenaires aux gènes dormants, qui étaient devenues essentielles pour la survie des loups-garous.

Jusqu'à maintenant. Plusieurs semaines plus tôt, avec la mort de Malachi Wraythe et un sacrifice effectué par une partenaire au gène dormant maintenant connue partout dans les cercles surnaturels comme étant la Briseuse de malédiction, on avait assisté à la fin de la malédiction issue de la magie noire qui avait relégué aux oubliettes les pouvoirs de louves-garous. Les femmes étaient maintenant aussi fortes que les hommes de toutes les manières possibles. Mais plus important encore, les louves-garous révélaient soudainement qu'elles étaient enceintes de quelques semaines.

Ces changements soudains et intensément impérieux entraînaient des répercussions majeures qui se répandaient comme une onde de choc à travers toutes les sociétés surnaturelles du monde. La population de loups-garous viables avait essentiellement doublé en une seule nuit. S'il y avait eu 5000 loups-garous, il y en avait maintenant 10 000.

La hiérarchie des vampires, aussi connue sous le nom de la « Cour », s'était assemblée à cette réunion pour discuter de ce qui devrait être fait de leur côté pour traiter avec ces changements et les ravages qu'ils produisaient.

— Deux cents femmes de New York se sont soudainement réveillées en possession des pouvoirs que leurs frères ou leurs pères avaient toujours eus, déclara un des hommes à la table.

Il avait les cheveux blond foncé aux épaules, qui étaient d'ailleurs incroyablement larges, et des yeux bleus perçants. Il se nommait Saxon et quoiqu'il n'y avait pas de poste humain comme le sien, la meilleure comparaison que l'on pourrait établir serait de dire qu'il était le général de l'armée des vampires de D'Angelo.

— Vous pouvez imaginer quel genre d'effet cela a pu avoir, termina Saxon.

Charles pouvait sentir que les yeux du roi des vampires étaient encore rivés sur lui et que son regard ne s'était pas encore porté sur Saxon. D'Angelo soupçonnait quelque chose, et ce soupçon était presque palpable.

— Vous n'avez pas à l'imaginer, précisa une autre vampire à la table.

Elle avait les cheveux d'un roux vif qui avaient été coupés au carré à la lame de rasoir, un petit nez retroussé et de jolis traits féeriques. Elle se nommait Samantha et d'après ce que Charles en savait, elle était la plus brillante experte en informatique à avoir du sang de vampire. Elle était également la plus jeune vampire qu'il connaissait, âgée de seulement 25 années humaines.

— Je nettoie YouTube de vidéos impromptus depuis trois jours. Une bataille à poings nus dans le terrain de stationnement d'une école secondaire a permis de voir une jeune fille plutôt timide et effacée passer bien près de briser le cou de son adversaire de bien plus grande taille d'un seul coup de poing. Et ne me demandez pas de vous parler des soudaines observations de loups en des lieux où l'on supposait qu'ils avaient tous disparu.

— C'est en fait beaucoup plus compliqué que ça, lança une autre femme à la table.

Elle était plus vieille que la rousse, peut-être âgée entre 40 et 45 ans, et vraiment très belle. Ses épais cheveux noirs cascadaient en vagues sur ses épaules jusque dans son dos. Ses yeux verts perçants montraient une intelligence vive. Ses lèvres charnues étaient séduisantes et parfaites. Elle regarda avec insistance chaque personne assise à la table avant de poursuivre.

— Plusieurs louves-garous qui ont grandi sans pouvoirs et en croyant qu'ils n'en auraient *jamais* ont épousé des humains et ont donné naissance à des enfants humains.

Elle fit une pause en laissant cette information se faire assimiler avant de continuer.

— Elles doivent maintenant révéler la nouvelle de leur généalogie réelle à leurs maris, qui pourraient à tout moment apercevoir leurs femmes en train d'exécuter des tours de force incroyable ou même en train de se changer sous la forme des loups.

— Il y a aussi la question des loups bêta, ajouta un autre vampire.

Charles se tourna pour le regarder. David Cade était un homme à la voix douce doté d'un physique de vedette de cinéma et du cerveau d'un génie excentrique. Il était timide, peut-être excessivement sensible, et s'occupait généralement de ses affaires, mais Charles était plutôt convaincu qu'il était un des plus fidèles amis de D'Angelo, en qui ce dernier avait totalement confiance. Il ne fallait également pas se fier aux apparences. Il était peut-être du côté calme des choses, mais Charles savait que Cade pouvait se charger d'une situation avec une vitesse et une perspicacité incroyables.

— Les loups-garous bêta qui n'avaient jamais projeté d'avoir des enfants loups-garous parce qu'ils ne pouvaient pas gagner le cœur d'une partenaire au gène dormant sont maintenant en mesure d'avoir des enfants loups-garous eux-mêmes, dit douce-ment Cade tandis que ses vifs yeux noisette intelligents regar-daient la table pendant qu'il parlait. Que vont-ils dire à leurs femmes humaines ?

— C'est le moindre de nos soucis, souligna Saxon d'un ton qui n'était pas irrespectueux, mais seulement préoccupé. Si suffi-samment de louves-garous font des bêtises en public et exposent la population des loups-garous pour ce qu'elle est vraiment, cela pavera la voie à l'exposition de toutes les autres races surnatu-relles sur la planète. Les Chasseurs s'en donneront alors à cœur joie avec nous *tous*.

— Ils s'en donnent certainement à cœur joie *maintenant*, ren-chérit Samantha. Si nous pensions que Gabriel Phelan était la pire chose qui aurait pu arriver, nous avions complètement tort.

Le nouveau dirigeant des Chasseurs est 10 fois pire que lui et il est apparemment renforcé par un genre de magie. Il a été capable d'organiser les Chasseurs comme jamais auparavant et leur nombre augmente de façon constante. Ils écoutent les échanges sur les fréquences policières et suivent à la trace les observations de loups jusqu'à ce qu'ils atteignent leurs cibles, entre autres choses.

Sam secoua sa tête et se cala dans sa chaise.

— Le bain de sang continue.

— Ces questions et d'autres encore sont abordées par les membres de la communauté des loups-garous au moment où on se parle, annonça D'Angelo de sa voix basse et calme qui domina une fois de plus tout ce qui se passait dans la pièce. Et *la manière* dont ces questions seront gérées aura un impact indéniable non seulement sur leur communauté, mais sur la nôtre également.

D'Angelo se pencha vers l'avant, croisa ses mains sur la table et permis à sa présence d'être vraiment sentie.

— Nous pouvons présumer sans risquer de nous tromper que les loups-garous seront des joueurs beaucoup plus forts dans le jeu maintenant. Qu'ils soient des alliés ou des adversaires ne dépend que de nous.

Le silence se fit entendre dans la salle de réunion de D'Angelo. Le point du roi avait été clairement établi. C'était maintenant à la société des Chimères d'aider partout et chaque fois qu'ils le pourraient.

— La séance est levée, termina D'Angelo d'une voix si douce qu'elle ressemblait à un soupir.

Il recula sa chaise et se leva, de la grâce émanant de chacun de ses moindres gestes. Les autres vampires se levèrent à sa suite jusqu'à ce que tout le monde soit debout. D'Angelo signifia à tous les vampires qu'ils pouvaient partir, et les huit personnes se mirent à quitter la salle. Charles jeta un coup d'œil par-dessus son épaule alors qu'il quittait la salle de réunion par les lourdes doubles portes. David Cade demeura en arrière-plan ; l'autre vampire l'observait. Leurs regards se croisèrent pendant un bref moment et un bourdonnement de peur traversa le corps de Charles. Cade était un homme très intelligent. Savait-il quelque chose ? Avait-il deviné quelque chose ?

Fort heureusement, la magie de Charles dissimulerait n'importe quel signe subliminal de nervosité. C'était à Charles de cacher le reste. Il s'efforça de conserver une expression neutre avant de se retourner et de quitter le manoir.

* * *

— Il y a quelque chose de sombre à propos de lui, souligna Cade. Je ne lui fais pas confiance.

Roman jeta un regard oblique à David. Les coins de sa bouche se relevèrent pour former le plus subtil des sourires. David Cade était très intelligent, mais également incroyablement sagace.

— Moi non plus, admit doucement Roman.

David se détourna des portes ouvertes à travers lesquelles les membres de la cour s'étaient glissés et jeta un long regard inquisiteur à Roman.

— Soyez proches de vos amis, et plus encore de vos ennemis ? le questionna-t-il.

— En effet.

— Dites-le-moi si vous avez besoin de mon aide, offrit David alors qu'il franchissait les doubles portes à son tour.

Roman savait qu'il faisait référence à Charles Ward et non à la situation des loups-garous. Il hocha la tête à une seule reprise et David fit de même avant de disparaître complètement.

Seul à nouveau, Roman attendit un moment dans l'espace vide de la pièce. Il se retourna ensuite en faisant un mouvement rapide du poignet tandis qu'il faisait face au foyer disposé sur un mur. Les doubles portes se refermèrent doucement derrière lui. Des flammes prirent naissance dans le foyer vide, crépitant immédiatement de vie et remplissant la pièce d'un rougeoiement apprécié.

Roman ferma ses yeux et respira à fond tout en posant les paumes de ses mains contre le manteau du foyer et en se penchant vers l'avant pour incliner sa tête.

— Quelque chose vous dérange, Roman ?

Il avait su qu'elle était là. C'était la raison pour laquelle il avait allumé le feu ; ses vieux os préféraient la chaleur, et il préférait sa compagnie.

— Mon sommeil a été perturbé, expliqua-t-il doucement sans lever les yeux et sans se retourner.

— Je pensais que les vampires n'avaient pas besoin de dormir, dit Lalura, sa voix légèrement rocailleuse teintée à la fois d'une curiosité véritable et d'une taquinerie à son égard.

Les lèvres de Roman esquissèrent un sourire. Il souleva sa tête et poussa sur le manteau de ses mains avant de se retourner pour faire face à la vieille sorcière. Elle ne le regardait pas. Elle fixait plutôt du regard les grandes chaises aux dossiers en bois de la table de réunion avec un dédain évident. Lalura Chantelle préférait des sièges beaucoup plus moelleux.

Roman prononça quelques paroles mystérieuses et se concentra sur la table et les chaises. Une douce lueur scintillante commença à émaner de leurs surfaces. Cette lueur se répandit et s'intensifia avant de briller soudainement d'un blanc étincelant. La lueur s'estompa et il ne resta plus rien de la table en acajou et des inconfortables chaises en bois.

Elles avaient été remplacées par une paire de petits canapés deux places à rembourrage double que Lalura semblait apprécier dans le bureau de Roman. Une petite table de verre était disposée entre les deux confidents, surmontée d'une théière fumante et de deux tasses vides.

Lalura n'hésita pas et ne sembla pas surprise le moins du monde. La petite femme au dos voûté, aux longs et épais cheveux blancs et aux yeux bleus perçants émit plutôt une interjection qui voulait dire « c'est mieux » ou encore « oh oui » en contournant un des fauteuils puis en s'y laissant choir lourdement sans autre forme de cérémonie.

Elle ferma ses yeux pendant un instant, puis elle soupira pour elle-même avant de fixer la théière de ses yeux bleus bleutés.

— Le lait est déjà mélangé au contenu ? demanda-t-elle en se penchant vers l'avant pour s'emparer de la théière.

— Bien sûr, répondit Roman.

Il constata que le sourire qu'elle avait fait naître sur ses lèvres un peu plus tôt n'avait fait que grandir.

Lalura commença à verser le contenu de la théière dans chacune des deux tasses puis elle souleva la sienne et l'agita sous son nez. Roman attendit, se sentant curieusement tendu tandis qu'elle semblait examiner le thé. Puis, elle hocha la tête, plus pour elle-même que pour quiconque, et en prit une petite gorgée pour y goûter.

Roman se détendit immédiatement et s'approcha du canapé qui se trouvait face au sien. Il s'assit, se pencha vers l'avant et disposa ses coudes sur ses genoux.

— Que me vaut le plaisir, Lalura ? s'enquit-il.

Lalura le regarda sans le quitter des yeux, son expression dure et indéchiffrable.

— Arrêtez un peu, Roman, je suis très vieille et je continue de vieillir à chaque seconde qui passe. Vous savez fichtrement bien pourquoi je suis ici.

Roman arqua les sourcils. Il s'installa confortablement dans son siège et inclina sa tête sur un côté. Il aurait pu lire dans ses pensées si tel avait été son souhait, mais il avait toujours considéré cette action comme étant impolie à faire sans permission ou raison valable, et Lalura était la personne la plus respectable, et *respectée*, qu'il avait jamais eu la chance de connaître. De briser le lien de confiance qui existait entre eux en agissant ainsi lui nuirait vraiment grandement.

Et dans ce cas précis, elle avait raison. Il savait pourquoi elle était là. Il respira profondément et prit la parole.

— Je rêve d'elle.

— Je m'en suis doutée, admit Lalura. Quand vous avez dit que votre sommeil était perturbé.

Elle fit une pause.

— Je suppose également que vous ne parlez pas d'Ophélia.

Roman se détourna de Lalura pour regarder par la fenêtre située de l'autre côté de la pièce. Comme toutes les fenêtres de son manoir, celle-ci donnait sur une cour intérieure. Au milieu de cette dernière se trouvait une fontaine de marbre avec en son centre la statue d'une belle femme qui regardait le ciel de la nuit avec nostalgie.

Deux cents ans auparavant, Roman avait été fiancé à une jeune femme du monde londonienne. Elle était très belle et très convoitée, mais c'était sur lui qu'elle avait jeté son dévolu parmi tous les hommes qui lui faisaient la cour.

Le désastre avait toutefois frappé avant qu'ils puissent se marier. Les journaux de ce matin-là avaient raconté que les chevaux d'une voiture avaient été effrayés et que la jeune beauté avait été tuée.

C'était si longtemps auparavant.

— Non, confirma-t-il. Pas Ophélia.

— Depuis combien de temps maintenant ? demanda Lalura.

Roman se retourna vers elle. Elle l'observait attentivement au-dessus du rebord de sa tasse fumante.

— Depuis bien avant votre avertissement énigmatique de la semaine dernière, dit-il en confrontant directement son regard.

Lalura abaissa sa tasse légèrement et souleva son menton. Elle sembla hésiter.

La vieille sorcière avait rendu visite à Roman tout juste après le décès du roi des sorciers et le renversement de la malédiction des loups-garous qui causait maintenant tant de changements dans leur société. Et juste avant de le quitter, elle lui avait dit quelque chose…

— *Je sais que vous avez joué une fois de plus aux échecs avec mes pièces, l'avait-elle accusé.*

Roman avait incliné la tête à une seule reprise.

— *Elle avait besoin de mon aide.*

— *En effet, avait acquiescé Lalura. Et sur cette note, Roman, avait-elle dit en soulevant sa main en se préparant à sauter sur l'occasion.*

Toujours les mélodrames.

— *Quelqu'un d'autre aurait encore plus besoin de votre aide.*

Sur ces mots, Lalura Chantelle la sorcière avait une fois de plus disparu dans son nuage habituel de fumée et de poudre de perlimpinpin en laissant Roman à sa solitude.

Le roi des vampires fixait maintenant son regard troublant sur sa vieille compagne et laissa le sérieux de son émotion trouver sa voie dans sa voix calme et profonde.

— Peut-être devriez-vous m'expliquer votre plaisanterie, Lalura.

Lalura soupira et déposa sa tasse.

— Je le ferais si je le pouvais, Roman, rétorqua-t-elle franchement. La vérité est que je n'en sais pas plus que vous.

Elle haussa les épaules.

— Je sais que vous êtes destiné à aider quelqu'un. Comment? Quand? Je n'ai pas d'indice. Je sais qu'elle jouera un rôle très important pour vous dans les jours à venir.

Elle claqua ses mains sur ses cuisses.

— Vous savez tout ce que je sais.

Roman pensa à ces informations et s'adossa une fois de plus dans les coussins de son canapé. Il pensa aux rêves qu'il avait faits. Ils étaient indistincts, erratiques et dérangeants. Et dans l'ensemble de ses rêves, il voyait une paire d'yeux remplis de douleur qui l'hypnotisait et le rendait furieux à la fois. Il voulait chasser leur douleur. Il voulait retrouver leur propriétaire. Il voulait faire des choses qu'il n'avait plus pensé à faire depuis très longtemps.

À son réveil, c'était encore la même chose. Il était fâché et il avait faim. Il s'était alimenté plus souvent ces derniers temps à cause de ça. Si les choses ne changeaient pas bientôt, il devrait tuer quelqu'un bien plus tôt qu'il devrait normalement le faire.

— Mon conseil pour vous est le suivant, Votre Majesté, suggéra Lalura en s'aidant de ses mains pour se relever sur ses jambes rachitiques. Levez-vous de votre cul royal et essayez de trouver cette fille.

Roman regarda la sorcière clopiner autour de son confident jusqu'à un espace libre dans la pièce. Elle lissa ses vêtements semblables à une robe et jeta un coup d'œil à la petite table. La théière à moitié pleine fumait toujours, son contenu réchauffé pour toujours par magie. Elle la regarda avidement puis la pointa d'un doigt magique avant de la regarder disparaître.

— Je vous rendrai la théière plus tard.

Elle hocha la tête comme si elle le faisait pour elle-même puis elle poussa un soupir.

— Le temps commence à manquer, Roman. Ça, je le sais.

Dans un grand geste, la vieille sorcière agita sa main au-dessus de sa tête. L'air commença à bouger et à se remplir d'une vibration de temps et d'espace magique. Roman se leva. Il était coutumier pour un gentleman de se lever quand une dame entrait dans une pièce ou la quittait.

Lalura le regarda de nouveau et s'immobilisa, son bras en position au-dessus de sa tête.

— Et Roman, ajouta-t-elle.

Il attendit, redoutant presque ce qui était sur le point de sortir de sa bouche.

— Il y a des odeurs de magie noire ici.

Sur ces mots, elle claqua ses doigts. Cette fois, l'air se remplit d'un crépitement rose, du son de l'énergie statique, et de l'indubitable *zap* d'un sort de téléportation. Un instant plus tard, Lalura était partie.

CHAPITRE 2

— Bon, maintenant on recommence. Ferme simplement tout ce que tu as ouvert et regarde l'écran de ton iPhone.

Evie glissa son téléphone sous son menton pendant une seconde, remercia l'homme derrière le comptoir pour son café au lait sans sucre parfumé à la vanille et s'éloigna vers une section plus privée du café. À l'autre bout du sans-fil, son père avait son propre iPhone à son oreille tandis qu'il jouait avec le iPhone de sa *mère*, marmonnant pour lui-même en le faisant. Evie attendit.

— Est-ce que tu es maintenant à l'écran principal?

Elle écouta.

— Bon. Est-ce que tu vois l'icône de l'application?

Elle cligna des yeux.

— Qu'est-ce qu'une icône? Eh bien, c'est juste un des petits symboles sur l'écran principal du téléphone. Ouais, ça. Bon. Appuie sur ça.

Elle attendit de nouveau.

— Tu dois maintenant faire une recherche pour l'application Kindle… Une recherche? Tu n'as qu'à taper ce que tu recherches. Ça ressemble à… un espace vide où il faut taper quelque chose.

Comme la barre de Google. Oui. Il y a une loupe. Bon. Alors, appuie sur la barre de recherche puis tape Kindle.

Evie prit une seconde pour boire de petites gorgées de son café, ferma ses yeux en appréciant le délicieux et chaud réconfort qu'il lui procurait puis continua d'écouter son père à l'autre bout du sans-fil.

— Ça devrait être gratuit. Oui. Appuie sur ça.

Evie leva les yeux alors qu'un autre groupe de personnes entrait dans le café. La brume fraîche de Portland, dans l'Oregon, suivit le groupe en tourbillonnant derrière lui. En réaction, toutes les personnes présentes dans le café se recroquevillèrent dans leurs chandails pendant un moment alors que les portes laissaient entrer le froid de décembre.

La porte se ferma derrière les nouveaux venus, mais s'ouvrit ensuite de plus belle, provoquant presque un gémissement collectif des clients du café. Mais lorsqu'Evie vit qui venait de franchir la porte, son estomac se noua et une réaction chimique se produisit dans son cerveau. Il était vraiment beau. Il était à l'autre bout du café, mais elle pouvait tout de même voir que ses yeux étaient frappants et distinctifs. Des yeux verts, peut-être ; il était difficile de l'affirmer à cette distance. Ou d'un bleu très pâle. Evie avait une fixation sur les yeux. Rien ne la faisait autant fondre qu'une paire d'yeux intenses.

L'homme s'avança pour que la porte puisse se fermer derrière lui, puis il jeta un regard aux clients du café. Lorsque vint le tour d'Evie, il fit une pause et leurs regards se croisèrent. Elle sentit alors quelque chose de chaud parcourir sa poitrine. Bleu pâle, alors.

Mais son père lui disait quelque chose au téléphone.

— Qu'est-ce que tu viens de dire, papa ?

Elle baissa les yeux puis releva son regard, se rendant compte que l'étranger la regardait encore. Il sourit en exposant de magnifiques dents blanches. La chaleur réchauffa le visage d'Evie et elle se hâta de baisser les yeux vers le sol. *Stupide,* pensa-t-elle. *Tu aurais au moins pu lui rendre son sourire.*

— Oui, tu devras inscrire ton mot de passe, dit-elle dans son téléphone avec l'impression d'être déchirée entre deux réalités. Je ne sais pas quel est ton mot de passe. Non, papa. Tu ne t'en souviens pas? Tu veux peut-être faire quelques essais?

Evie se mordit la lèvre. Quelque chose s'esquivait.

Elle se risqua une fois de plus à lever les yeux pour constater que le beau nouveau venu était maintenant au comptoir en train de commander sa propre boisson. Elle eut donc l'occasion de l'examiner de la tête aux pieds. Il était grand et mince, et avait de belles épaules. Une mâchoire et un menton carrés. Des cheveux châtain blond coupés élégamment… Elle fronça les sourcils.

— Quoi? Ça a fait quoi? Bon, d'accord. Recommence au début alors. Attends, l'intima-t-elle alors qu'un pincement de douleur se fit soudainement sentir entre ses yeux.

Si elle avait eu une main libre, elle aurait pincé l'arête de son nez. Sauf que là, elle tenait sa tasse de café dans une main, son téléphone dans l'autre, et son ordinateur portable était glissé précairement sous son coude.

— Laisse-moi sortir dehors, soupira-t-elle.

Par cette action, elle cessa de regarder l'étranger aux beaux yeux et sortit par la seconde porte du café sur le patio glacial et déserté en se résignant une fois de plus à être célibataire. Ce n'était pas qu'elle aurait eu la chance de ne plus l'être simplement parce qu'un beau buveur de café était entré au moment où elle s'était elle-même trouvée dans le café, mais c'était ainsi qu'elle se sentait à ce moment précis.

Evie avait su qu'ils frapperaient un os un jour ou l'autre. Ce n'était jamais facile de venir en aide à ses parents dans le labyrinthe technologique quotidien de la vie moderne. Il n'était pas facile d'aider ses parents *pour quoi que ce soit*, à bien y penser.

Sa mère avait 62 ans et était invalide à cause d'une intervention chirurgicale visant à lui retirer une tumeur cérébrale plusieurs années plus tôt. Son père avait 66 ans et souffrait constamment en raison de son arthrite avancée. Les deux avaient déclaré faillite quatre ans plus tôt et Evie, en sa qualité d'aînée de la famille et seule parmi les siens à être mentalement ou financièrement disponible pour ses parents, s'était soudainement retrouvée dans le rôle d'aidante.

D'une part, il y avait plusieurs heureux hasards qui y étaient liés. La situation financière de ses parents avait dérapé en même temps qu'Amazon avait lancé Kindle et que la publication à compte d'auteur était devenue une possibilité. Sans cette occasion, Evie n'aurait pas été en mesure de faire ce qu'elle faisait pour eux. Elle avait la chance de pouvoir gagner de l'argent en faisant quelque chose pour quoi elle était vraiment douée et qu'elle aimait faire, et cette carrière avait permis à ses parents malades et fatigués de jeter l'éponge et de cesser de se tuer à petit feu avec une entreprise de nettoyage à sec qui aurait dû fermer ses portes une décennie plus tôt.

Evie éprouvait un sentiment de fierté et de paix d'être ainsi en mesure de leur faire parvenir un chèque chaque mois. Elle avait de la chance.

D'un autre côté, elle était une auteure indépendante qui publiait ses propres œuvres et un tel métier représentait beaucoup de travail. Elle devait publier un livre tous les deux mois pour parvenir à se maintenir à flot par rapport à ses responsabilités financières. Elle devait donc écrire un livre comptant entre 300 et 400 pages en un mois et demi et passer le reste du temps à faire de la révision, à créer une page couverture efficace, à promouvoir son œuvre, à correspondre avec ses lecteurs, à produire des bandes-annonces et à afficher le livre en ligne.

Au cours des dernières années, elle avait diminué le temps qu'elle consacrait autrefois à plusieurs choses, dont le vélo et le patin à roues alignées. Le temps qu'elle passait généralement à faire de la mise en forme avait plus ou moins été consacré à autre chose. Evie avait heureusement hérité d'un petit corps au métabolisme rapide, sans parler de son penchant pour le café fort, ce qui faisait qu'elle n'avait heureusement jamais eu de difficulté à brûler des calories. De plus, elle avait de belles courbes qui semblaient toujours porter le poids supplémentaire occasionnel avec grâce. Il lui arrivait par contre de s'inquiéter occasionnellement à propos de son cœur.

C'était surtout le cas depuis qu'elle avait également coupé dans ses heures de sommeil, parce que c'était dans les heures les plus sombres de la nuit que l'inspiration était à son meilleur. Elle ne rattrapait jamais le sommeil perdu parce qu'elle avait des responsabilités pendant la journée. Elle travaillait à temps partiel en ville dans un refuge qui ne tuait pas les animaux, où ces derniers se retrouvaient en grand nombre ; il n'y avait donc jamais assez de place pour tout le monde.

Quand elle n'était pas au refuge, elle aidait ses parents avec la planification des rendez-vous médicaux et l'obtention des ordonnances appropriées, effectuait des appels à des avocats et des comptables, faisait sa propre promotion sur Twitter, maintenait ses liens avec ses lecteurs et ses admirateurs sur Facebook et par courriel, et se chargeait aussi d'une pléthore de tâches quotidiennes que tout le monde avait en commun, comme la lessive, la vaisselle et l'aspirateur.

Il y avait des matins où elle se réveillait seule dans son lit à s'imaginer ce que ce serait que de se réveiller dans les bras d'un homme. Mais elle était une auteure. Plusieurs auteurs très célèbres avaient déjà dit que la famille et l'écriture ne se mélangeaient pas. Evie craignait de consacrer une trop grande partie de son temps à la tâche qui consistait à « trouver » quelqu'un. Elle aurait besoin de temps et d'énergie, et Evie n'avait pas de grandes réserves dans ces deux catégories ces temps-ci.

Il y avait bien de brefs instants où elle ressentait les tourments de la jalousie envers ce couple à l'épicerie choisissant des légumes ensemble ou envers cette famille qui nourrissait les canards au parc. Elle avait 30 ans et ne s'était encore jamais installée avec quelqu'un. Avoir des enfants était encore plus loin dans son esprit. Elle se rappelait alors qu'elle avait déjà deux autres bouches à nourrir et elle s'en remettait assez rapidement. La solitude ne s'en allait pas ; c'était une sensation de vide qui aurait pu être autre chose. Mais elle était devenue plutôt douée pour l'ignorer et aller de l'avant.

Elle allait de l'avant non seulement parce qu'elle était habituée de le faire, mais aussi parce qu'une partie d'elle-même préférait qu'il en soit ainsi. Cette attitude n'avait pas de sens, mais elle avait toujours été comme ça. Elle avait eu de nombreuses occasions de former des « amitiés » durables à l'école secondaire et au collège, mais il y avait toujours quelque chose l'empêchant d'aller plus loin. Les garçons n'étaient… pas… Tout à fait franchement, ils étaient trop humains et faillibles. C'était la mélodramatique, la créatrice insolite et la droguée de l'imagination en elle qui l'obligeait à vouloir plus de son partenaire.

Sans compter qu'elle se languissait sans arrêt intérieurement pour l'impossible, pour les vampires, les loups-garous ou les archanges à propos desquels elle écrivait constamment, ce qui avait certainement contribué à son statut de célibataire. Elle n'y pouvait rien. Alors elle n'en faisait pas de cas quand cela se produisait.

Comme là, tout de suite.

Ça n'aurait jamais pu fonctionner avec le garçon du café. Il était humain comme tous les autres.

Evie prit une grande inspiration quelque peu douloureuse d'air glacial, déposa sa tasse de café en carton sur la table ronde métallique du patio du café et changea son téléphone d'oreille.

— Bon. Écoute-moi, papa. Je vais repasser les étapes avec toi.

Son café allait refroidir. Ça allait être ce genre de journée.

* * *

Charles regarda la femme sortir par la porte arrière et sur le patio extérieur de l'autre côté du café. Le ciment et la plupart des tables en fer forgé noires étaient couverts de givre, mais elle avait tout de même déposé son café et son ordinateur portable sur une table en semblant accepter le destin gelé. Elle était une dure. Cette caractéristique avait été manifeste dès le début.

Elle était également très attrayante. Le sorcier voyant ne lui avait pas parlé de cette qualité. Elle était toute menue, mesurant peut-être 1 mètre 55, 1 mètre 60 tout au plus. Elle avait des courbes dans tous les bons endroits et d'une manière telle que chacun de ses mouvements en était plus féminin, plus charmant. Ses épais cheveux châtains luisants cascadaient sur ses épaules jusque dans son dos. Ils brillaient d'une santé naturelle et suppliaient d'être touchés. De longs cils épais encadraient des yeux qui étaient une combinaison d'obscurité et de lumière ; ils étaient bruns, presque noirs, mais tous deux étaient cerclés et mouchetés de flocons d'or. Le contraste était intensément charmant.

À première vue, un homme serait étonné de ne pas remarquer la présence d'un anneau à son doigt, mais Charles avait lu ses pensées au cours des cinq dernières minutes et les raisons expliquant son statut de célibataire avaient été très claires. Il y avait quelque chose de presque surnaturel à propos d'elle, malgré sa mortalité évidente, et cette partie d'elle était bien celle qui était la plus insatisfaite de ce que le monde des mortels avait à lui offrir.

Intéressant, pensa-t-il.

Il y avait également plus. Elle était déjà engagée envers trop de choses dans sa vie et craignait très honnêtement tout nouvel engagement, quel qu'il soit. Le fait qu'elle se soit rapidement esquivée par la porte arrière en était une preuve. Elle fuyait littéralement la moindre occasion de développer une relation plus qu'amicale.

Charles but une petite gorgée inutile de son café et fut en mesure de le boire grâce à la magie, une fois de plus. Les Chimères vivaient avec des sorts variant de jour en jour. Certains étaient constants et éternels, tandis que d'autres étaient relancés le matin ou le soir. De très nombreuses Chimères vivaient parmi les humains selon les mêmes habitudes, et le fait de manger devant eux était devenu une illusion nécessaire qui avait été perfectionnée depuis longtemps.

Charles se rendit dans la section du café qu'elle avait désertée et s'assit à une table ronde inoccupée. Il pouvait sentir sur lui le regard de plusieurs filles dans le café ; il y était habitué. Les Chimères attiraient l'attention partout où elles allaient. Il y avait un magnétisme lié à elles qui était indéniable, et il n'était certainement pas différent des autres. Il aurait normalement parcouru le secteur à la recherche d'un esprit intéressant et jeté son dévolu sur son divertissement de la soirée, mais ce matin, son attention était fixée sur la jeune femme qui venait de partir et il ignora facilement les autres.

Evelynne Grace Farrow. C'était son nom. Il était allé le chercher dans les profondeurs de sa conscience pendant qu'il l'écoutait parler à son père. La voix distante de l'homme était suffisante pour lui révéler qu'il vivait hors de la ville, à 650 ou 800 km d'ici, en fait. Il vivait dans un autre État. Probablement dans le Montana.

Charles continua d'écouter la conversation, prenant une petite gorgée de café à l'occasion jusqu'à ce qu'il entende quelque chose qui le concernait. Elle avait l'intention de rendre visite à ses parents. Ils étaient malades et la conduite automobile était devenue difficile pour eux. Ils avaient des rendez-vous médicaux sous peu.

Cela ne ferait pas l'affaire. Rien ne devait interrompre l'ordre des événements qui mèneraient à la culmination du plan de Charles.

Il plissa les yeux pensivement. À l'extérieur, Evelynne avait coupé la communication avec son père puis s'était emparée de son ordinateur portable et de son café pour se diriger vers le terrain de stationnement. Charles se leva et la suivit discrètement.

Elle se rendit jusqu'à une camionnette Ford à l'autre bout de l'aire de stationnement et utilisa la main qui tenait son café pour sortir un trousseau de clés de la poche avant de ses jeans. Ce n'était pas un véhicule neuf ; il pouvait le dire en raison de la peinture légèrement décolorée et du style plus ancien des accessoires chromés. Il pouvait déceler des odeurs animales tout autour de la camionnette en dépit de la distance qui le séparait d'elle. Elle l'avait lavée, mais l'utilisait manifestement pour transporter des chiens et des chats du point A au point B. Cependant, il ne nota aucune bosselure. Elle avait bien pris soin de la camionnette et semblait être une conductrice prudente.

Une fois la porte ouverte du véhicule d'Evie et ses choses en voie d'être rangées à l'intérieur, Charles se mit à psalmodier. Il parla doucement et s'assura de faire dos aux vitrines du café. Une fois assise dans la camionnette, Evelynne, qui se faisait apparemment appeler Evie par ses amis et ses parents, tourna la clé dans le contact.

Il ne se passa rien du tout.

Charles sourit. Le moteur de la camionnette était mort et son sort avait fonctionné.

Evie fit une nouvelle tentative, qui échoua de plus belle. Il se concentra sur les sons provenant de la cabine de la camionnette et passa bien près de rire sous cape quand il l'entendit jurer doucement à voix basse. Il regarda la scène et vit son adorable petite silhouette déposer la tête sur le volant en s'avouant temporairement vaincue.

Elle se redressa quelques secondes plus tard et commença à composer un numéro de téléphone.

— Hé papa, c'est moi. J'ai quelques ennuis de voiture. Ouais. J'ai bel et bien fait changer l'huile ; je le fais toujours. Papa, écoute-moi : il est possible que j'arrive à Billings avec un peu de retard.

Elle poussa un gros soupir.

— En fait, je pourrais bien être dans l'impossibilité de m'y rendre.

Elle demeura silencieuse pendant un instant avant de poursuivre.

— Je vais appeler Beth. Elle pourrait être en mesure de vous aider cette semaine, d'accord ?

Autre moment de silence.

— Je t'aime aussi. Au revoir.

Charles jeta sa tasse de café dans la poubelle la plus proche et se dirigea vers son propre véhicule, un Cadillac Escalade noir avec des fenêtres teintées sombres. Il jeta un coup d'œil dans son rétroviseur en sortant du terrain de stationnement. Evie était encore derrière le volant de sa camionnette hors service.

Le premier problème avait été évité.

Son sourire était de retour sur son visage tandis qu'il se glissait dans la circulation de la rue achalandée.

CHAPITRE 3

Roman se cala dans le siège en cuir de la limousine Lincoln Town
Car et respira à fond. Lalura avait bien sûr raison. Il se devait de
rechercher activement l'ange qui hantait ses rêves et tourmentait
chacune de ses pensées à l'état éveillé ces derniers temps.

Le monde était devenu un endroit encore plus dangereux
depuis que la malédiction des loups-garous était chose du passé.
C'était une bonne chose que les loups n'aient plus à lutter avec
autant d'acharnement pour demeurer au sein des vivants et que
les femmes ne soient plus faibles en comparaison avec leurs
frères masculins.

Les Chasseurs étaient partout. La Briseuse de malédiction,
Katherine Dare, qui serait bientôt Katherine Caige, avait libéré
un tourbillon de puissance, à la fois bon et mauvais. Roman ne
pouvait pas s'empêcher de se demander quel rôle son petit ange
jouait dans l'histoire. Pourquoi avait-elle besoin de son aide ?
Dans quel pétrin était-elle ? Où était-elle ?

Comment pouvait-il la trouver ?

Lalura avait parlé d'elle pour la première fois quelques
semaines auparavant, et il avait déjà commencé à rêver d'elle.

Lalura n'était cependant pas une voyante. Ce qu'elle « ressentait » du monde était purement attribuable au fait qu'elle était vraiment très vieille et tellement imprégnée par la manipulation que l'essence même de son esprit construisait une partie de sa toile. Il était donc naturel que des fragments s'y retrouvent coincés de temps à autre. Et quand cela se produisait, elle disait quelque chose, comme elle l'avait fait avec lui.

C'était cependant tout ce qu'elle pouvait faire. Si Roman voulait d'autres réponses de la part d'un praticien de la magie, il allait devoir consulter quelqu'un d'autre. C'était justement ce qu'il faisait maintenant.

Dans le siège du conducteur se trouvait un serviteur loyal et de longue date de Roman, occupé à quitter l'aire de stationnement du manoir avant de s'engager dans les rues achalandées de Portland.

Cet emplacement était un des lieux parmi plusieurs autres depuis lequel Roman pouvait maintenir une étroite et constante surveillance sur son royaume. Le manoir était un lieu public qui servait aux réunions et au divertissement des invités. Sa demeure *véritable*, celle où il retraitait quand tout avait été dit et fait et que l'épuisement le plus intense se frayait un chemin jusqu'à son âme, était bien différente et lui seul était au fait de son existence.

Roman D'Angelo était un roi très puissant au sein d'hommes très puissants. Chez les mortels, les postes de pouvoir étaient constamment visés par des complots sournois et des trahisons politiques. Ce n'était pas différent dans la communauté surnaturelle et ça pouvait en fait être pire encore. Pour cette raison, Roman ne tenait rien pour acquis. Et parce qu'il n'avait jamais rien tenu pour acquis, il avait pu être roi pendant des milliers d'années.

— Mon Seigneur, nous arriverons bientôt à la gare, annonça une voix à l'interphone.

Il prendrait le train jusqu'à Trinidad, en Californie, où Lucas Caige et la sorcière connue comme étant la Guérisseuse résidaient en ce moment. Le meilleur ami de la Guérisseuse était le messager de son assemblée de sorcières, et Roman avait le sentiment que ce serait le meilleur endroit où commencer ses recherches. Cette assemblée de sorcières avait connu beaucoup d'épreuves et d'action, et elles étaient au courant de l'existence des Chimères. Du moins, les relations diplomatiques avec elles seraient plus faciles qu'elles ne le seraient avec d'autres assemblées de sorcières.

Roman aurait pu se téléporter sur place, mais il n'avait aucune raison de le faire. Il pouvait se téléporter *n'importe où* s'il le voulait. À la fin, une âme se languissait de faire l'expérience d'un peu de normalité et Roman aimait les trains de toute façon.

Il laissa de côté l'intérieur de la voiture et se retourna pour jeter un coup d'œil par la vitre. L'après-midi était bien avancé et le soleil hivernal était déjà en train de se coucher. C'était à des moments comme celui-là que Roman ne pouvait s'empêcher de penser au vampirisme traditionnel et à la manière dont il était perçu par le monde. S'il avait été ce qu'Hollywood voulait qu'il soit, il serait tout bonnement en train de se réveiller en ce moment.

Ils savaient si peu de choses.

Quelque chose d'étrange et d'inquiétant vint soudainement envahir le cerveau du Roman comme s'il recevait un avertissement, et il se redressa dans son siège, l'expression sur son visage devenant plus sombre.

— Mon Seigneur ? Est-ce que ça va ? demanda Jaxon depuis le siège avant.

Roman leva sa main comme s'il voulait lui dire « je vais bien », mais l'avertissement qu'il avait ressenti se manifesta de nouveau en lui et il baissa la main.

— Jax, immobilise la voiture, chuchota-t-il.

Jaxon, également un vampire, l'avait entendu très clairement malgré son murmure. Ce fut sans aucun doute ni hésitation que le conducteur commença à ranger la longue limousine noire sur le côté de la route.

Un embranchement conduisant à une entrée offrit une échappatoire pratique à la circulation et Jaxon l'emprunta. Roman observa la voiture tourner avec seulement la moitié de son attention. Le reste était concentré vers l'intérieur, où quelque chose de désagréable se déroulait. Son cœur battait à tout rompre ; il ne l'avait pas fait depuis une éternité. Ses sens étaient à fleur de peau. Son ouïe devenait plus aiguisée et s'étendait à l'extérieur dans un rayon en croissance constante.

Les klaxons des voitures retentissaient à l'extérieur. Les moteurs grondaient. Un chien aboyait dans une cour à plusieurs coins de rue de là. Les feux de signalisation bourdonnaient. Quelqu'un parlait dans le haut-parleur d'un commerce offrant le service à l'auto. Les sabots des chevaux faisaient clip-clop.

Roman fronça les sourcils. Les sabots des chevaux ?

Il tendit la main vers la poignée de sa portière et sortit de la voiture avant même que Jaxon ne puisse comprendre ce qu'il faisait. Le conducteur se hâta pour le rejoindre en ouvrant sa propre portière et en se précipitant aux côtés de son roi. Roman le remarqua à peine. Ses yeux profondément sombres parcoururent la rue et les trottoirs. Il s'éloigna de la voiture et contourna un groupe d'arbres. Jaxon se déplaça immédiatement avec lui, comme si c'était son travail d'agir non seulement comme conducteur, mais aussi comme garde du corps du roi.

Ce n'était pas une question de fierté qui avait conduit Roman à reconnaître qu'il était le dernier vampire sur Terre à avoir besoin d'un garde du corps. Il y avait une raison pour laquelle il était devenu roi en tout premier lieu. Mais Jaxon avait de bonnes intentions et Roman aimait bien la compagnie.

— Est-ce là une calèche ? demanda Roman en se tenant au coin d'une intersection et en fixant du regard le terrain de stationnement d'un centre d'achats deux coins de rue plus loin.

— Oui, je le crois, mon Seigneur, répondit Jaxon.

C'était la période des fêtes de fin d'année dans le monde des mortels. Les lampadaires étaient enveloppés de guirlandes et des couronnes étaient accrochées aux fils des feux de circulation. De petites lumières de Noël illuminaient les vitrines et les arbres en face des commerces, des familles portaient des manteaux rouges ornés d'épinglettes des fêtes, et on pouvait voir des images de père Noël et de menoras dans les publicités à chaque coin de rue.

Le regard de Roman se posa sur la calèche et sur la famille qui riait sottement à l'intérieur, et il se rendit compte que c'était là une autre attraction de la période des fêtes dans le monde des mortels. Certaines entreprises devaient proposer des «tours de traîneau», et les enfants allaient bien sûr sauter sur l'occasion de s'approcher des chevaux et de saluer les conducteurs qui passaient à côté d'eux. Ça n'avait pas d'importance qu'il n'y ait pas de neige au sol ; c'était l'esprit de la chose qu'ils aimeraient.

Roman fut de nouveau frappé par le sentiment de mise en garde. Il pensa très brièvement aux Chasseurs et à leur nouveau chef, mais il ne ressentit pas leur présence autour de lui. Ce n'était pas un danger prémédité. C'était différent.

Il demeura cloué sur place, regardant fixement sans ciller les chevaux et les carrioles ouvertes qu'ils tiraient. Ce faisant, il fut assailli par des souvenirs. L'avertissement l'agaça et les canaux magiques en lui s'ouvrirent, le préparant à ce qui pourrait se produire.

— Jaxon, restez près de la voiture, ordonna Roman, préoccupé non pas pour sa voiture, mais bien pour son domestique.

— Oui, Monsieur, répondit Jaxon, dont la voix tendue révélait tout de même qu'il n'aimait pas l'idée de demeurer ainsi à l'écart si son roi était sur le point d'affronter un danger quelconque.

Le trench-coat en poils de chameau noir de Roman fut fouetté par un coup de vent soudain tandis qu'il progressait sur le trottoir en direction du terrain de stationnement du centre d'achats. Il pouvait deviner que les gens autour de lui étaient frappés par son aspect. Il avait une allure qui en imposait ; ça avait toujours été le cas. Avec ses cheveux très noirs, son trench-coat noir et son complet gris foncé, il incarnait l'image d'un homme d'affaires très riche, très charismatique et très puissant seul sur un trottoir dans l'obscurité de la nuit. Il y avait peu de genres d'hommes qui pouvaient correspondre à l'ensemble de ces caractéristiques.

Il pouvait sentir la maladie chez certaines personnes, et l'alcool chez d'autres. On dirait bien que la fête avait commencé tôt, ce soir.

Une vague de perfidie déferla dans le corps de Roman, le faisant s'immobiliser soudainement sur le trottoir. Il se retourna au moment précis où l'atmosphère changea. Le temps sembla hoqueter ; il figea, puis il passa en hypervitesse. Il n'y eut pas de crissements de pneus ou de freinage pour diminuer l'impact avant que la collision ne se produise. Le son du métal écrasant le métal était assourdissant.

Roman avait vécu pendant une période de temps couvrant d'innombrables générations et tout autant de hasards horribles. La puanteur soudaine des désastres, la façon qu'avait le temps de glisser et d'onduler, et l'écho chaotique de la mort n'étaient rien de nouveau pour lui, et ce fut donc avec une aisance maîtrisée comme aucune autre que les paroles d'un sort glissèrent sur ses lèvres avant d'infiltrer l'atmosphère glacée d'horreur.

Devant lui, sous la longue courbe d'un passage supérieur, une voiture qui tournait et se retournait après avoir été projetée dans les airs par un autre véhicule avait soudainement interrompu sa progression vers le ciel. Elle figea dans les airs, une anomalie de la nature, une plaisanterie aux dépens de la gravité. C'était quelque chose d'impossible, mais ce n'était tout de même qu'un caprice du moment pour le vampire qui dirigeait le tout d'en bas.

Une autre voiture était en flammes dans la rue sous la voiture suspendue. Roman éteignit le feu en étouffant les flammes puis il dispersa la fumée comme si elle n'avait jamais existé. Un troisième véhicule roula sur le côté, son élan la faisant glisser de plus en plus loin dans la rue, à cheval entre la rue et le trottoir. Roman immobilisa la voiture avant de la retourner sur ses pneus dégonflés pour ensuite se concentrer sur l'homme derrière le volant.

Le sang de l'homme qui s'écoulait de ses multiples blessures était imbibé d'alcool. Roman se détourna de lui et fit une analyse du corps évanoui de la femme dans la voiture aéroportée. Il remarqua une commotion cérébrale. Il ramena doucement la voiture au sol sur un bout de pelouse en face d'une banque fermée. Tout près de là, le couple qui se trouvait dans la berline libérée des flammes était plus ou moins indemne, mais très secoué.

Alors, les chuchotements se firent entendre. Ces chuchotements se métamorphosèrent en bavardage qui, finalement, prit la forme de cris d'incrédulité. Le chaos prenait vie, les gens mettaient la main sur leurs téléphones portables, composant des numéros, tentant de filmer ce qui se passait.

Roman ferma ses yeux.

Il avait infiltré les esprits des hommes, femmes et enfants dans les rues dans un rayon de 500 mètres en quelques secondes. Il se prépara à effacer leurs mémoires, à libérer leurs pensées de toutes les traces de son intervention...

Et alors, il la remarqua.

Ses yeux s'ouvrirent en vitesse. Sa présence parmi les autres était aussi évidente que s'il avait vu un papillon blanc dans un océan de papillons de nuit noirs. Elle était pure et nette ; une lumière lui permettant de voir. Il ne pouvait s'empêcher de se concentrer sur elle.

Il se retourna, mais il était trop tard. La calèche qui avait avancé à son rythme quelques secondes plus tôt était maintenant vidée de ses passagers, étendus sur le sol du terrain de stationnement, tandis que la voiture se faisait traîner en produisant des étincelles par une paire de chevaux qui avaient perdu la raison.

Une mère hurla et se releva du sol en plongeant vers son fils. Roman était dans l'esprit de la mère ; il connaissait ses pensées et aurait pu la maîtriser, mais au prix de grands efforts. Une mère désespérée essayant de protéger son enfant était l'esprit le plus difficile à subjuguer. Il se retint en regardant la scène avec une impression de malaise grandissante.

L'enfant roula puis leva le bras et sa mère s'empara de lui. Ils coururent se placer en sécurité parmi les voitures tout près alors que les chevaux donnaient une ruade et que la calèche était propulsée. *BANG.* Elle fonça dans une voiture voisine, brisant les phares et fracassant le pare-brise. Les chevaux poursuivirent leur course.

Et Roman vit où ils se dirigeaient.

Oh mon Dieu, entendit-il. La voix était indubitable. Elle était douce et quelque peu enrouée. Elle était familière et précieuse d'une façon ou d'une autre. Sa vision se concentra et zooma. Là, à l'autre bout du terrain de stationnement et en plein dans la trajectoire des chevaux affolés, se trouvait l'ange de ses rêves.

Il ne l'avait encore jamais vue de la tête aux pieds, n'ayant vu que ses yeux. Il avait seulement ressenti son esprit, fort et spécial. Il l'avait seulement entendu prononcer des paroles inintelligibles qui étaient à la fois indistinctes et exaspérantes de beauté. Il avait seulement ressenti le désespoir en elle.

Le désespoir qu'elle ressentait maintenant très fortement.

Roman ne pouvait pas diriger les esprits des animaux. Il l'aurait fait, le cas échéant. Il se mit plutôt en mouvement.

Les Chimères possédaient une vitesse stupéfiante, incroyable et hallucinante. Les plus forts de sa race pouvaient bouger à une vitesse telle que les humains autour d'eux ne voyaient que des taches. Le corps de Roman disparut au regard de tous ceux qui avaient une vision naturelle à ce moment, avant de réapparaître devant l'ange de ses rêves, entre elle et les chevaux.

Le passé l'assaillit et il le confronta du regard. Il le vit dans les yeux des animaux effrayés et l'entendit dans le bruit de leurs sabots. Ce qui était étrange dans tout ça était qu'il n'avait pas été présent le matin où Ophélia avait été écrasée. Il n'avait même pas été en mesure de se résoudre à soulever le couvercle de son cercueil et à y jeter un coup d'œil lors de ses obsèques. Et malgré cela, il était là, à vivre son trépas une fois de plus.

Il entendit le halètement de la femme derrière lui.

Evelynne. Il détecta son nom, l'arracha de son vaste esprit captivant et le mémorisa au moment même où il se retournait et l'agrippait par la taille avant de l'emporter vers les cieux. L'air éclata autour de lui, se transformant en un vent puissant qui le propulsa vers le haut en le maintenant ensuite en place. Evelynne se raidit dans ses bras.

Il libéra immédiatement ses pouvoirs sur elle en la plongeant dans une hypnose profonde, mais il remarqua des choses en s'y appliquant. C'était inquiétant. Il n'avait jamais été ennuyé par des trucs de mortels auparavant. Il n'avait jamais éprouvé de moments de faiblesse face à la distraction humaine. Il nota cependant la sensation qu'il ressentait sous ses paumes, sous le bout de ses doigts avec elle dans les bras. Elle était douce, souple et chaude. Elle lui procurait une forte envie de la tenir plus fermement encore, de la serrer contre lui.

Il entendit les battements de son cœur, portant une oreille attentive à la diminution de son rythme effréné jusqu'à ce qu'il atteigne celui plus régulier de l'état de transe. Ce son ressembla à une berceuse pour lui. *Confondant.* Son propre pouls battait en rythme avec les pensées dans la tête de la femme comme si elles étaient les instruments à vent et son cœur, le tambour.

Les cercles dorés autour de ses iris sombres le frappèrent comme un genre de signe de solidarité spirituelle. Ils avaient l'allure d'une promesse, donnée librement, et semblaient appeler un genre d'engagement envers la race éternelle.

Il voulut la lui donner. Juste là, dans la sombre nuit froide, avec le parfum des fleurs de cerisier tout autour de lui, il voulait lui promettre son âme.

Et il ne la connaissait même pas, cette étrangère de ses rêves. *Oui, tu la connais.*

Ce moment attira son attention et le supplia d'être exploré davantage. Il était dans sa tête et c'était un lieu étrange rempli de passages charmants et d'innombrables affluents de créativité sur lesquels il avait fortement envie de naviguer. Il y avait aussi quelque chose de différent là, mais il ne pouvait pas tout à fait mettre le doigt dessus. C'était comme une lumière au bout d'un long tunnel ou un objet se déplaçant dans sa vision périphérique. Il ne pouvait pas l'identifier et il aurait besoin de temps pour y arriver.

Il y avait toutefois des mortels blessés sous eux et un tas de mémoires à effacer. La réalité le tirait par la main, implacable dans sa volonté de continuer. Il fallait y retourner.

Roman revint sur la Terre, sa silhouette et celle d'Evelynne ressemblant à ses anges venus du ciel, celle de Roman considérablement plus sombre.

Jaxon fut à ses côtés pratiquement à l'instant où il toucha le sol.

— Mon Seigneur ? le questionna-t-il doucement et avec respect.

Son regard passa de son roi à la femme dans ses bras, ses yeux calmes détaillant sa petite silhouette et la façon dont il la pressait contre lui d'un geste réellement protecteur. Roman ne pouvait pas en vouloir à l'homme de se poser des questions.

Les cheveux doux d'Evelynne effleurèrent le visage de Roman lorsque le vent les souleva, formant même un genre de halo autour d'elle en soufflant sur quelques mèches. Le parfum des fleurs de cerisier augmenta en intensité.

Elle dégageait de la chaleur là où ses mains agrippaient si fermement sa petite taille. Son sein droit était appuyé contre son biceps gauche d'une manière tentante, et Roman eut soudainement fortement envie de la tenir ainsi contre lui pour toujours. Elle était précieuse et vulnérable.

Et essentielle.

Jaxon, face à eux, continua de les regarder avec des questions dans les yeux. Le monde derrière eux attendait de reprendre son allure normale et le roi des vampires n'était pas lui-même. Il s'épuisait à maintenir tous leurs esprits humains suspendus dans cette bulle mentale temporelle pendant si longtemps, mais il le remarquait à peine et s'en moquait bien. Le petit corps tout en courbes d'Evelynne semblait animé de pulsations de vie absolue et même de pouvoir. C'était comme si elle pouvait alimenter sans répit la force dont il avait besoin pour se servir de sa magie, simplement en étant près de lui ainsi.

— Jaxon, dit Roman en s'obligeant finalement à parler. Emmenez-la.

C'était un ordre bien plus difficile à donner qu'il aurait dû l'être.

— Mettez-la dans la voiture et maintenez-la sous hypnose, mais en douceur.

Son regard reflétait le sérieux de sa demande, mais Jaxon pouvait sans aucun doute deviner que les sentiments de Roman envers cette femme étaient très profonds, à défaut d'un meilleur terme.

— Oui, mon Seigneur, répondit Jaxon avec respect en s'avan-çant lentement vers eux et en plaçant presque affectueusement ses bras autour de la silhouette hypnotisée d'Evelynne.

— Je vais m'occuper des autres, continua Roman. Il y a des blessés.

S'il y avait eu un loup-garou tout près ou si la Guérisseuse avait été dans le voisinage, ils auraient aidé ceux qui avaient été blessés. Des milliers de gens de partout qui croyaient avoir subi des accidents et s'en être tirés miraculeusement avec de simples égratignures avaient en fait bénéficié secrètement de formes d'aides surnaturelles. Ils ne sauraient jamais qu'ils avaient en fait reçu un échantillon de sang de loup-garou ou que Dannai Caige, la Guérisseuse, avait mis ses mains sur eux pour guérir leurs blessures. Ils savaient ce que le monde surnaturel voulait qu'ils sachent : qu'ils avaient été très chanceux.

Les loups-garous étaient cependant difficiles à trouver, malgré le fait que leur malédiction ait récemment été annulée, et la Guérisseuse était seulement une femme, si bien que c'était aux *humains* d'aider les humains 99 % du temps.

— Assurez-vous que des ambulances arrivent ici, indiqua Roman en donnant ses instructions.

Jaxon les appellerait de son cellulaire pendant que Roman se chargerait des trucs plus complexes consistant à tout replacer comme il faut et à effacer les souvenirs des gens.

Le domestique hocha la tête.

— Je le ferai, Monsieur.

Il jeta toutefois un regard à son roi, regard qui était à la fois réconfortant et gentiment implorant. Roman fronça les sourcils. Il baissa les yeux, puis il se rendit compte qu'il n'avait pas totalement libéré Evelynne de son emprise.

Evie, pensa-t-il. C'était ainsi que ses amis et sa famille l'appelaient. Son nom dansa dans son esprit comme un papillon. Il fixa sa propre main, qui s'agrippait encore de manière possessive au poignet d'Evie. Son regard se concentra sur sa main comme si elle n'était plus sous sa maîtrise. Il la libéra ensuite lorsqu'il sentit ses canines s'allonger derrière ses lèvres. Il souffrit presque de le faire.

— Je verrai à ce qu'elle soit en sécurité, mon Seigneur, le rassura Jax encore une fois en passant doucement ses bras autour d'Evelynne et en la guidant vers la limousine.

Elle collabora sans poser de questions et sans résistance ; le pouvoir de Roman s'en assura. Le regard saisissant d'Evie ne voyait rien et ses lèvres étaient légèrement entrouvertes. Elle était docile et soumise à sa transe de vampire, et Roman ne se sentit pas à l'aise de voir un autre homme la manipuler, peu importe à quel point la manipulation était prudente.

Jaxon glissa Evie à l'arrière de la limousine et Roman ferma ses yeux en jurant intérieurement. Il y avait un désordre royal derrière lui dont il devait s'occuper et il avait gaspillé un temps extrême. Tout ça à cause de cette étrangère qui était apparue dans ses rêves.

Le roi des vampires n'avait aucune idée de ce que cela pouvait signifier. Il n'avait aucun indice quant au rôle que cette femme allait jouer dans sa vie ou encore pourquoi elle l'affectait autant. Il allait toutefois le découvrir.

Il se tourna donc et infiltra presque impitoyablement les esprits de chaque humain présent sur la scène de l'accident, mais il ne pouvait penser qu'à une chose : Evelynne Grace Farrow.

CHAPITRE 4

Jason Alberich sentit la tension provoquée par une quantité incroyable de magie se manifester avec vigueur tout autour de lui lorsque sa silhouette commença à se matérialiser dans la sombre allée abandonnée à quelques coins de rue du lieu de rencontre désigné. Il n'était même pas encore arrivé à l'hôtel qu'il pouvait déjà remarquer encore plus de pouvoir rassemblé à New York qu'il en avait jamais vu.

La réunion aurait lieu à 18 h, tout juste après le coucher du soleil. Jason passa négligemment sa main sur le revers de son veston sport noir puis il quitta l'allée. Il aurait pu se rendre à la réunion par environ 10 000 moyens différents et laisser 10 000 premières impressions différentes. Il était cependant un des Treize maintenant. Et une fois qu'on était membre, c'était pour la vie. Il n'y avait aucune raison pour lui de ne pas être tout à fait lui-même.

Il faisait froid à New York en décembre. Il le savait et s'était donc donné la peine de se protéger à l'aide d'un sort afin de ne pas y être autant exposé. Son souffle demeurait toutefois visible devant lui tandis qu'il déambulait sur le trottoir achalandé.

Il ressentait le pouvoir entêtant augmenter en puissance et la foule devint plus nombreuse tandis qu'il faisait son entrée dans un secteur plus densément peuplé de la ville. À certains moments, il avait l'impression de progresser à contre-courant, un homme seul se frayant un chemin dans un océan de visages. Chaque personne avait l'air fortement concentrée et personne ne souriait. Il savait que le froid avait un rôle à jouer en ce sens ; les rues étaient à la fois détrempées et gelées, et cette combinaison était difficile. Il y avait cependant plus qu'un dédain naturel envers la température. Ces gens se dirigeaient quelque part pour une raison quelconque et devaient y être avant une heure précise. Il était tristement évident qu'ils auraient préféré faire autre chose.

C'était ici qu'ils se trouvaient habituellement, dans ces rues, peu importe la saison. C'était donc également ainsi qu'ils passaient la majeure partie de leurs vies. Une gigantesque partie de leur courte et précieuse existence passée dans la misère et la déception. Pour quoi ?

Cette façon de vivre rendait Jason perplexe et il en avait toujours été ainsi. Il ne s'était jamais privé des choses qui le rendaient heureux. Peut-être était-ce ce désir de prendre la vie comme si on prenait un taureau par les cornes et qu'on en faisait son esclave qui faisait en sorte qu'un magicien s'aventurait dans le monde aux couleurs plus sombres d'un sorcier. Si c'était le cas, alors qu'il en soit ainsi. Il était un sorcier jusqu'au bout des ongles.

— C'est mieux que d'être malheureux, murmura-t-il pour lui-même.

— Est-ce que cela signifie que vous êtes enfin heureux, Jason ? demanda une voix trop familière.

Jason s'arrêta net et baissa les yeux vers une femme qui semblait être un croisement entre une naine et un elfe et qui avait, jusqu'à tout récemment, été une aînée dans son assemblée de sorcières. Elle se tenait au centre d'un écoulement de corps qui donnait l'impression tout à fait surprenante de la contourner comme l'aurait fait un cours d'eau autour d'un rocher, leur offrant ainsi une bulle d'espace fort généreuse dans un endroit où il n'y en avait que très peu.

— Lalura.

Le choc de la voir là si soudainement déferla en lui puis s'estompa rapidement avant d'être immédiatement remplacé par de la prudence. La question de Lalura semblait être un peu trop pertinente pour avoir été inspirée de la courte phrase qu'il venait de prononcer. C'était comme si elle avait espionné ses pensées.

— Est-ce que vous lisez dans mon esprit maintenant? demanda-t-il en n'étant pas tout à fait certain qu'il serait étonné si tel était le cas.

C'était une sorcière très imprévisible et excessivement âgée.

Lalura Chantelle agita sa main d'une manière dédaigneuse et roula ses yeux.

— Par les dieux, non. Ce serait vraiment de la merde. Je peux seulement m'imaginer les non-sens que je pourrais obtenir de toutes ces personnes.

Elle secoua la tête.

— New York n'est pas un endroit où vous voulez lire dans les esprits des gens.

Le reste du monde les ignora, continuant à s'écouler autour d'eux comme une rivière insouciante.

— Pourquoi êtes-vous ici? demanda Jason.

— Pour passer vous voir, bien sûr, déclara Lalura à bâtons rompus.

Elle fit quelques pas vers lui en boitillant, diminuant ainsi la distance entre eux. Jason demeura fermement en place, la dominant physiquement de presque un mètre.

— Vous avez obtenu ce poste par accident, Jason. Vous êtes un sorcier, oui, poursuivit-elle en prenant une longue inspiration avant de pousser un soupir. Mais vous n'êtes pas Malachi Wraythe.

Les lèvres de Jason tiquèrent.

— Suis-je censé le prendre comme une insulte ou un compliment ? s'enquit-il doucement.

Ses paroles furent très audibles en dépit de la cacophonie ambiante provoquée par les piétons et la circulation dans la rue.

— Ni l'un ni l'autre, répondit Lalura. C'est une observation. Les sorciers travaillent dans les limites d'un genre de magie plus sombre, Jason, indiqua-t-elle alors que son ton de voix devenait plus personnel. On vous a placé dans le poste du roi en raison du fait qu'avec la mort de Wraythe, vous avez maintenant plus de ce genre de pouvoir que tout autre sorcier vivant. Pourquoi ?

Elle haussa les épaules.

— Je n'en ai aucune idée. Vous êtes né avec ce pouvoir et il grandit comme tout le reste ces jours-ci.

Elle jeta un coup d'œil autour d'elle, semblant contempler quelque chose d'autre pendant un moment, puis elle se tourna de nouveau vers Jason.

— Cela est peut-être sans importance. Ce qui est important est que vous êtes maintenant responsable d'un tas d'utilisateurs de magie noire.

Elle fit une pause, plissa ses yeux bleus saisissants et ajouta :

— Et vous êtes sur le point de rencontrer les autres rois.

— Vous êtes donc au courant de la réunion.

Elle se contenta de le regarder.

Jason sourit de toutes ses dents.

— Bien sûr que vous l'êtes.

— Soyez averti, jeunot, souligna-t-elle alors avant de se tourner subitement et de se mettre à s'éloigner de la foule en emportant sa bulle de protection avec elle chemin faisant. Il y aura plus de surnaturel dans cette pièce que vous en verrez dans toutes les journées combinées du reste de votre longue vie.

Jason la regarda partir. La bulle d'humains se referma autour d'elle pendant une seconde puis lorsqu'elle s'ouvrit de nouveau, Lalura Chantelle n'était plus là.

Jason souleva son menton et respira à fond par le nez. Pendant quelques secondes de plus, il fixa l'endroit d'où elle était disparue et il réfléchit à ses paroles. Elle avait raison, bien sûr, mais son avertissement était inutile. Jason était bien conscient de ce qu'il était sur le point d'éprouver.

Les Treize étaient les treize Rois. Il en connaissait un ou deux, comme le roi des vampires, Roman D'Angelo. Ce dernier était sans doute le membre le plus puissant des Treize, mais c'était discutable pour quelques raisons. Chaque roi était remarquable à sa façon.

Jason connaissait aussi le roi Akyri, un homme du genre impitoyable avec un appétit insatiable pour les femmes. Il avait entendu quelques bribes à propos de certains autres, comme le roi de l'ombre, le roi des dragons et le roi des fantômes. On discutait actuellement de transformer les Treize en Quatorze en invitant le Surveillant des loups-garous dans le lot, mais pour le moment, le sujet était sur la table, fort probablement en raison du fait que Jesse Graves n'était pas le genre d'homme à vouloir se mêler de politique de quelque manière que ce soit et il avait seulement obtenu le poste de Surveillant grâce à un genre de legs.

Les autres rois étaient de purs étrangers pour Jason ; il ne savait même pas de qui ou de quoi ils étaient les rois. Ce serait la première fois qu'il rencontrerait l'un ou l'autre d'entre eux en personne. Il était convaincu que la rencontre serait une expérience qu'il n'oublierait jamais.

Le roi des sorciers prit une autre longue inspiration et continua sa progression sur le trottoir achalandé. L'odeur du curry, des pots d'échappement des taxis et des poubelles était trop forte pour être complètement absorbée par le froid. Les yeux verts de glace de Jason parcoururent la foule tandis qu'il se déplaçait ; la magie dans l'air faisait en sorte que ses sens étaient en alerte maximale. Ses doigts eurent des tics et sa mâchoire se serra.

Ce fut alors qu'il la vit.

Elle hélait un taxi avec sa main, sa longue et mince silhouette fonçant vers le bord du trottoir pour le rencontrer à mi-chemin. Il s'immobilisa subitement, sa poitrine soudainement tendue. Elle adressa un magnifique sourire aux dents blanches au chauffeur de taxi et glissa une mèche de ses cheveux blonds derrière son oreille droite avant de rajuster son sac à main sur son épaule en ouvrant la portière arrière.

C'était un grand sac à main ; un sac de voyage. Elle s'en allait.

Le fait de s'en rendre compte frappa Jason avec un stress excessif. Un genre d'anxiété de séparation naquit en lui, ayant pour double effet de le figer sur place tout en lui donnant fortement envie de se précipiter à sa suite, de la saisir par le bras et de renvoyer le taxi au loin.

Elle fit une pause, puis jeta un seul coup d'œil par-dessus son épaule. Ses yeux tropicaux écume de mer errèrent au-dessus de la foule jusqu'à ce qu'ils croisent les siens.

Il y arrima son regard.

Il reconnut immédiatement qui ou plutôt *ce* qu'elle était. Il ne l'avait jamais vue de sa vie et en dépit de la distance qui les séparait, il pouvait ressentir le côté sombre de son aura. À l'extérieur, elle avait un sourire stupéfiant, de longs cheveux dorés et les yeux de la couleur du rivage du Pacifique. Mais à l'intérieur, elle avait faim. C'était une Akyri. Elle ne ressemblait en rien à l'allure normale des gens de sa race. Les Akyri étaient habituellement foncés de la tête aux pieds. Il reconnut néanmoins la signature sur son âme.

Il pouvait deviner qu'elle ne s'était pas nourrie d'un sorcier depuis longtemps. Sa propre essence était faible, actuellement plus mortelle qu'immortelle. Aucun Akyri qu'il avait pu connaître n'avait passé autant de temps que ce qui semblait être son cas sans profiter de la relation symbiotique du pouvoir d'un sorcier.

Et elle se sauvait.

Tandis qu'il la fixait ainsi du regard, il remarqua la peur palpable et réelle qui se dessinait sur ses traits magnifiques. Il la vit avaler sa salive avec difficulté puis il observa sa lèvre supérieure être prise d'un tic nerveux. Elle brisa alors le contact visuel puis se retourna sur ses talons avant de se hâter à bord du taxi en fermant la portière derrière elle avec force.

Un signal d'alarme se déclencha dans le corps de Jason.

Je ne peux pas la laisser partir, pensa-t-il.

Mais le taxi s'éloignait du trottoir et ce qui était plus important encore était qu'il allait être en retard à la réunion s'il se lançait à ses trousses.

Il était tout de même déchiré. Arriver en retard à sa toute première réunion avec les Treize serait totalement et complètement stupide, mais cette unique beauté Akyri aux yeux océaniques filait à toute vitesse dans une voiture jaune qui se mélangeait à de milliers d'autres voitures autour d'elle. Et elle ne reviendrait pas.

Une colère sans précédent provoquée par une panique troublante déferla dans l'esprit de Jason, libérant des vrilles de sa magie. C'était comme s'il n'avait aucune maîtrise sur celle-ci. Sans préméditation aucune, il infiltra le taxi qui s'éloignait de lui en chuchotant les paroles d'un sort qui lui permettrait d'entrevoir les pensées de sa cible.

… un sorcier… mais parti maintenant… ça ira, ça ira…

Le regard vert de Jason se plissa, prenant une couleur vive à faire frémir. Il se concentra de plus belle et s'enfonça davantage. Des pensées d'évasion, de sanctuaire et de solitude filaient dans son esprit. Elle voyait un océan, pratiquement de la même couleur que ses yeux, puis elle voyait une plage déserte. Jason la sentit s'adosser contre la banquette arrière du taxi et expirer doucement en laissant son esprit errer. La voiture quittait maintenant la portée de son sort, mais juste avant que le lien ne soit perdu, il entendit un mot, soufflé comme un soupir mental.

Maui.

Jason récupéra son pouvoir puis il se redressa en esquissant un lent sourire triomphant. Il savait où elle allait. C'était illogique qu'il s'en soucie. Il n'avait aucune idée de qui elle était. Il n'avait même pas extirpé son nom de ses pensées avant de les quitter. C'était une étrangère dans tous les sens du terme, sauf un. Il savait qu'elle était une Akyri et il pouvait sentir l'attirance prédatrice de son départ. Les hommes ne pouvaient pas s'empêcher de poursuivre ce qui voulait s'échapper d'eux.

Jason n'était pas différent. Dans les faits, le dominant en lui l'appréciait encore plus. Et cette Akyri l'attirait comme rien encore ne l'avait fait dans sa vie. Dannai n'avait même pas pu le remplir des fortes envies qu'il éprouvait en ce moment même, dans ce moment décisif.

Va et enfuis-toi, pensa-t-il sarcastiquement. *Va et cours aussi vite que tu le peux.*

Toujours souriant, il se concentra de nouveau sur le trottoir et continua sa progression dans la rue.

Quelques minutes plus tard, l'Akyri s'était installée à l'arrière de son esprit tandis qu'il se consacrait à la situation présente. Jason franchit la porte à tambour vitrée qui conduisait au lobby recouvert d'un plancher de marbre. Il ne s'arrêta pas au bureau de la sécurité et ne ralentit pas le pas en passant dans le détecteur de métal. Sa magie pulsait autour de lui, le dissimulant à la vue des hommes et des caméras de surveillance tandis qu'il se dirigeait vers les ascenseurs, avant de passer la main au-dessus du bouton.

Les doubles portes dorées s'ouvrirent immédiatement et Jason entra dans l'ascenseur en glissant une fois de plus la main au-dessus des boutons à l'intérieur. Tous les boutons s'illuminèrent aussitôt. Le regard de Jason se plissa sur eux. Il libéra une dernière touche de puissance et un dernier bouton apparut sous les autres. Il n'était pas identifié. Jason appuya dessus et il passa du rouge vif à l'orange et au jaune jusqu'à ce qu'il ait été illuminé de toutes les couleurs de l'arc-en-ciel. Puis, Jason sentit l'ascenseur bouger en douceur. Il était impossible de dire s'il montait ou descendait ; la sensation ne ressemblait pas à celle d'un ascenseur normal.

Jason se déplaça au centre de l'ascenseur avant de fermer les yeux et de rassembler son pouvoir autour de lui. L'ascenseur s'arrêta et sonna doucement. Les portes s'ouvrirent en glissant une fois de plus. Jason ouvrit ses yeux.

— Bienvenue, sorcier, dit la voix la plus charismatique que Jason avait jamais entendue.

Jason inclina la tête avec respect et quitta l'ascenseur.

CHAPITRE 5

Evie poussa un soupir de frustration. Elle était assise au même endroit depuis au moins cinq minutes, ses doigts posés sur le clavier. Elle ne mettait jamais autant de temps à trouver ce qu'elle voulait écrire. Les mots étaient là, nageant dans son esprit, mais aucun d'eux ne daignait s'associer aux autres correctement. Tout cela était absurde.

Le fait qu'un trio d'adolescents à la table d'à côté ne cessait de décrire d'une voix très forte le carnage contenu dans un certain film d'horreur dans ses moindres détails n'aidait pas. C'était distrayant, c'était le moins qu'on puisse dire. Mais ce n'était pas seulement ça.

Les mots dans sa tête ne collaboraient pas en grande partie parce qu'au cours des deux derniers jours, sa vie avait ressemblé à un flou étrange. Elle ne consommait ni alcool ni drogues récréatives, mais elle aurait pu jurer que ce dont elle avait souffert s'apparentait à une forme d'amnésie.

Elle se souvenait d'avoir traversé un terrain de stationnement en direction d'une épicerie puis elle s'était ensuite réveillée dans son lit, comme d'habitude, le corps chaud, à l'aise et un peu plus endormi qu'à la normale. Elle ne pouvait pas s'empêcher de se demander si les événements de la nuit précédente avaient été un rêve. Les rêves n'avaient pas toujours de fin. Cela aurait un certain sens.

Mais depuis lors, elle avait éprouvé de *brefs souvenirs* de certaines choses. C'était comme s'il s'agissait de petits bouts d'une bobine de film séparés du reste du film et qui étaient mis en lumière pour une seule seconde. Elle voyait des chevaux, ou du moins, elle les sentait et les entendait. Il y avait du vent. Des lumières des fêtes.

Et un homme.

Evie ferma ses yeux pour un instant, prit une longue inspiration chancelante puis s'adossa dans sa chaise en laissant tomber ses bras. L'homme était tout ce qu'elle désirait.

Evie avait toujours eu des rêves précis. Certains de ces rêves contenaient des hommes, des hommes si charismatiques qu'ils avaient obtenu des places spéciales dans ses histoires et ses livres. Des séries entières avaient en fait été imaginées autour d'eux.

Elle n'avait cependant jamais dans sa vie rêvé d'un homme comme lui. Il était pour ainsi dire littéralement inconcevable. Elle n'aurait jamais pu l'imaginer. Le plus frustrant de tout était que malgré le fait que cet homme soit le personnage le plus puissant qu'elle avait jamais vu dans un rêve, elle ne semblait pas être en mesure de trouver le bon moyen de lui donner vie. Elle voulait désespérément se servir de lui dans ses écrits, mais on aurait plutôt dit que c'était lui qui l'utilisait.

— Non, mec, la merde sortait de sa bouche à ce moment-là parce que sa gorge avait été cousue à même le gars et son...

Eh merde, pensa furieusement Evie. Elle n'avait jamais été aussi tentée de dire à quelqu'un de se taire. C'était une chance pour les garçons derrière elle qu'il n'y ait aucun enfant dans les environs, car ils auraient offert à Evie l'excuse dont elle avait besoin pour se montrer méchante.

Elle respira à fond et ferma ses yeux. Elle *le* revit presque aussitôt. Ce n'était qu'une vision furtive, mais elle était si puissante et omniprésente qu'elle avait honnêtement l'impression qu'il était là en train de la regarder.

Si je pouvais transposer quelqu'un comme lui sur papier, je vendrais comme Malcolm Cole, pensa-t-elle. L'auteur de romans à sensations fortes Malcolm Cole dominait la liste de best-sellers du *New York Times* depuis des années et le ferait encore probablement pendant des années à venir. Ses descriptions des gens et des lieux avaient une telle profondeur et étaient si tridimensionnelles que c'était comme s'il en avait lui-même fait l'expérience. Evie donnerait à peu près n'importe quoi pour être aussi douée que lui. Aussi *couronnée de succès* qu'il l'était.

Elle se mordit la lèvre et creusa dans ses méninges à la recherche de détails, mais tout ce qu'elle parvint à obtenir fut ce dont elle était témoin dans ces étranges visions furtives. Une montre-bracelet chère et luisante. L'odeur d'une eau de Cologne ou d'une lotion après-rasage haut de gamme. Il était plus grand qu'elle ; *bien* plus grand. Elle parvenait tout juste à s'imaginer ce à quoi ressemblait sa silhouette devant elle, plus vrai que nature, et… et…

Evie émit un petit son de frustration et glissa sans ménagement une main dans ses cheveux châtains. Ils se mêlèrent presque aussitôt et elle se rappela qu'elle ne les avait pas brossés ce matin.

Zut, je dois être complètement décoiffée, pensa-t-elle. Ça ne l'aurait pas dérangée si elle était demeurée à la maison, mais *elle s'était donné la peine de quitter son* appartement ce matin de manière à pouvoir ignorer la lessive, la vaisselle et la poussière pour se concentrer sur son écriture. Elle en avait besoin. Elle devait publier un autre livre bientôt. Ses parents comptaient sur elle et la saison des impôts était à la porte. Sans parler de Noël.

Elle jura à voix basse. Son ventre se nouait et à en juger par les regards que les clients du café jetaient sur elle, son expression faciale était sans doute loin d'être agréable. C'était ça ou bien ils étaient tout aussi irrités qu'elle par le trio d'adolescents.

Le refuge qui ne tuait pas les animaux où elle faisait du bénévolat avait perdu un chien ce matin. Il avait été frappé par une voiture et transporté au refuge parce que la personne qui l'avait frappé n'avait pas les moyens financiers de le conduire chez un vétérinaire. Le refuge avait un vétérinaire parmi ses employés, mais il n'était pas arrivé à temps. Elle avait mal. Chaque fois qu'ils perdaient un animal, ça faisait mal d'une nouvelle façon. Evie faisait du bénévolat au refuge depuis maintenant quatre ans et elle avait pensé qu'elle aurait pu s'y habituer avec le temps, mais rien ne changeait jamais. Elle voyait chaque animal comme son *propre* animal, avec sa propre âme et sa propre histoire à raconter, et lorsqu'il mourait, elle avait l'impression de lire la dernière page de cette histoire particulière.

Tant de ces histoires étaient beaucoup trop courtes.

Cela lui laissait un sentiment de tristesse, et elle se sentait un peu plus impuissante et un peu moins chargée d'espoir.

Elle s'inquiétait également à propos de ses parents. Sa camionnette avait fait des siennes récemment et elle n'avait pas été en mesure de se rendre à Billings pour les aider comme elle avait eu l'intention de le faire cette semaine. Les billets d'avion étaient trop chers dans un délai si court. Sa mère avait deux rendez-vous médicaux, et ni elle ni son père ne pouvaient conduire. Son frère cadet, Stephen, était un fusilier marin enrôlé en Afghanistan. Conséquemment, Evie avait été obligée de contacter son autre frère pour lui demander de l'aide.

Derek… le faisait à contrecœur au mieux et cela inquiétait Evie plus que tout le reste. La dernière chose qu'elle voulait était que ses parents sentent qu'ils étaient un fardeau pour qui que ce soit. Ils avaient bien pris soin de leurs enfants pendant aussi longtemps qu'ils avaient été en mesure de le faire. Ils méritaient d'être mieux traités que ça en retour.

Son estomac se noua une fois de plus, une crampe d'anxiété, et Evie passa rapidement sa main sur son visage. Il était chaud en dépit du fait que son corps semblait froid. *Du sucre,* pensa-t-elle. *J'ai besoin d'une dose de sucre et d'un peu plus de café.*

Le café vendait toujours une pléthore de trucs peu recommandés pour la santé et très engraissants qu'elle ignorait habituellement, mais qui feraient amplement l'affaire en ce moment. Evie sortit son portefeuille de son sac à main et se dirigea vers le comptoir avant. La taille de ses pantalons n'allait pas la remercier pour cet écart, mais sérieusement, elle s'en moquait bien. Le stress commençait réellement à s'installer en elle et d'après son opinion personnelle, les gens stressés pouvaient se permettre de consommer quelques calories supplémentaires.

* * *

Les yeux profondément sombres de Roman suivirent Evelynne Grace Farrow tandis qu'elle se levait de sa petite table ronde pour se diriger vers le comptoir avant du café. Ils suivaient à la trace chaque petit mouvement qu'elle faisait, chaque respiration, chaque tic particulier. Ils notèrent et mémorisèrent les angles de son menton, toutes les émotions qui traversaient son visage, chaque pensée qui patinait sur les anneaux envoûtants bruns et dorés de ses yeux.

Il l'observait ainsi depuis maintenant deux jours. Il avait été son ombre depuis qu'il l'avait sauvée d'un duo de chevaux affolés dans un terrain de stationnement à l'extérieur d'un petit centre d'achats. Il demeurait tout près d'elle, toujours à la portée de vampire. Il pouvait la voir, mais elle ne le pouvait pas.

Roman D'Angelo était dissimulé à la vue des humains grâce à la protection d'un sort. Et là, dans la solitude de cette invisibilité, il jouait le rôle d'un ange gardien pour sa cible involontaire. Il était transpercé par elle. Il ne pouvait pas s'en détacher.

Il avait été dans sa tête à lire ses pensées comme un vampire débutant au cours des 48 dernières heures. D'agir ainsi n'était pas son genre. Un tel comportement envahissant de la part d'une Chimère était habituellement réservé aux jeunes vampires impétueux ivres de pouvoir. Roman comptait des *milliers* d'années d'existence. Il y avait un genre d'épuisement associé à la sagesse du temps. Ils allaient main dans la main. Il ne traitait plus les mortels autour comme des êtres moindres que lui avec des droits en moins et ne l'avait plus fait depuis longtemps, en partie parce qu'il savait que ce n'était pas le cas et aussi parce qu'il était trop fatigué pour s'en soucier.

Mais Evie…

Elle avait pensé à lui, s'était *souvenue* de lui, en dépit de la force incommensurable du sort qu'il avait jeté sur elle. C'était du jamais vu pour un être humain de pouvoir franchir de tels murs mentaux. Qui donc était-elle pour être en mesure de faire une telle chose? Sa capacité dépassait son entendement et jetait de l'huile sur le feu de sa curiosité, la transformant en un grand feu obsessif.

Elle venait tout juste de penser à ses parents. Elle était préoccupée par ses responsabilités, attristée par la perte d'un des animaux qu'elle aidait à soigner, soucieuse de la sécurité de ses parents et stressée par ses finances. Le trouble intérieur qu'elle vivait lui causait des douleurs sur le plan physique. Il remarqua à quel point son rythme cardiaque avait augmenté lorsqu'une crampe s'était approprié son ventre, et remarqua également le mal de tête qui se développait derrière ses yeux. Il voulut s'en mêler. Il pourrait tout régler et la libérer de toutes ses inquiétudes en déployant un minimum d'effort. Du moins le pourrait-il avec quelqu'un d'autre. Mais si sa résistance à l'effacement de ses souvenirs était une indication, Evie pourrait bien être immunisée ne serait-ce que partiellement à ses pouvoirs.

Étonnant…

Evie Farrow s'était glissée sous sa peau surnaturelle dès le moment où elle lui était inconsciemment apparue dans ses rêves. Sa voix, ses yeux, sa présence étaient d'un charme déconcertant. Et puis, il l'avait tenue dans ses bras au-dessus de ce terrain de stationnement deux nuits auparavant, et toute sa rationalité avait été chassée de son esprit. Il n'était plus lui-même. Elle l'avait ensorcelé.

Mais elle était une mortelle, pas une sorcière. Il l'aurait su autrement.

Suivant ses ordres, les hommes de Roman avaient fait leur enquête à son sujet. Ils avaient découvert à l'ancienne ce qu'il n'avait pas extirpé de son esprit. Elle était une auteure indépendante publiée ayant abordé différents genres et elle espérait un jour gagner un prix Pulitzer.

Elle voulait changer le monde, alors elle était devenue bénévole pour un refuge qui ne tuait pas les animaux en ville, qui devait s'occuper d'un trop grand nombre d'animaux et n'avait pas assez de financement. Elle était une de ces âmes qui étaient la grâce salvatrice de la race humaine. De nombreuses personnes étaient malheureuses de l'état des choses, mais peu d'entre elles se donnaient la peine de faire le moindre sacrifice pour changer le statu quo. Evie était une de ces rares personnes.

Elle soutenait ses deux parents, qui avaient récemment eu la vie dure, et avait deux frères, tous deux plus jeunes qu'elle. Elle était née pendant la nuit de l'Halloween 30 ans auparavant. Elle vivait modestement dans un appartement de deux chambres à coucher à quelques coins de rue d'ici, au cœur de Portland, sur la rive ouest de la rivière. Elle était une solitaire, préférant les amitiés à longue distance à celles de proximité. Elle n'avait jamais eu de maladies sérieuses ou subi d'intervention chirurgicale, et n'avait jamais rien fait pour avoir ne serait-ce qu'une contravention pour vitesse excessive. Elle faisait des dons à diverses œuvres de charité de manière sporadique et elle regardait plus de comédies britanniques que d'autres choses sur son Netflix.

Elle était équilibrée, mais avait occasionnellement quelques attaques de panique attribuables à un trouble anxieux, de sorte qu'elle ne soupçonnerait jamais que tous ses gestes passés et présents étaient épiés par un harceleur surnaturel incroyablement dangereux. Au cours des deux derniers jours, Roman avait lu la totalité des 13 romans qu'elle avait publiés. Il en savait maintenant sans doute plus sur la petite Evie Farrow qu'elle en savait sur elle-même.

Il savait qu'elle aimait le groupe Nightwish. Elle faisait retentir leur musique à fond contre ses pauvres tympans sans défense chaque fois que sa concentration dérivait suffisamment pour la mettre en colère. Il savait qu'elle aimait porter de grosses et lourdes bottes ; c'était peut-être sa faiblesse. Elle en portait une paire différente chaque jour de la semaine, quoique la température hivernale de Portland exigeait cela et plus encore. Elle aimait passer l'aspirateur parce que les triangles qu'il dessinait sur le tapis l'aidaient à se sentir productive et calme. Elle aimait regarder des comédies britanniques pour s'aider à traverser ses crises d'anxiété et se réfugiait auprès des voies ferrées quand la vie devenait trop accablante. Elle disposait alors des pièces de monnaie sur les voies ferrées et revenait les chercher plus tard.

Il savait qu'elle n'avait aucun vice alimentaire à l'exception de la caféine, qu'elle absorbait à un rythme plutôt constant pendant la journée et qui avait sur elle un effet opposé, car elle la calmait au lieu de la stimuler. Elle était végétarienne, prenait ses vitamines et utilisait un gel douche aux fleurs de cerisier. L'odeur de ce gel l'entourait comme un voile éthéré, se répandant autour d'elle d'une manière attirante quand elle se déplaçait.

Il y avait des choses qu'elle détestait d'elle et cette autodévalorisation faisait en sorte que Roman tombait sous son charme et le rendait nerveux à la fois. Elle possédait ce charme qui la rendait adorable, mais elle l'ignorait. Il avait tout de même envie d'effacer les émotions négatives de son esprit, ou du moins de tenter le coup. Il ne pouvait pas supporter le fait qu'elle se réprimande à propos de choses tellement sans importance et sans signification comme sa petite taille et ses courbes délicieuses, surtout qu'elle était si... *belle*. Il réprima toutefois ses impulsions, comme il savait si bien le faire, et décida plutôt de mettre ses problèmes d'estime personnelle sur le compte de son humanité. Aucun mortel n'était jamais entièrement heureux, peu importe ce qu'ils pouvaient prétendre à ce sujet. Roman savait mieux que personne que le dalaï-lama lui-même avait sans doute des squelettes dans son placard spirituel.

De tous les faits fascinants qu'il avait pu glaner de la vie d'Evelynne Farrow, il y en avait cependant un qui affectait Roman davantage que les autres.

Il savait quel était le genre d'homme qui l'attirait.

Cela était assez facile à déterminer en lisant simplement ses écrits. Les personnages principaux de sexe masculin de ses histoires avaient des traits différents. Certains étaient blonds tandis que d'autres étaient bruns. Certains étaient plus grands que d'autres et avaient également les épaules plus larges que d'autres. Ils avaient des yeux et des épidermes de couleurs différentes ainsi que diverses nationalités. Ils avaient cependant tous une chose en commun. La grande majorité de ces hommes étaient littéralement plus qu'humain et ils étaient *tous* plus grands que nature, du moins selon la conception qu'*elle* se faisait de la vie.

Cela semblait logique. Il y avait une altérité à l'esprit d'Evie qui échouait au test d'une explication. Son imagination était fertile ; il s'était aventuré dans ses rêves au cours des deux dernières nuits et avait été stupéfait par les couleurs, les détails et la créativité de chacun d'eux. Elle était d'une très grande intelligence dans ce domaine. Il y avait cependant autre chose encore. C'était cette lumière au bout du tunnel qu'il devait encore identifier. Peu importe ce que c'était, cela la différenciait des autres. C'était donc également logique que son éventuel partenaire soit lui aussi différent.

De plus, c'était comme si Evie le savait déjà dans son subconscient. C'était une explication partielle de la raison pour laquelle elle n'avait pas encore développé de relation durable ou significative avec un homme. Elle savait qu'un homme finirait par la décevoir. Et malheureusement, dans un monde mortel, cette façon de penser l'aurait condamnée à une vie de célibat.

Heureusement, elle ne vivait pas dans un monde totalement mortel. Plus maintenant, et plus jamais. Plus maintenant qu'il l'avait trouvée.

Roman la regarda s'approcher du comptoir lorsque ce fut à son tour d'être servie. Le commis la salua chaleureusement et elle lui rendit son geste avant de passer sa commande.

L'homme derrière le comptoir lui décocha un sourire taquin.

— Un morceau de gâteau au fromage et un café sans sucre, répéta-t-il avec humour. Tout de suite.

Evie éclata de rire.

— Je sais que ce n'est pas logique, mais je ne peux pas supporter le fait de boire mes calories.

Dommage, pensa Roman. *Les vampires ne font que ça.* Puis, il cligna des yeux. La pensée était née spontanément dans son esprit, tout comme l'image qui l'avait accompagnée et qui avait flotté dans sa tête : Evie... en vampire.

C'était impossible. Ou, plutôt, ça ne se faisait plus. Roman s'en était chargé il y avait très longtemps. Les Chimères venaient au monde ainsi. Elles n'étaient pas fabriquées. Alors pourquoi venait-il de l'imaginer comme étant une vampire ? Et pourquoi cette image avait-elle emballé son cœur et noué son ventre de désir ?

L'homme derrière le comptoir prit l'argent d'Evie avant de lui remettre son morceau de gâteau au fromage et de la saluer de la tête tandis qu'elle retournait à sa table pour y attendre son café. Il y eut une tension dans l'air entre sa table et celle d'Evie, et il se redressa légèrement.

Son regard sombre se plissa alors qu'un humain s'approchait lentement et quelque peu nerveusement d'Evie, se présentant vers elle sur le côté et un peu vers l'arrière. Un séducteur potentiel. Les dents de Roman percèrent ses gencives et ses mains formèrent des poings. Il pouvait lire les pensées de l'homme très clairement.

Je ne pense pas, non.

Une décharge de pouvoir de Roman frappa l'esprit de l'homme, et le nouveau venu s'arrêta subitement, le regard soudainement inexpressif.

Partez.

La commande était simple et efficace. L'homme fronça les sourcils, tourna sur ses talons et se dirigea vers la sortie du café.

Roman le regarda s'en aller, des pensées violentes occupant une partie de son esprit alors que de telles pensées ne s'étaient pas manifestées ainsi depuis des milliers d'années.

Qu'est-ce qui ne va pas avec moi ? pensa-t-il en se retournant pour regarder sa cible tandis qu'elle retirait lentement un morceau de son gâteau au fromage de sa fourchette chanceuse.

À côté d'eux, un groupe d'adolescents ne cessait de déblatérer à propos d'un film répugnant dans lequel une panoplie de choses inhumaines étaient infligées à des humains. Roman ne prêterait normalement pas attention à eux, mais ils dérangeaient Evie.

Elle le mettait dans tous ses états et elle n'avait même pas établi un contact visuel avec lui. C'était assez. Il était temps que la jeune Evie fasse intimement connaissance avec un de ses sombres héros.

CHAPITRE 6

Charles posa pensivement ses doigts sur ses lèvres. Ses yeux bleu clair menaçaient de s'embraser. Il avait faim, mais ce n'était pas encore sérieux et il était plutôt convaincu d'avoir trouvé son dîner.

Elle n'était pas son genre habituel. Lorsque les Chimères devaient se nourrir pour mettre la dent sur la dernière goutte de sang d'une victime, ils devaient, selon la loi vampirique, s'en prendre à des personnes qui étaient condamnées à mourir de toute façon ou qui méritaient de mourir et dont personne ne s'ennuierait, comme des gens en phase terminale ou des sans-abri. Le roi des vampires était beaucoup plus puissant que la plupart des Chimères et il pouvait, grâce à sa puissance, s'octroyer un peu plus de choix. D'Angelo débarrassait régulièrement le monde des criminels (des violeurs, des meurtriers, des psychopathes) ; il effaçait ainsi aussi le souvenir de leur existence des mémoires des gens qui, autrement, se soucieraient d'eux.

Charles ne disposait pas d'une maîtrise de l'esprit aussi puissante. Les sujets de ses repas meurtriers étaient sales, malodorants et à l'état d'épaves humaines. Il avait l'habitude de choisir ces victimes rapidement et efficacement, et de disposer de leurs corps sans y accorder de longues considérations. Le fait d'y penser rendait le tout pire encore. C'était une nécessité, qu'il pouvait qualifier de tolérable au mieux.

Charles se sentait toutefois bizarre récemment. Il était énervé depuis qu'il avait plongé son regard dans celui d'Evelynne Farrow et fouillé dans son esprit. Insatisfait. Elle avait éveillé quelque chose en lui.

Ce n'était pas fortuit. Elle était ultimement censée mourir. Roman D'Angelo tomberait amoureux d'elle et perdrait ensuite ce dont il se serait soucié. C'était le châtiment, froid, dur et impitoyable. Il n'y avait pas de place pour la passion de courte durée dans le plan de Charles. On aurait cependant dit qu'elle se produisait tout de même.

Chaque fois que Charles pensait à se nourrir, c'était dans le cou mince de la petite Evie qu'il s'imaginait planter ses canines. L'aperçu qu'il avait eu de son esprit l'avait seulement fait se languir de plonger encore plus profondément pour en découvrir davantage. Il voulait assouvir sa soif d'elle, tant littéralement que métaphoriquement. Jusqu'à la dernière goutte.

Charles regarda sa prochaine victime mortelle quitter la bibliothèque de l'université. Elle était plus jeune qu'Evie, à peine à sa troisième année d'université, mais il y avait assez de similitudes pour piquer l'intérêt de Charles et lui donner bon espoir d'étancher sa soif, ne serait-ce que temporairement. Charles était intrigué par les épais cheveux châtains de la fille. Ils n'étaient pas tout à fait aussi brillants que ceux d'Evie, mais presque. Elle avait des yeux bruns. Ils n'avaient pas d'anneau et de taches dorées, mais encore une fois, ça y était presque. Puis, il y avait l'intelligence.

Evie Farrow était une fille brillante. Elle possédait les facultés mentales pour divertir un vampire pendant de très nombreuses années. En fait, il pouvait se voir affronter le temps avec elle à ses côtés.

Il y avait là une possibilité que Charles n'avait pas encore considérée. Il y avait d'autres façons d'obtenir vengeance. Evie n'avait peut-être pas à mourir.

Charles se leva et entreprit de quitter la bibliothèque à la suite de sa jeune cible. En sortant de l'édifice, la nuit se hâta de l'accueillir en lui enveloppant le corps avec familiarité. Il était une Chimère ; la nuit était son habitat naturel et il n'avait alors pas besoin de tous les sorts qui le protégeaient le jour.

Charles se glissa avec une facilité exceptionnelle dans l'esprit de la femme qui avait 30 pas d'avance sur lui. Un sourire d'anticipation se dessina sur ses traits magnifiques, exposant ses canines mortelles.

* * *

Ramsès pénétra dans la rare solitude de ses quartiers déserts et aperçut son propre reflet dans le miroir accroché au mur opposé. Il ne s'était pas regardé attentivement depuis très longtemps. Il n'y avait pas de miroir dans le désert ni aucun plan d'eau pour vous renvoyer fidèlement votre image.

Et il avait dormi.

Ramsès traversa la pièce avec une grâce lente et surnaturelle jusqu'à ce qu'il se retrouve devant le grand miroir. Ce dernier était de bonne dimension, mais il englobait à peine sa taille impressionnante. Il jeta un coup d'œil au miroir et l'image magnifique d'Amon, le dieu des dieux aux cheveux bruns, lui rendit son regard avec ses yeux anciens et insondables.

Ramsès leva ses bras de chaque côté de son corps. Une série d'hiéroglyphes archaïques et puissants tatoués à l'encre noire entourait chacun de ses biceps généreux. Ils étaient bien visibles juste au-dessous des bords de la chemise à manches courtes qu'il portait en ce moment. Ils identifiaient qui il était et ce qu'il était.

Il glissa lentement sa main gauche au-dessus des inscriptions sur son bras droit. À son contact, elles s'allumèrent une à la fois. Il les regarda rougeoyer pendant un instant, lui rappelant des jours anciens et meilleurs, avant de perdre de leur intensité avec lenteur et de revenir à leur noir le plus sombre et le plus profond.

Une fois de plus, il se tourna vers le miroir et admira sa réflexion. C'était une réflexion mortelle. Il adoptait toujours cette forme quand il marchait sur la Terre. Cette forme était accompagnée de toutes les connaissances actuelles de la race humaine : ses cultures, ses langues, ses technologies. Jamais auparavant n'avait-il été frappé si fortement et si rapidement par autant d'informations. C'était vraiment un nouvel âge.

Le regard aiguisé de Ramsès s'attarda sur la silhouette qu'il voyait dans le miroir, prenant connaissance du simple costume qu'il portait, soit une chemise noire, des jeans et de lourdes bottines qui auraient été tellement inconfortables dans le désert. Il n'avait pas senti l'épaisseur des muscles humains et la dureté des os mortels encadrant sa silhouette depuis vraiment longtemps. C'était toujours inconfortable de prime abord, quelque peu étouffant. Il était toutefois parvenu à s'habituer à la forme et pouvait même aimer certains de ses attributs.

Les femmes mortelles les aimaient certainement.

Ramsès y pensa et fronça les sourcils. Il avait récemment subjugué plusieurs membres féminins au sein de l'organisation. Elles étaient fortes, rapides et sans peur. Que les femmes de cette époque semblent davantage être en mesure de reconnaître leur potentiel inhérent plaisait à Ramsès. Les choses n'avaient pas toujours été ainsi et il s'était déjà demandé, plusieurs éternités auparavant, si elles changeraient un jour.

Ce n'était toutefois pas ces femmes-là qui l'avaient attiré dans le monde éveillé. Elles n'étaient pas la raison pour laquelle il était ici.

Il était ici pour *elle*.

Amunet.

Il pouvait ressentir sa présence quelque part. Il pouvait entendre les battements de son cœur ; il battait faiblement et à peine. Chaque battement englobait un jour et une nuit. Il était tellement lent qu'il en était presque inexistant. Elle était faible, mais elle était réelle et éveillée, et si c'était la dernière chose qu'Amon ferait, il la trouverait.

Ramsès Amon, pensa-t-il. *Ramsès*. C'était le nom qu'il avait choisi sous cette forme. Il était presque aussi vieux que lui. Ça lui convenait.

On frappa timidement à la porte derrière lui. Ramsès jeta un coup d'œil par-dessus son épaule. Il attendit un moment puis se tourna lentement pour faire face à la porte.

— Entrez, dit-il doucement.

C'était une voix qui n'utilisait qu'un centième de la puissance dont elle était capable, mais les humains étaient sensibles et il n'avait aucun désir de leur nuire ou de les effrayer.

La porte s'ouvrit sur une de ces femmes auxquelles il venait tout juste de penser. Elle était très jeune ; peut-être seulement 19 ou 20 années humaines.

— Monsieur ? demanda-t-elle, manifestement incertaine à savoir si elle devait s'immiscer dans son intimité.

À ses yeux, Ramsès était son officier supérieur. Il était nouveau dans ce poste, mais avait prouvé son droit de l'occuper et plus encore. En cela, et malgré ses intentions, il avait réussi à effrayer des mortels autour de lui à un certain degré.

— Oui ? répondit-il en lui faisant signe d'entrer et de venir s'asseoir sur un des fauteuils rembourrés à l'excès.

Elle rougit un peu, comme toutes les femmes en sa présence, puis manipula maladroitement la porte derrière elle en la refermant après être entrée dans la pièce.

— Monsieur, vous m'avez demandé de récupérer les informations de surveillance des secteurs 11 à 19. Les voici.

Elle retira un sac de son épaule et en extirpa une clé USB noire, qu'elle déposa ensuite sur la petite table devant elle.

Ramsès inclina la tête pour la remercier.

— Vous avez réussi.

— Merci, Monsieur. Vous serez satisfait des résultats. Nous avons localisé cinq autres démons loups-garous, détecté certaines énergies très étranges dans divers cafés de Portland et leurs secteurs environnants et… quelque chose d'autre également.

Le regard de Ramsès se plissa. Ce dernier commentaire pouvait signifier 10 000 choses, mais seulement quelques-unes de ces choses étaient intéressantes pour lui.

— Expliquez.

— Eh bien, Monsieur, je crois que nous avons pu capter sur bande ce qui doit être une sorcière. Il n'y a aucun autre moyen d'expliquer ce qu'elle a fait.

— Qu'a-t-elle fait ? demanda-t-il, son intérêt piqué au vif.

La fille hésita, semblant mal à l'aise pour quelque raison avec ce qu'elle était sur le point de révéler.

— Je crois qu'elle guérissait quelqu'un, Monsieur.

Ramsès demeura silencieux pendant plusieurs secondes en réfléchissant à ses paroles. Puis, il hocha la tête à une seule reprise.

— Ce sera tout. Laissez la clé USB ici.

La fille hocha la tête puis se leva dans la seconde avant de quitter la pièce en fermant de nouveau la porte derrière elle.

De retour dans le silence et la solitude, Ramsès s'approcha de la petite table et baissa les yeux. Ce faisant, une mèche de ses cheveux de jais mi-longs tomba devant ses yeux. Il la rejeta distraitement.

Je crois qu'elle guérissait quelqu'un, Monsieur.

Amunet avait possédé la capacité de guérir. Elle seule pouvait faire disparaître une blessure mortelle comme si elle ne s'était jamais produite.

Était-ce possible ?

Si c'était elle, s'il y avait la plus infime possibilité qu'il l'ait retrouvée, qu'est-ce que le fait qu'elle se retrouve en compagnie des loups-garous pouvait-il signifier ?

C'était les créatures surnaturelles du monde qui attaquaient les mortels et qui les adoraient, lui et Amunet. Leur race (les loups-garous, les vampires, les dragons) abattait régulièrement les innocents pour satisfaire leurs appétits contre nature, faisant disparaître des lignées entières en le faisant, en plus des souvenirs qu'ils entretenaient et qui gardaient Amon et son héritage en vie.

Lorsque Ramsès s'était réveillé peu de temps auparavant, il avait aussitôt recherché l'organisation la plus puissante capable de combattre avec ces forces d'un autre monde. Les Chasseurs avaient existé sous une forme ou une autre depuis que des êtres surnaturels erraient sur la Terre pour attirer leur attention et se mériter leur haine.

Les Chasseurs avaient récemment subi des changements difficiles et éprouvé diverses pertes, si bien qu'ils avaient presque été totalement décimés. Ramsès les avait trouvés, les avait réunis et s'était retrouvé à leur tête, ce qui était le but ultime de son plan en deux étapes. Il aiderait les mortels à libérer le monde de cette constante menace maléfique et ce faisant, il écumerait le monde, avec ses Chasseurs, à la recherche de sa reine.

Ramsès se pencha et ramassa la clé USB avec des doigts qui tremblaient presque comme ceux d'un mortel. Et là, avec une calme fermeté et une douleur dans son cœur qui semblait trop humain, le dieu des dieux s'approcha du système de surveillance posé contre le mur, y glissa la clé USB dans la fente appropriée et attendit qu'elle s'ouvre.

CHAPITRE 7

Evie avala le café frais et chaud et ferma les yeux, appréciant réellement cette manière qu'avait le liquide de brûler légèrement en glissant sur ses lèvres puis sur sa langue avant de se jeter dans sa gorge. Elle se sentit un peu mieux sur le coup. Ça ressemblait à de la magie.

Les impôts approchaient et elle avait une pléthore de dépenses. Elle ne devrait vraiment pas dépenser des sommes aussi exorbitantes sur le café, mais une partie d'elle se rebellait totalement contre l'idée de l'abandonner. *Pas ça, merde,* pensa-t-elle obstinément. *Laissez-moi au moins ça.*

Evie aspira soigneusement sa deuxième gorgée de thérapie bien chaude et s'apprêtait à l'avaler lorsqu'un des garçons à la table derrière elle dit quelque chose de si odieux qu'une vague de nausée déferla en elle. Elle engloutit le liquide, se brûla légèrement et eut un mouvement de recul. Elle commençait à avoir mal à la tête.

Puis, l'air autour d'elle changea. On aurait dit qu'il était soudainement chargé, comme si la foudre était sur le point de frapper. Evie se redressa et se tourna pour jeter un coup d'œil par-dessus sur son épaule.

— Vous. Partez. *Maintenant.*

Le cœur d'Evie vint se buter avec force contre ses côtes puis il eut un battement irrégulier comme s'il s'était blessé. Sa mâchoire était ouverte et ses yeux bien grands. Son corps devint tout chaud et l'air demeura coincé dans ses poumons.

Un homme se tenait debout à côté de la table du trio d'adolescents. Les trois garçons semblaient figés sur place et incapables de bouger tandis qu'ils levaient les yeux vers lui, malgré l'ordre qu'il venait de leur donner. Evie pouvait comprendre pourquoi il en était ainsi. Elle pouvait à peine en croire ses propres yeux. Ce qu'elle voyait était impossible.

Oh mon Dieu, pensa-t-elle.

Parce que l'homme était le même homme qui apparaissait dans ses souvenirs furtifs et dans ses rêves.

Il était si grand qu'Evie lui donnerait environ deux mètres. Ses yeux étaient comme le ciel de minuit, infinis et profonds. Sa peau était légèrement bronzée, olivâtre, en plus d'être impeccable et lisse. Sa structure osseuse était forte et parfaite, et son physique lui rappelait honnêtement celui d'un dieu grec. Ses cheveux épais coupés court étaient de la couleur des plumes d'un corbeau. Ils frôlaient le haut de ce qui semblait être un veston sport gris foncé en soie et en cachemire, et la chemise blanche amidonnée sous le veston était ouverte au niveau du col.

Elle jura intérieurement. Il était le sexe incarné. Tout en lui la laissait presque à bout de souffle tant la tentation était prometteuse. Elle parvint tout de même à respirer et lorsqu'elle le fit, elle détecta subtilement son eau de Cologne dispendieuse.

Il était exactement comme dans son souvenir.

Non, pensa-t-elle. C'était impossible. Elle n'aurait pas pu imaginer aussi clairement et parfaitement un homme bien vivant qu'elle n'avait jamais rencontré auparavant ; parce que cela signifierait qu'elle possédait des pouvoirs magiques ou quelque chose du genre. Ou que c'était *lui*, qui en avait. Ce qui se passait avait une explication logique. Elle perdait la tête. Voilà tout.

Soudainement, les trois garçons à la table bougèrent avec des mouvements sporadiques, leurs corps désarticulés tentant tant bien que mal de repousser leurs chaises. Sans même un simple bruit de protestation ou de mépris, les garçons contournèrent la table et traversèrent le café en toute hâte avant de le quitter les uns à la suite des autres.

Le grand étranger ténébreux les regarda partir, mais toutes les autres paires d'yeux des clients du café étaient sur *lui*, y compris celle d'Evie.

Evie pouvait entendre les battements de son propre cœur dans le silence retrouvé. L'homme détourna enfin son regard de la porte du café puis il se retourna.

Son regard sombre croisa aussitôt le sien et le reste du monde s'estompa. Evie se sentit devenir de plus en plus immobile, comme s'il pouvait la mettre aux fers avec un seul regard. Des pensées volèrent dans son esprit.

Elle entendit sa bouche parler sans qu'aucune pensée consciente ne précède ses paroles et ne put qu'espérer qu'elle ne dirait pas quelque chose de fichtrement stupide.

— Merci, dit-elle d'une voix presque inaudible. C'était… assez incroyable.

Les yeux sombrement sombres de l'étranger semblèrent miroiter comme si elle pouvait soudainement voir leurs étoiles, et une seconde plus tard, il lui décocha un sourire qui laissa Evie encore davantage à la recherche de son souffle. Ses dents étaient parfaites, droites et blanches, et son expression contribua à adoucir les magnifiques traits saisissants de son visage en lui donnant l'air d'un ange de Michel-Ange. Elle eut alors l'impression qu'une des statues du sculpteur s'était animée et était entrée dans le café.

— Puis-je me joindre à vous ? demanda-t-il en désignant gracieusement de la main la chaise vide de l'autre côté de la petite table ronde.

Sa voix grave et douce ressemblait à du velours noir.

Evie ouvrit de nouveau sa bouche pour répondre (*non, oui, bien sûr que vous le pouvez, oh mon Dieu, je vous en prie faites-le*), mais aucun son ne sortit. *Stupide*, pensa-t-elle. *Stupide ! Tu étais capable de parler avant. Adresse-lui au moins un sourire !*

Au lieu de le faire, elle hocha la tête.

Génial. Espèce d'idiote.

* * *

Comme il le faisait toujours, Roman permis à l'invisibilité qui l'entourait de se dissiper graduellement et de manière subconsciente. Les gens présents dans le café s'imaginèrent qu'il venait d'y entrer, ou peut-être qu'il avait été là tout le temps et qu'ils ne l'avaient pas remarqué jusqu'à présent. Le fait de laisser tomber cette protection ainsi était quelque chose que Roman avait fait un million de fois en présence d'humains et c'était maintenant devenu une seconde nature pour lui.

Il se leva lentement et gracieusement, balayant de la main l'avant de son veston impeccable tandis qu'il repoussait sa chaise vers l'arrière en atteignant sa pleine taille fort impressionnante.

Le trio d'adolescents à la table à côté d'Evie fut enfin silencieux pour une fois. Roman croisa chacun de leurs regards, et remarqua la peur ancienne et naturelle qui y fleurissait. Avec une patience mesurée, il se déplaça autour de la table, notant également que le café tout entier était plongé dans le silence.

— Vous, commença-t-il doucement en arrivant près de la table des garçons.

Ils figèrent sur place, leur pâleur devenant plus pâlissante encore.

— Partez, ordonna-t-il. Maintenant.

Il n'eut bien sûr pas à lever la voix. Le ton et les éternités de pouvoir accumulé qui y étaient associés étaient suffisants.

Oh mon Dieu.

Sa belle voix rauque était aussi claire dans ses pensées qu'elle l'était quand elle parlait à haute voix. Il sentit le regard d'Evie sur lui et entendit son cœur battre de façon irrégulière. Roman dut alors déployer de grands efforts pour ne pas fanfaronner.

Les adolescents attendirent deux secondes de plus puis ils passèrent tous trois en mode action, se hâtant à se défaire de leurs chaises pour être en mesure de faire ce qu'il leur avait ordonné.

Ils n'eurent même pas besoin de 15 secondes en tout pour se retrouver hors du café, à la suite de quoi Roman concentra toute son attention sur sa récompense.

Il lutta très fort pour ne pas éclater de rire. C'était très difficile, car il pouvait entendre ses pensées très clairement tandis qu'elle se traitait d'idiote et tentait de ne pas mourir d'embarras. Elle était trop mignonne. Maladroite, innocente et naïve… et *beaucoup* trop mignonne. Il pourrait bien la manger.

Cette pensée fit souffrir ses gencives. Il sentit son regard augmenter en intensité. Evie remarqua le changement et elle rougit de plus belle tandis qu'il tirait la deuxième chaise de la table.

Il était sur le point de s'asseoir au moment où les poils de sa nuque se dressèrent et que le temps sembla ralentir. Un bourdonnement remplissait l'air ambiant, voyageant le long de sa peau comme des ruisselets d'électricité. La magie en lui s'enroula, accumulant une tension sur elle-même à l'image d'un ressort géant. La sensation n'était pas nouvelle pour lui ; il l'avait ressentie plusieurs fois auparavant. C'était un avertissement, clair et manifeste.

Son corps se raidit, chaque muscle se tendant sous ses couches de vêtements. Ses sens étaient en alerte maximale. Une fraction de seconde s'écoula et il put tout entendre, tout sentir et tout voir à des kilomètres à la ronde.

Dans ce nouvel état de calme au ralenti, Roman D'Angelo se retourna pour jeter un coup d'œil à travers les fenêtres sombres du café jusque dans le mystère de la nuit. Ce qu'il y trouva le remplit d'émotions mixtes : une confusion complète et une colère soudaine et intense.

Tout en faisant cela, il s'était également mis en mouvement, bougeant trop rapidement pour l'œil humain, tout en libérant une énorme décharge de son pouvoir. Ce n'était pas suffisant pour stopper l'attaque des Chasseurs dans sa totalité ; les balles avaient déjà été tirées et le verre serait fracassé d'une façon ou d'une autre. Roman avait la faculté de se rendre compte que les armes avaient été déchargées d'une manière experte afin de réduire au minimum les chances de blesser l'un ou l'autre des humains, et cela concernait également les éclats de verre, mais il n'avait pas le luxe de pouvoir déterminer le *pourquoi* à l'heure actuelle.

L'onde de choc de son pouvoir frappa les fenêtres comme l'aurait fait la détonation d'une bombe, les fracassant aussitôt en un milliard de tessons minuscules avant de les projeter vers l'extérieur d'une manière éblouissante et dangereuse. Les Chasseurs postés à l'extérieur semblèrent réagir au ralenti, plongeant vers le sol et couvrant leurs têtes tandis que l'explosion passait au-dessus d'eux. Sa vague de pouvoir s'était également emparée des balles qui venaient d'être tirées à quelques centimètres de leurs armes à feu d'origine et les retourna vers les hommes qui avaient posé le doigt sur leurs gâchettes.

Roman ne se donna pas la peine de viser quelqu'un avec l'une ou l'autre de ces balles ; son intention n'était pas de blesser les Chasseurs, mais plutôt de les arrêter. Sa préoccupation immédiate était la personne qui se tenait maintenant debout, également au ralenti, ses yeux brun doré aussi grands que des soucoupes sur son beau visage.

Pour la deuxième fois en autant de jours, le roi des vampires tira Evelynne Farrow dans ses bras puissants et la serra avec une force qui parvenait à peine à illustrer l'intensité de ses émotions. Un genre de choc était en train de s'installer dans le café autour de lui, et le chaos frappa Evie comme tous les autres clients du café. Elle s'agita dans ses bras, mais il ne fallut pas longtemps pour que Roman sente ses yeux rougeoyer et ses canines grandir dans sa bouche une fois de plus.

Il se tourna vers Evie, la pressant encore plus contre sa poitrine en dépit de sa peur grandissante. *Arrêtez-vous*, commanda-t-il. Quelques secondes passèrent où elle lutta contre sa maîtrise mentale, ce qui semblait être quelque chose d'impossible en soi, puis elle devint immobile, hypnotisée par ses soins une fois de plus. Une partie de lui avait envie de hurler de colère. Il détestait lui faire ça encore une fois. Il voulait être doux avec elle. Il avait seulement voulu s'asseoir et parler avec elle. Mais les Chasseurs faisaient tout pour rendre la normalité impossible pour lui. Ils étaient venus pour lui et il n'avait aucune idée comment ou pourquoi. Depuis quand les Chasseurs chassaient-ils autre chose que les loups-garous ?

À l'extérieur, ces mêmes Chasseurs s'étaient relevés du sol et regroupés avec une efficacité rare. Roman pouvait détecter ce sur quoi leurs cerveaux étaient concentrés et il sentit que leurs regards étaient sur lui de nouveau. Quelques secondes seulement s'étaient écoulées depuis la première attaque. C'était différent.

Il fallait toutefois préconiser l'approche « tirer avant et poser des questions ensuite » quand on était ciblé de cette façon-là, et Roman n'hésita pas à libérer une seconde décharge de pouvoir. Celle-là fut plus puissante que la première et l'intention derrière elle était de mettre un terme définitif à la situation sur-le-champ.

Un ruisseau de force visible cascada depuis la grande silhouette de Roman, enveloppant la totalité du café avant de venir frapper les fenêtres et les murs une fois de plus. Le verre n'était déjà plus là, mais les murs craquèrent sous la pression. Au-delà des murs, les voitures qui étaient alignées le long du trottoir furent projetées dans les airs et voletèrent plusieurs verges plus loin. Un camion se retourna sur son hayon. Une Chasseuse vint heurter le châssis du véhicule et son arme à feu quitta ses mains.

Roman examina son corps en vitesse afin de savoir si elle était vivante pour se rassurer. En le faisant, il fouilla impitoyablement dans son cerveau, espérant extraire l'information qu'il recherchait. Quelqu'un d'autre avait cependant pris la peine de la protéger d'une telle intrusion et il n'obtint rien de valable.

Une seconde plus tard, il prononça un mot magique en vitesse qui les transporta en sécurité, Evie et lui. Le roi des vampires en profita pour faire un appel mental tandis qu'il voyageait dans l'espace et le temps avec son petit chargement.

David Cade et Jaxon l'attendaient quand il se matérialisa à l'extérieur d'une des planques qu'il conservait autour du globe. L'expression sur le visage de David fut sinistre quand il vit le rougeoiement dans les yeux de son roi. Jaxon reconnut Evie immédiatement.

— Qu'est-ce qui s'est passé ? demanda Cade d'un ton sombre.

— Des Chasseurs, répondit simplement Roman.

Il recula la tête légèrement et baissa les yeux vers le visage d'Evie. Il était passif, comme il l'avait été la première fois qu'il l'avait hypnotisée, mais il y avait quelque chose dans ses yeux qui n'était pas là auparavant. Une chose qui ressemblait à de la connaissance.

— Des Chasseurs ?

Cade fronça les sourcils.

— Sam avait donc raison. Ils sont devenus plus forts.

— Vous n'en avez aucune idée, indiqua Roman. Cade, j'ai besoin que vous vous rendiez au site de l'attaque avec quelques Chimères pour tout nettoyer. La dernière chose dont nous avons besoin est de nouvelle attention médiatique, étant donné que les Chasseurs semblent l'utiliser à leur avantage.

Cade hocha la tête, prononça un mot de téléportation et disparut.

— Monsieur, est-ce que mademoiselle Farrow va bien ?

Pour une première fois dans sa longue vie, Roman n'était pas certain de savoir quoi répondre à une question.

— Je…

Est-ce qu'Evie allait *bien* ? Il avait eu besoin de beaucoup trop de pression pour l'hypnotiser cette fois-ci et malgré tout, il pouvait encore sentir un genre de lutte en elle. Elle était indemne sur le plan physique, mais il y avait beaucoup plus chez une personne que ce plan, et particulièrement quand il était question d'Evie.

— Je n'en suis pas sûr, Jax, avoua-t-il enfin. Je vais l'emmener à intérieur. Veillez s'il vous plaît à ce que certains de ses effets personnels soient apportés ici.

Il respira à fond, et un nouveau genre de crainte se dévoilait en lui. Il pouvait peu à peu sentir son influence sur Evie lui glisser entre les mains. Ce genre de chose ne s'était jamais produit auparavant, *jamais*. Le fait que cela se produisait maintenant et avec *elle*, entre toutes les personnes sur la Terre, était plus que légèrement troublant.

— J'ai le sentiment que les prochains jours seront difficiles.

CHAPITRE 8

Il y avait un vide dans l'air qu'Evie parvenait à ressentir à travers le voile de son état de demi-sommeil. Elle se sentait anxieuse et ne se sentait pas bien du tout. Elle avait l'impression de ne pas être au bon endroit, comme si elle s'était installée quelque part et qu'elle en avait oublié le lieu. Ses souvenirs bouillonnaient et son estomac se voyait menacé par la nausée.

Quelque chose crépitait… *un feu*, et le bruit résonnait étrangement. Elle se réveilla lentement, bien consciente de cette ritournelle, puis elle cligna des yeux, sa vision floue lui offrant un contraste de lumière et d'obscurité. Ses yeux eurent besoin de quelques secondes pour s'ajuster. Une fois ses paupières relevées, son regard se posa sur le feu qui crépitait dans le foyer de l'autre côté de la pièce.

Les flammes étaient parfaites, chacune d'elle produisant une chaude et réconfortante lumière jaune-orangé qui apaisa sur-le-champ la presque totalité de sa nervosité. Elle se libéra graduellement de son état vaseux. Elle se concentra sur le feu pendant un moment, permettant à sa vision de retrouver sa pleine normalité. *Respire.*

L'effet apaisant du feu n'était cependant pas parvenu à vaincre la panique qui était encore en mode attente dans le creux de son estomac, menaçant de se manifester à tout moment. Elle tenta de la dominer et même de l'écraser. La panique n'avait jamais été utile à personne. Sa tentative de maîtriser ses émotions était bel et bien en marche, mais ses souvenirs l'assaillaient tout de même, se précipitant vers elle comme des chauves-souris affolées dans l'obscurité tandis qu'elle se redressait en position assise et qu'elle observait attentivement le reste de la pièce.

Un lit douillet, trois édredons, un oreiller de plume.

Dans ses souvenirs, elle voyait un visage qui était péniblement beau. Elle entendait une voix qui était chargée de sexualité.

Des murs de brique et des tapisseries suspendues à des crochets.

Elle sentit une eau de Cologne, vit la silhouette déterminée d'un homme de grande taille vêtu de vêtements chers et entendit un bruit de verre fracassé.

Un feu dans le foyer, une porte. Aucune fenêtre.

Evie avala sa salive avec difficulté et s'entendit déglutir dans le silence. Elle ne reconnaissait pas le lieu où elle se trouvait. Ce genre de situation se produisait fréquemment dans les livres et les films, mais dans le monde réel, la peur qui accompagnait cet événement était paralysante. Cela signifiait que vous aviez perdu la maîtrise de la situation à un certain point. Qu'à ce certain point, vous n'aviez plus été responsable de vos propres facultés, de vos propres souvenirs ou de votre propre destin. Quelqu'un d'autre l'était et vous ne pouviez plus faire autre chose que d'espérer que cette personne ne vous voulait pas du mal.

— Jamais, au grand jamais je ne voudrais vous faire du mal, Evie.

Evie sursauta et prit une inspiration rapide avant de se précipiter hors du lit à une vitesse folle. Ses cheveux fouettèrent son visage tandis qu'elle se retournait en vitesse pour faire face à chacun des coins de cette étrange pièce sans fenêtre. Les ombres présentes dans la pièce étaient longues, sombres et infinies.

Il y avait toutefois des étoiles dans cette obscurité, deux étoiles qui devenaient de plus en plus brillantes à mesure qu'un homme marchait hors des ombres. La lumière vint donner contre ses traits magnifiques, l'illuminant à son regard.

Oh merde… Des jurons retentirent dans l'esprit d'Evie, elle-même frénétique et terrifiée. C'était l'homme de ses souvenirs, la totalité des deux mètres de sa beauté saisissante. *Non…* Elle secoua sa tête. La dichotomie des émotions produites par l'attirance qu'elle ressentait envers lui et ce que son apparition devant elle signifiait causait des ravages à ses sens. Les souvenirs revenaient maintenant avec plus de force et de vitesse, et se reliaient entre eux comme des morceaux animés d'un casse-tête conscient. Ils n'avaient rien de logique. Ils étaient impossibles.

Fantasmes.

Dans la danse colorée, lumineuse et sonore de ses souvenirs, ce grand homme aux cheveux foncés sortait de nulle part, la soulevait dans les cieux pour la sauver d'une paire de chevaux affolés et venait ensuite la saluer dans un café. Des coups de feu étaient tirés, des fenêtres éclataient et il la tirait de nouveau contre lui…

Ses souvenirs furent brièvement secoués lorsqu'elle se rappela comment elle s'était sentie lorsque ses bras l'avaient entourée. Sa prise était serrée, mais douce, sûre et solide. Il lui avait semblé être chaud et même si la situation lui semblait folle, il lui avait également semblé être *sûr*.

C'étaient là des fantasmes impossibles. Elle *était* vraiment devenue folle.

Qui êtes-vous ? voulait-elle crier. *Où suis-je ? Que diable m'arrive-t-il ?* Ses lèvres ne formèrent toutefois pas un mot. Elle était figée face à la suite d'images qui se déroulaient devant elle ; et l'esclave de l'homme qui se tenait à plusieurs pieds d'elle.

C'en était trop. Elle se sentit glisser, comme si la vie était devenue une pente boueuse et que la gueule de la folie claquait des dents, entrouverte et rouge sous elle.

— Je suis vraiment désolé, Evie, chuchota l'homme.

Elle regarda ses yeux sans fond et si sombres, remplis de ce qui semblait être un véritable regret.

— D'une façon ou d'une autre, vous avez développé une forme d'immunité à mes influences. Je ne peux plus vous protéger...

— *Qui êtes-vous ?* cria soudainement Evie, sa voix ayant finalement bouillonné et explosé de sa bouche comme si ses poumons étaient un volcan. Comment me connaissez-vous ? demanda-t-elle ensuite.

Son cœur battait avec force.

— Où suis-je ?

Ses paroles s'estompèrent graduellement, devenant dangereusement aiguës tandis qu'elle détournait son regard de lui avant de retourner à la pièce où ils se trouvaient.

— Evelynne Farrow, dit alors l'homme, sa voix de velours semblant s'amplifier.

Elle se fraya un chemin dans sa tête, dominant temporairement ses souvenirs, sa crainte et la folie qui la rongeait. Elle exigeait son attention, et elle la lui donna. Avec une respiration chancelante qui cognait à la porte de la crise de nerfs, Evie se retourna pour plonger de nouveau son regard dans ses yeux insondables.

— Vous devez d'abord comprendre que je ne vous veux aucun mal. Vous ne serez blessée d'aucune façon tant que je serai avec vous, lui expliqua-t-il. Pendant que vous êtes ici, indiqua-t-il en désignant de la main la pièce autour d'eux. Vous êtes sous ma responsabilité et je vous prie de me croire quand je vous dis que le danger devra me passer sur le corps pour vous atteindre.

Evie entendit ses paroles et parvint à les traiter d'une façon ou d'une autre, ce qui, contre toute attente, lui permit de se sentir un peu plus calme.

Il fit un pas vers elle, ses chaussures cirées produisant un petit bruit contre le plancher en carreaux de céramique.

— Comprenez-vous ? demanda-t-il.

Son ton était doux, mais insistant, comme s'il parlait à un enfant blessé.

Evie n'était pas stupide. Elle savait très bien que les tueurs en série et les psychopathes avaient des conceptions très étranges de ce que faire du mal à un autre individu pouvait signifier. Elle savait qu'il était insensé de lui faire confiance, mais le monde *était* fou en ce moment même, et lorsqu'elle leva son regard vers ses yeux incroyables et sentit sa voix l'envelopper, elle ne pouvait pas nier le fait qu'elle voulait le croire. Vraiment beaucoup.

Elle hocha la tête. Ce fut là tout ce qu'elle parvint à faire.

L'homme prit une longue et profonde inspiration avant de poursuivre.

— Mon nom est Roman. Vous êtes dans ma maison.

Il fit une pause et jeta un coup d'œil à l'entrée et aux murs pendant une seconde.

— Enfin, l'une de mes maisons.

Il se tourna de nouveau vers elle.

— Je vous ai emmenée ici pour vous protéger.

— D-de quoi ? s'enquit-elle aussitôt.

Des chevaux, dit l'esprit d'Evie en riant. Ce n'était pas un rire rassurant. *Non*, ordonna-t-elle sévèrement à son esprit, comme un enseignant qui dirait à un étudiant de cesser de rire sottement. *De ce qui était à l'extérieur, peu importe ce que c'était.* Ses souvenirs se matérialisèrent, ralentissant dans le temps. Elle jeta un coup d'œil en elle, comme si elle se glissait dans un film qui jouait dans sa tête. Elle vit le danger ; le ressentit tout juste à l'extérieur des fenêtres du café. Elle regarda les fenêtres, *par* les fenêtres, et vit les silhouettes accroupies, sombres et en attente. Elle était là pour elle. La mort. *Non*, pas pour elle.

Pour Roman.

— Ils s'appellent les Chasseurs, lui dit-il. Et maintenant qu'ils vous ont vue avec moi, ils vous chasseront aussi.

Evie cligna des yeux. Elle déglutit, ou du moins tenta de le faire, mais sa gorge demeura coincée sur la boule sèche qui s'y était formée. Cet effort fit jaillir des larmes de ses yeux, rendant sa vision floue de nouveau. Elle glissa ses mains tremblantes sur ses jeans puis elle baissa les yeux, se rendant compte qu'elle était toujours entièrement habillée, jusqu'à ses épaisses chaussettes de laine. Seules ses bottes lui avaient été retirées.

C'était rassurant.

Elle demeura ainsi, le regard vers le bas, ayant constaté qu'il était plus facile pour elle de réfléchir quand elle ne regardait pas les yeux de Roman, puis elle prit la parole.

— Comment m'avez-vous emmenée ici ?

— Je me suis téléporté avec vous. C'est un sort très simple pour quelqu'un comme moi.

Un sort…

Le monde s'obscurcit légèrement et Evie sentit de nouveau la pente boueuse sous elle. Elle pensa au terrain de stationnement et à la calèche. Elle pouvait même entendre le fracas d'une collision lorsque l'image devint plus réelle.

— Et la première fois ? demanda-t-elle, sa voix ayant diminué d'intensité pour se retrouver à peine plus forte qu'un chuchotement. Avec les chevaux ?

Roman hésita. C'était une pause accablante.

— La première fois que je vous ai sauvée, nous avons volé.

* * *

Roman ne comprenait pas pourquoi cela se produisait, mais depuis qu'Evie s'était remise des effets de sa transe hypnotique grâce à son sommeil, sa mémoire combattait l'influence du sort qui était destiné à effacer ses souvenirs. Chaque événement passé émergeait avec une obstination féroce. Peu à peu, son subconscient remportait la bataille pour la maîtrise de son esprit et après quelques courtes heures, Roman n'était plus en mesure de décider ce qu'elle pourrait ou non se rappeler à propos des deux derniers jours. Les images étaient là, claires comme le jour, et elle pouvait les réassembler et être témoin de tout.

Il n'y avait maintenant rien d'autre à faire que de lui dire la vérité. Roman était le vampire le plus puissant sur la planète. Il avait marché sur la surface de la Terre bien avant que la plupart des cultures aient gardé des traces de leurs histoires respectives. Aucune âme humaine vivante n'était censée avoir la capacité de résister à son pouvoir.

Mais Evie le pouvait. Elle se rappelait maintenant ce qui s'était passé… et ce n'était pas tout. Peu à peu, son aura devenait plus forte, bloquant ses vagues d'influence tel un bouclier. Qui était-elle donc pour pouvoir faire ça, par le diable ? Et pourquoi…

Pourquoi fallait-il que ce soit *elle*? Pourquoi maintenant? Au moment où elle avait le plus besoin de son aide?

La peur nouait l'estomac d'Evie; il pouvait sentir son malaise comme si c'était le sien. Il ne savait pas comment la chose était possible alors qu'il s'était déjà retiré de son esprit et qu'elle s'était libérée de son influence sans même tenter de le faire. Il le pouvait néanmoins. Tout ce chaos de confusion la rendait malade de l'intérieur et il ne pouvait rien faire pour la soulager parce qu'elle lui résistait.

Il ne le pouvait pas à moins qu'elle ne le souhaite. Il aurait fallu qu'elle le laisse entrer en laissant tomber ses boucliers.

Sa souffrance lui rongeait l'intérieur comme si elle avait été la sienne. Ce sentiment le drainait comme rien d'autre ne l'avait fait depuis très longtemps. Il ne s'était pas alimenté depuis un moment. Il avait été occupé avec des questions relatives aux Chasseurs et aux loups-garous ainsi qu'à des réunions; puis il avait passé chaque moment disponible dans son horaire avec Evie. Son angoisse envers le malaise d'Evie grandissait, mais il augmentait également son appétit pour elle. C'était une situation extrêmement volatile.

Et maintenant, il pouvait sentir son anxiété augmenter d'un cran. Il pouvait presque entendre le son de la corde pincée de sa santé mentale tandis qu'elle se tendait et menaçait de se rompre. C'était une fille équilibrée, et tout ce qu'il lui présentait était totalement illogique dans son monde à elle. Ces notions ne concordaient pas du tout avec ce qu'elle avait appris au cours des 30 dernières années.

Evie glissa soudainement une main dans ses cheveux et il remarqua que sa main tremblait beaucoup. Elle inclina sa tête sur le côté, rompit le contact visuel et fit un pas plutôt raide vers sa droite. Elle regardait le plancher.

— C'est incroyable, s'étonna-t-elle en secouant sa tête. Absolument et complètement incroyable.

Elle commença alors à marcher à pas mesurés et Roman fut tenté de déployer toute son énergie pour essayer de franchir son potentiel de défense nouvellement développé afin de savoir ce qui se passait exactement à l'intérieur de sa tête. Il se sentait impuissant, et ce sentiment était tout nouveau pour lui. Il avait l'impression de se retrouver au volant d'un très imposant véhicule privé de freins.

— J'ai fantasmé ma vie entière sur des gens tels que vous. Vous le savez?

Sa voix était un peu plus aiguë qu'à la normale alors qu'elle se retournait en se mettant à marcher à pas mesurés dans la direction opposée.

— J'ai écrit sur vous, j'ai rêvé de vous et croyez-moi, j'ai souhaité, et souhaité, et vraiment souhaité que vous soyez réels. Ça aurait été *tellement* agréable de savoir qu'il y avait de la magie dans le monde et que je n'entretenais pas des espoirs inutiles.

Elle secoua sa tête de nouveau, posa ses mains sur ses hanches et se retourna une fois de plus, marchant rapidement dans les deux directions.

Elle rit rudement :

— Ma mère m'a dit que j'étais trop difficile, mon frère m'a traitée de mégère et la moitié de ma classe à l'école secondaire croyait dur comme fer que j'étais lesbienne parce que je ne voulais pas faire l'effort de m'intéresser aux garçons de mon entourage.

Elle leva ses deux mains, se retourna vivement et marcha de nouveau à pas mesurés.

— Ils étaient si fichtrement *humains*!

Elle rit, plus fort cette fois.

— Et moi, tandis que j'attendais comme une idiote pour quelque chose de plus, j'étais solidement embêtée par les humains !

Elle se tourna alors vers lui, ses yeux d'un brun doré étincelant de colère en prenant une teinte ambrée saisissante.

— Pourquoi pensez-vous que j'écris ? demanda-t-elle comme si elle attendait une réponse de lui, ce qui n'était pas le cas. Pourquoi pensez-vous que j'ai presque raté mes examens au secondaire parce que tout ce que je pouvais faire était d'écrire sans cesse de nouvelles histoires à propos de gens qui étaient *plus* que des humains ?

Elle se détourna de lui en poussant un puissant bruit de frustration totale et complète.

— Mon Dieu ! s'exclama-t-elle. J'ai tant supplié le monde de m'envoyer quelque chose de différent ! J'ai regretté le fait qu'il n'y avait rien de mieux à la vie que la réalité !

Sa voix trembla, et Roman pouvait sentir qu'elle était sur le bord des larmes. Sa propre poitrine se serra et ses doigts tiquèrent. Ses canines luttaient pour émerger dans sa bouche.

— Il n'est cependant rien arrivé ! Rien de magique *ne s'est jamais produit* !

Elle se retourna de nouveau vers lui, la couleur ambrée de ses yeux maintenant presque jaune. Roman ressentit une impression instantanée de chaleur, comme si Evie se réchauffait, pas seulement par rapport à ses émotions, mais aussi à la magie. Cet état d'être surnaturel qu'il avait déjà ressenti était amplifié. Il le sentit émaner d'elle en vagues comme d'autres personnes pouvaient sentir son propre pouvoir. C'était alarmant.

Impressionnant, mais alarmant. Il redoutait l'imminence d'un combat, d'un *véritable* combat. Et puisqu'il n'avait aucune idée de ce à quoi il était confronté et aussi puisqu'il ne pourrait jamais se résoudre à blesser Evie Farrow, le roi des vampires se demanda pour la toute première fois de sa vie s'il pourrait l'emporter.

— Et c'est la pire tragédie entre toutes, poursuivit-elle en le dardant de ses puissants yeux dorés. Vous m'avez remplie d'espoir puis vous avez brisé ces espoirs à maintes reprises.

Roman vit un peu d'humidité poindre sous son œil gauche ; une larme minuscule, mais significative.

— Vous m'avez laissée croire contre mes espoirs. Vous auriez aussi bien pu me tuer.

Jamais, pensa-t-il.

Elle secoua sa tête, et la vitesse de son geste se mit à ralentir de manière graduelle. Il pouvait sentir un changement opérer en elle, comme si la réalité s'installait encore une fois et qu'elle ne disposait plus des défenses mentales capables de le maintenir à distance.

— Que… qu'*êtes-vous*, de toute façon ? l'interrogea-t-elle ensuite, sa voix très calme de nouveau.

Elle serra ses bras autour d'elle, et Roman sut qu'elle ne le faisait pas parce qu'elle avait froid.

Elle le fixa longuement du regard, et le silence entre eux s'étira. Roman sentit le monde s'arrêter, le cœur de la Terre s'immobilisant dans sa poitrine tandis qu'il attendait sa réponse.

Une impulsion de destin battit avec force dans ses tympans tandis qu'il prenait une inspiration avant de prononcer les paroles qu'il n'avait jamais encore dites à un humain.

— Je suis un vampire.

CHAPITRE 9

Roman avait lu tous ses romans, de sorte qu'il savait que le vampire était son personnage littéraire de prédilection. En cours de lecture, l'idée qu'elle aime les vampires l'avait rempli d'un mélange de fierté et d'espoir. Ces sentiments avaient été intéressants, intrigants et quelque peu amusants. Il était toutefois totalement passé à côté de quelque chose et il n'y avait pas réfléchi davantage. Cette chose était qu'il y avait peut-être une *raison* pour cette fascination qui était la sienne.

Ses descriptions des émotions d'un vampire et de ses difficultés et tourments intérieurs étaient étonnamment futées. Il l'avait attribué aux capacités d'une bonne auteure, mais elle semblait comprendre des choses à propos des vampires qu'un humain ne devrait pas savoir, comme leur appétit, leurs fortes envies et leur solitude suprême.

Maintenant, tandis qu'il baissait son regard vers sa petite silhouette précieuse et qu'il voyait le désespoir dans ses yeux presque rayonnants, il n'avait pas d'autre choix que de croire qu'il y avait quelque chose de plus. Ce qu'il ressentait à propos d'elle était étrange et il en avait été ainsi depuis qu'il l'avait vue dans ses rêves. Il se sentait obsédé, péniblement et désespérément intéressé. Et c'était ce qu'elle avait ressenti envers sa race pour la majeure partie de sa vie.

Désespérément intéressé.

Il y avait une raison pour laquelle ces choses se produisaient. Il y avait une raison pour laquelle elle était qui elle était et avait fait ce qu'elle avait fait avec sa vie. Il y avait une raison pour laquelle il ne pouvait littéralement pas ne pas penser à elle pendant plus d'une seconde et qu'il ne voulait la quitter pour rien au monde.

C'était tout simplement évident, tant dans le fait qu'il ne pouvait plus la dominer que dans les qualités surnaturelles qui grandissaient dans sa petite silhouette. Evelynne Grace Farrow avait vécu la vie d'un être humain pendant 30 ans, mais elle n'était pas humaine. Pas complètement.

Elle semblait le fixer du regard depuis toujours et il n'avait aucune idée de ce à quoi elle pouvait bien penser. Finalement, elle répéta ses paroles, et son ton fut énigmatique.

— Un vampire.

Roman ne put qu'hocher la tête, à une seule reprise.

— Prouvez-le-moi, exigea-t-elle tandis que son regard glissait sur ses lèvres.

Il savait ce qu'elle demandait. C'était ce que n'importe qui demanderait. Les canines d'un vampire étaient essentielles. Il les laissa s'allonger complètement puis il les lui montra, tout en observant en tout temps ses réactions avec les yeux perçants d'un faucon, craignant le pire.

Evie regarda ses canines, son expression demeurant mystérieuse. Il la vit déglutir avec difficulté, ce qui était normalement un signe de crainte. Elle ne tenta cependant pas de reculer et ne montra aucune preuve lui permettant de croire à un sentiment de terreur croissante. Elle croisa plutôt de nouveau son regard et lui posa une question.

— Allez-vous me tuer, Roman?

Roman éprouva un moment horrifié d'incrédulité. Il ouvrit sa bouche pour répondre, mais elle continua avant qu'il ne puisse le faire.

— Parce qu'il n'est pas tellement logique de me sauver la vie à deux reprises simplement pour me tuer.

De nouveau, Roman ouvrit sa bouche pour répondre et elle l'interrompit une fois de plus.

— Et je dois vous dire que cela détruirait totalement l'image que j'ai de vous s'il fallait que vous perdiez la tête et commenciez à m'arracher les membres un par un.

Le ton de sa voix venait de s'élever de nouveau, lui permettant de détecter une fois de plus la peur qu'il était certain d'avoir détectée.

C'était maintenant évident pour Roman qu'elle continuait à parler ainsi parce qu'elle avait peur de ce qu'il allait dire. Elle voulait savoir s'il allait la tuer, et elle ne voulait pas vraiment le savoir en même temps.

Cette fois-ci, il prit la parole avant qu'elle ne puisse le faire à sa place une fois de plus.

— Je ne vous ferai jamais de mal, Evie. Je pensais m'être bien fait comprendre à ce sujet.

Evie lécha ses lèvres. Ce geste attira l'attention de Roman sur sa bouche. C'était un geste nerveux de la part d'Evie, mais il n'aida pas Roman à réprimer son appétit en pleine croissance. Elle glissa de nouveau ses mains sur ses jeans, une autre habitude liée à la nervosité. Puis, elle lui posa une autre question.

— Pouvez-vous lire dans mon esprit?

Il éclata presque de rire. Il pouvait au moins être honnête avec elle à ce sujet.

— Non.

Un long moment s'écoula avant qu'elle ne parle de nouveau. Elle semblait mesurer tout ce qu'il faisait et disait, mettant quelque chose au point dans sa tête.

— Qu'attendez-vous de moi?

C'était la question du siècle. Il n'avait aucune idée de ce qu'il pouvait lui dire qui ne l'effraierait pas au plus haut point. Il voulait…

Vous coucher sur mon lit.

— Je veux vous aider, affirma-t-il.

C'était au moins la vérité, même si c'était bien loin d'être toute la vérité.

Le regard couleur de miel d'Evie se plissa. Elle ne le croyait pas. Personne ne l'avait cru depuis très longtemps. Il ne pouvait toutefois pas la blâmer; il ne se croyait pas lui-même.

— Vous voulez m'aider.

Elle se redressa légèrement en tremblant encore de manière visible, mais elle reprenait ses esprits d'une façon ou d'une autre.

Roman savait qu'elle ne comprenait pas. Comment pourrait-elle comprendre alors qu'il ne comprenait pas lui-même? Il lui montra ses mains ouvertes dans un geste voulant lui signifier qu'il était bien intentionné et continua.

— Je ne sais pas pourquoi, mais je suis attiré vers vous. C'est la raison pour laquelle j'ai été en mesure de vous sauver, Evie.

Il fit un autre pas vers elle, incapable de s'en empêcher. La distance entre eux était simplement trop grande et il en perdait légèrement la tête.

— J'étais là quand le danger a frappé parce que je ne pouvais pas supporter d'être loin de vous.

Il fit une pause quand un regard de panique s'afficha sur le beau visage d'Evie.

— Je pense que cela a un lien avec ce que vous êtes, admit-il doucement.

Evie recula d'un pas et le cœur de Roman se serra.

— Et ce serait quoi, exactement? demanda-t-elle d'un ton toujours aussi manifestement effrayé, malgré son évidente force de caractère. Humaine?

Roman attendit un moment, puis il secoua sa tête.

— Je ne crois pas que vous l'êtes vraiment, Evie.

Il fit une pause.

— *Humaine.*

— Vous êtes fou, l'accusa-t-elle soudainement.

Roman n'était peut-être pas en mesure de fouiller dans son esprit, mais son ouïe était encore supérieure. Il parvint donc à entendre son pouls s'accélérer et même s'emballer.

— Vous êtes un de ces cinglés qui se font implanter des canines, c'est ça. Je ne sais pas comment vous avez fait pour triturer mon esprit; grâce à l'hypnose? Ou bien m'avez-vous simplement assommée avec un genre de drogue?

Elle expira en tremblant et secoua la tête.

— Oh, je vous ai presque cru... seigneur, qu'est-ce qui ne va pas avec moi, merde? Je suis sans doute encore droguée. Je me suis presque laissée prendre à vos âneries. Mais vous avez manqué votre coup, *Roman.*

Elle prononça son nom avec un dégoût et une colère manifeste.

— Lorsque vous avez suggéré que je n'étais pas humaine. Parce que si j'étais Superwoman, je ne serais pas ici en ce moment, merde.

— Evie...

— Non! hurla-t-elle, en levant la main comme si elle voulait le faire taire. Mon nom est *Evelynne*, cracha-t-elle.

Elle déglutit et ses yeux se posèrent sur la bouche de Roman. Ce dernier avait dissimulé ses canines derrière ses lèvres. Puis, leur dorure magnifique se dirigea vers ses épaules, qui étaient larges et probablement effrayantes pour elle. Elle bascula son poids d'un pied à l'autre.

— Evelynne, répéta-t-elle.

Elle cligna ensuite des yeux. Son regard se plissa de nouveau et remonta jusqu'aux yeux de Roman.

— Attendez. Comment savez-vous que les gens m'appellent Evie?

Roman jura intérieurement. Ça ne se déroulait pas bien du tout. Il allait devoir tuer dans l'œuf cette discussion qui tournait au vinaigre.

Elle voulait une preuve?

Très bien. Il lui en donnerait une.

Roman rassembla toute la vitesse que sa forme surnaturelle était capable de produire et il fonça vers l'avant, entourant Evie de ses bras et prononçant le mot qui les téléporterait hors de la pièce. Tout se produisit si rapidement qu'Evie ne comprit pas entièrement ce qu'il avait fait avant qu'ils se matérialisent de nouveau à sa destination et qu'il la libère de son emprise.

Elle tituba pendant un moment en reprenant son souffle, son cœur battant de manière irrégulière à cause de ce choc, puis elle le regarda avec de grands yeux.

— Que… Oh mon Dieu, que venez-vous de faire?

— C'est le sort de téléportation dont je vous parlais.

Les yeux d'Evie demeurèrent bien grands et sa respiration tout aussi rapide. Elle tourna sur elle-même de manière instable pour examiner leur environnement.

Roman observa sa petite silhouette tremblante tandis que ses yeux absorbaient le tout, puis son propre regard examina le monde tout autour de lui. C'était un de ses endroits préférés dans le monde. Il englobait tout ce qu'il aimait de la vie et rien de ce qu'il n'aimait pas. Il l'avait créé lui-même, et personne d'autre sur la planète ne savait qu'il existait.

La caverne était énorme. Elle s'étirait sur la longueur de deux terrains de football et son plafond était si haut qu'il était à peine visible. Des champignons, des algues et même des fleurs biolu-minescents qui n'avaient pas encore été baptisés par la science tapissaient le plafond et une partie des murs, produisant assez de lumière pour imiter le soleil juste avant le crépuscule. Une chute d'eau contre un mur déversait de l'eau potable fraîche dans une rivière qui s'écoulait au centre de la caverne. Cette rivière limpide divisait le sol de la caverne en ce qui semblait être des îles. Toutes les îles arrondies étaient reliées par de petits ponts en bois.

Les ponts étaient sculptés d'une manière telle qu'on aurait dit que c'était là le travail de mains expertes. Autour des garde-fous de certains ponts se trouvaient des cordes de fleurs tressées. D'autres étaient ornés de lampions au gaz qui vacillaient d'une manière invitante. Chaque île possédait un arbre qui poussait sur son épais lit de trèfles ou de mousse. Les branches de ces arbres s'étendaient sur leurs îles comme des bancs de banians, attendant qu'on y grimpe ou qu'on aille s'y asseoir. Les bourgeons de ces branches étaient vivement colorés et certains offraient des fruits sucrés et rafraîchissants. Roman savait qu'aucun homme n'y avait jamais goûté. En tant que vampire, il n'avait pas à man-ger de telles choses, mais une partie de lui avait toujours aimé les saveurs du monde des mortels. Ces fruits étaient sa propre création, une combinaison de l'ensemble de ses fruits préférés en un seul.

L'air dans la caverne était à une température parfaite, ni trop chaude, ni trop froide. La chute d'eau fournissait un bruit de fond au loin, et les rivières murmuraient et s'écoulaient à un rythme constant et paisible. Ce qui était cependant le plus invitant dans l'ensemble était la petite maison de campagne couverte de chaume qui reposait sur la grande île. Il était impossible de le dire de l'extérieur, mais Roman savait qu'elle comptait deux étages. Une cuisine minuscule, un coin-repas et des fauteuils à bascule occupaient le rez-de-chaussée. Un escalier en bois en colimaçon menait à un loft et c'était à cet endroit que se trouvait le lit de Roman.

Il y avait deux foyers dans la maison de campagne, soit un au rez-de-chaussée et l'autre sur le mur éloigné du loft. Des volutes de fumée s'échappaient de l'unique cheminée posée sur le toit de la maison de campagne, mais l'air de l'énorme caverne demeurait frais et pur par magie.

Partout sur les murs, des cristaux de couleurs et de tailles diverses poussaient et miroitaient, parant la caverne avec ce qui ressemblait à des pierres précieuses. Certaines d'entre elles *étaient* des pierres précieuses et d'autres des pierres semi-précieuses.

C'était un endroit magique, c'était le moins qu'on puisse dire. Il était le fruit de la magie, de sorts jetés les uns à la suite des autres sur une période couvrant des milliers d'années. Roman avait eu besoin d'innombrables vies humaines pour créer l'endroit où ils se trouvaient. Et jamais, pendant tout ce temps, n'avait-il même considéré y emmener une autre personne.

Pas jusqu'à présent.

Il détourna le regard de la caverne qu'il avait dissimulée au monde et baissa les yeux vers la femme avec qui il l'avait finalement partagée. Elle s'était immobilisée, sa respiration à peine audible avec les murmures des différentes rivières et le rugissement lointain des chutes. Elle ne lui faisait pas face pour le moment, mais elle compléta son cercle très lentement et leva enfin les yeux vers lui.

— Où sommes-nous?

— C'est ma maison, lui dit-il. Ma *vraie* maison.

Elle jeta un nouveau coup d'œil autour d'elle, ses yeux aux reflets dorés toujours bien grands d'étonnement. Sa bouche était ouverte et elle avait l'air abasourdie. Elle secoua sa tête légèrement.

— Je n'ai jamais…

Elle s'arrêta puis déglutit avant de faire la plus belle chose que Roman avait jamais vue. Elle sourit.

— Je n'ai jamais rien vu de si beau de toute ma vie, lui chuchota-t-elle avant de le regarder de nouveau.

Roman expira, se rendant alors compte qu'il avait retenu son souffle depuis qu'ils s'étaient matérialisés dans la caverne.

— Vous n'avez aucune idée à quel point je suis heureux de vous l'entendre dire.

Elle attendit, le regard levé vers lui, ses jolis traits débordant de fascination enfantine.

— Parce que je n'ai jamais partagé ce lieu avec quelqu'un auparavant, avoua-t-il. Vous êtes la première.

Elle fit un tour complet sur elle-même, manifestement dépassée par ce qu'elle voyait. Puis, elle secoua sa tête.

— La première?

— J'existe depuis des milliers d'années, Evelynne, et je n'ai jamais ressenti pour une femme ce que je ressens pour vous. Et c'est pourquoi vous êtes ici.

CHAPITRE 10

Evie serra la tasse fumante entre ses mains et observa la vapeur se détacher du thé chaud qu'elle contenait. Le feu dans le petit foyer crépitait joyeusement. La qualité de l'air était aussi parfaite ici dans la caverne qu'elle l'avait été à l'extérieur de celle-ci, mais il était parfumé d'odeurs lui rappelant la cannelle, les clous de girofle et le pain frais.

Elle se sentait calme.

Tout avait vraiment très peu de sens. Elle savait qu'elle aurait dû être en train de pleurer comme une hystérique ou peut-être de parler sans arrêt comme une hyène et de se balancer d'avant en arrière sur le sol. Elle était tombée dans un fichu terrier de lapin. La caverne à l'extérieur en était la preuve littérale.

En dépit de la psychologie conventionnelle, la vérité était que Roman l'avait emmenée à la caverne et lui avait démontré que ce qu'il prétendait était, en fait, la réalité. Le rythme cardiaque d'Evie commença à ralentir. Elle sentit ses poumons s'ouvrir un peu plus. Son esprit cessa de tourner à toute vitesse.

En l'absence d'une meilleure description, on aurait pu dire que quelque chose à l'intérieur d'Evie commençait à tomber en place et que maintenant qu'elle était assise à la petite table à manger en bois poli et que Roman lui servait du thé chaud et du pain avec du beurre, elle entendait un *déclic*.

Elle avait presque la sensation d'être sous l'effet d'une quelconque substance. C'était semblable à ce que l'on pouvait ressentir quand on souffrait d'une grande douleur et que les antalgiques se mettaient à faire effet, chassant la douleur et laissant un sentiment de fatigue et de reconnaissance tout en nous remplissant de paix.

C'était ainsi qu'elle se sentait, malgré tout ce qu'il lui avait dit au cours de la dernière heure. Il lui avait dit qu'il avait rêvé à elle, qu'une sorcière très vieille et respectable avait prévu son existence et qu'il y avait quelque chose de… différent à propos d'elle. Il ne pouvait pas lui dire exactement ce qui était différent, mais cette chose la différenciait des autres humains tout comme sa propre « différence » le faisait pour lui.

Evie en doutait. Roman D'Angelo était un fichu vampire. À quel point était-il possible d'être plus différent que ça?

— Evie, commença doucement Roman.

Comme cela avait été le cas chaque fois qu'il avait pris la parole, sa voix incroyable lui donnait un sentiment de plaisir sexuel qu'elle ressentait presque physiquement.

Elle rassembla son courage puis se tourna légèrement sur le banc en bois avant de lever les yeux vers lui. *Nom de Dieu*, pensa-t-elle sottement. Ça ne s'améliorait pas en dépit du nombre de fois qu'elle posait les yeux sur lui. Roman était littéralement l'homme le plus beau qu'elle avait jamais vu. *Ce regard*, pensa-t-elle. *C'est Michel Fassbender plus Richard Armitage à la puissance infinie*. Il avait retiré son veston sport et roulé les manches de sa chemise blanche à col boutonné. L'effet était hallucinant.

— Puis-je me joindre à vous? demanda-t-il.

Evie hésita. Il lui avait demandé la même chose au café… où les Chasseurs étaient passés à l'attaque.

Les Chasseurs, pensa-t-elle en fronçant les sourcils. Le souvenir des coups de feu et des fenêtres fracassées était suffisant pour que son esprit délaisse temporairement la beauté incroyable de Roman.

Temporairement.

— Je ne suis pas en train de lire dans votre esprit, mais j'ai vécu une très longue vie, avoua Roman.

Il lui décocha un fichu de beau sourire et Evie fondit sur son banc.

— Je peux donc deviner ce à quoi vous pensez.

Il laissa le sous-entendu mijoter, même si ce n'était pas nécessaire.

— Il y a beaucoup de choses dont nous devons discuter, et les Chasseurs ne sont pas les moins importants du lot.

Evie déglutit et se racla la gorge.

— C'est votre maison, dit-elle en désignant d'un signe de la tête le banc qui se trouvait face à elle.

Roman s'assit. Elle le regarda par-dessus le rebord de sa tasse en faisant de son mieux pour dissimuler son teint coloré derrière elle. Cela ne fonctionnait évidemment pas, et les efforts qu'elle déployait à tenter de digérer la situation étonnante actuelle, à ne pas perdre la tête et à conserver un air quelque peu décontracté en présence du premier mort-vivant qu'elle avait jamais rencontré lui donnaient un début de migraine.

— Vous avez mal à la tête.

Evie cligna des yeux.

— Vous *lisez* dans mon esprit.

Il éclata de rire. Le son de ce dernier était si totalement délicieux à ses oreilles qu'elle déposa presque sa tasse pour en profiter. Elle parvint cependant à demeurer totalement immobile.

— Je vous promets que je ne le fais pas, insista-t-il doucement. Je vous ai dit que je ne le pouvais pas. C'est une des raisons
pour lesquelles je sais que vous êtes différente, Evie.

Il fit une pause, baissa le regard vers la table et posa négligemment ses mains sur elle avant d'entrelacer ses doigts. Il se
pencha vers l'avant et ses avant-bras se bombèrent sous l'effet de
ses muscles puissants. La gorge d'Evie s'assécha. Il était tellement
plus imposant qu'elle.

Il regardait toujours vers le bas quand il reprit la parole.

— Vous êtes une auteure, alors je sais que vous passez beaucoup de temps à remarquer des choses.

Il leva alors les yeux en l'épinglant avec un regard qui alla la
transpercer en son centre.

— Je sais aussi que vous vous êtes sûrement rendu compte
que vous remarquiez davantage de choses maintenant que
lorsque vous aviez 20 ans, ou même que lorsque vous en
aviez 10.

Il fit une nouvelle pause et dut soudainement éprouver
quelque chose s'apparentant à la nervosité, car il baissa une
fois de plus les yeux vers la table, et Evie vit que ses doigts se
serraient les uns contre les autres là où ils ne faisaient qu'être
entrelacés un peu plus tôt.

— Imaginez ce que vous pourriez remarquer de plus après
100 ans. Ou 500 ans.

Il s'arrêta de nouveau, l'air devenant plus dense sous l'effet
des mots qui attendaient de venir au monde, et Evie *savait* absolument ce qu'il allait dire ensuite.

— Ou 1000 ans, poursuivit-il en lui donnant raison.

Elle s'y attendait peut-être, mais cet aveu l'ébranla tout autant.
Elle figea sur le banc, incapable de parler, ne sachant même pas
ce qu'elle dirait si elle avait la capacité de le faire.

— Je peux donc deviner quand vous avez mal à la tête, Evie, reconnut-il en levant de nouveau les yeux vers elle.

Il y avait du plaisir sur le coin de ses yeux qui fit miroiter les étoiles qui se trouvaient dans leurs profondeurs.

Mon Dieu, qu'il est beau.

— Et si vous le voulez, je pourrais faire en sorte que votre mal de tête disparaisse.

Un certain temps s'écoula avant qu'Evie puisse à nouveau former des mots. Quand elle y arriva, elle se racla la gorge à deux reprises avant de parler.

— Je… je vais bien. Ce n'est pas si mal, vraiment.

Roman l'observa soigneusement, ses yeux la traversant de leur chaleur intense comme si elle avait des vies antérieures et qu'il voulait les lire les unes après les autres. Il inclina enfin sa tête légèrement d'un côté et respira à fond, en souriant un peu.

— Alors parlons des Chasseurs.

* * *

Roman aurait donné n'importe quoi ou presque à ce moment précis pour être en mesure de lire de nouveau dans l'esprit d'Evie. Il se sentait comme un poisson hors de son bocal, absolument incapable de détourner ses craintes ou ses soucis, incapable de prendre l'avance dans leurs échanges. C'était tout nouveau pour lui et extrêmement inconfortable. Il en était nerveux malgré toute la retenue qu'il avait pratiquée et apprise au cours des siècles.

Lorsqu'était venu le temps de la mettre au parfum, il avait commencé par le commencement. Il n'avait pas seulement opté pour ce choix à son avantage, car il était relativement plus facile pour lui de lui fournir ses explications par ordre chronologique. Il était tout simplement plus commode de commencer par le début. Il lui avait donc dit qu'en matière de personnes, le monde était divisé en humains et en non-humains, mais comme elle avait pu s'en rendre compte pour la majeure partie de sa vie, les non-humains demeuraient cachés.

Il lui expliqua pourquoi il en était ainsi, s'en tenant plus ou moins à la même notion qui avait toujours été mise de l'avant par les auteurs et les scénaristes, soit que les humains n'étaient pas mis au fait de la vérité parce que tout à fait franchement, ils ne pouvaient pas la supporter. La couleur des joues d'Evie s'était intensifiée quand il l'avait reconnu et il savait qu'elle était en train de penser à la réaction qu'elle avait elle-même eue quand elle avait été placée face à la vérité. Un humain serait d'avis qu'il était naturel de réagir ainsi, et c'était là où résidait le problème. Aucun mortel sain d'esprit ne pourrait vraiment réellement comprendre qu'il y avait en fait plus de choses dans le monde que ce dont il était déjà conscient. C'était comme si on demandait à un poisson de tenter de se représenter ce qu'était un oiseau.

Il devait cependant admettre qu'elle gérait mieux la nouvelle que la plupart des personnes pourraient le faire. Elle semblait avoir accepté la preuve qu'il lui avait présentée jusqu'ici et était maintenant en train de réorganiser le tout dans son esprit. Il était impressionné par la manière avec laquelle elle s'était graduellement calmée en s'y obligeant tout en étant disposée à entendre ce qu'il avait à dire. Il ne nierait pas que certains humains possédaient la capacité d'entendre raison de cette façon, mais il avait vraiment le sentiment que dans son cas, c'était attribuable en partie au fait qu'elle était *différente*.

Roman lui avait donc parlé des loups-garous, de leur malédiction et des Chasseurs. C'était à ce moment que l'anxiété d'Evie avait réellement augmenté d'un cran. Il n'avait pas à pouvoir lire dans ses pensées pour s'en rendre compte. Il ne pouvait toutefois rien y faire. En fait, et bien malgré tout, la peur était la bonne réaction à avoir quand il était question des Chasseurs.

— Ils s'en sont donc pris aux loups-garous pendant tout ce temps, dit Evie en baissant les yeux vers la table et ses plats de biscuits et de fruits à moitié vides. Pourquoi vous ont-ils pris comme cible au café ?

— Beaucoup de choses changent soudainement, raisonna Roman.

Il s'était bien sûr posé la même question. C'était là quelque chose qu'il allait demander à tous les esprits intelligents et immortels sous sa gouverne d'élucider avant la fin de la nuit, mais Evie demeurait au centre de ses préoccupations pour le moment.

— Peu importe leurs raisons, Evie, reprit-il en permettant à la gravité de ses prochaines paroles d'être portée par le poids du ton de sa voix. Ils vont sans aucun doute vous associer à moi maintenant. Je crains de vous avoir placée en très grand danger.

Evie était encore si immobile et silencieuse que Roman pouvait entendre les battements de son propre cœur. Ses ongles s'enfoncèrent dans ses articulations à l'endroit où ses doigts étaient entrelacés sur la table. Elle était si belle dans cet état de repos, si majestueuse et silencieuse, comme une peinture ou une princesse. Ses longs cils frôlaient le haut de ses joues tandis qu'elle fixait la table du regard, prisonnière de ses pensées.

— Roman, dit-elle en capturant au lasso chaque once de son attention avec un seul mot. Vous avez dit que je n'étais pas… humaine.

Elle avait maintenant les yeux posés sur lui, ses yeux couleur de miel bien grands et sérieux, et Roman dut s'obliger presque brutalement à ne pas passer par-dessus la table pour s'emparer d'elle et l'embrasser séance tenante.

— Que vouliez-vous dire exactement ?

Roman jura intérieurement. Il avait su qu'elle voudrait obtenir une explication à la fin. Il l'avait senti venir, mais il n'avait aucune idée de ce qu'il pouvait lui dire. Il sentait qu'elle était différente, qu'il y avait quelque chose d'incroyablement spécial à propos d'elle, mais à son grand désespoir, il ne pouvait pas identifier ce que c'était. Il ne pouvait pas maîtriser son esprit ou régler le cas de ses craintes ou de ses malaises à moins qu'elle ne le laisse entrer en lui tenant la porte grande ouverte. Il ne pouvait également pas lire ses pensées ou effacer sa mémoire. Son esprit lui donnait littéralement l'impression d'être aussi ancien que le sien, mais elle avait à peine 30 ans. Trois décennies.

Il avait vécu cette période de vie une centaine de fois et il n'avait jamais rencontré personne comme elle. Le moment où il s'était approché le plus de cet état d'être soudainement et furieusement obsédé par un être comme il l'était avec Evie était lorsqu'il était tombé amoureux d'Ophélia en 1798, mais la comparaison entre les deux revenait à comparer la flamme d'une bougie avec un grand feu de célébration.

Ou avec le soleil.

— La vérité, Evie, est que je ne…

Il s'interrompit au milieu de sa phrase tandis qu'une vibration d'avertissement rapide et soudaine résonnait en lui avec force. Il ouvrit immédiatement son esprit, propulsant une vague de sa puissance à la manière d'un coup de fouet dans le monde éveillé au-dessus de lui. Ses hommes communiquaient avec lui et l'appelaient. Il trouva l'esprit de Jaxon, puis celui de Cade et enfin les autres, et il s'y brancha sans hésitation.

Un corps avait été trouvé.

Une femme dans la jeune vingtaine, les cheveux châtains, les yeux bruns… vidée de son sang et le corps à moitié brûlé.

Les événements remontaient à seulement quelques heures et les alarmes étaient déjà lancées.

— Evie, je suis vraiment désolé, commença-t-il doucement en se levant devant la table avant de la contourner. Je dois partir.

Evie cligna des yeux. Ces derniers s'agrandirent et elle se leva aussitôt elle aussi.

— Quoi ? Que voulez-vous dire ? Partir où ?

Il baissa les yeux vers elle et ne put s'empêcher de la regarder dans son ensemble, des lourdes bottes de combat dans lesquelles elle avait enfilé ses petits pieds au pull-over rose pêche qu'elle portait et qui était si parfaitement bien assorti au léger teint coloré de ses joues et à ses lèvres. Il avait téléporté toutes ses affaires dans la maison de campagne, les armoires étaient pleines de nourriture, et la maison de campagne était chaude, invitante et sécuritaire.

— Je veux que vous restiez ici.

— Quoi ?

— Il y a eu un meurtre et je crains que…

Il se tut soudainement, se rendant aussitôt compte que sa crainte que le tueur soit un vampire était la toute dernière chose sur Terre qu'il voulait partager avec Evie Farrow. Il ne voulait pas qu'elle pense que les gens de sa race étaient des tueurs. Oui, les Chimères n'avaient pas toujours été sous ses ordres et n'avaient pas toujours été aussi prudentes qu'elles l'étaient maintenant, mais il avait travaillé très fort pour que son règne ne soit pas un bain de sang 24 h sur 24, 7 jours sur 7 comme on le représentait dans certaines des productions fictives d'Hollywood. Et il ne voulait pas qu'Evie pense qu'il en était autrement.

— Quoi ? Comment le savez-vous ? demanda-t-elle.

— Plusieurs de mes hommes l'ont découvert.

— Et vous communiquez avec eux ou quelque chose du genre ? le questionna-t-elle.

Manifestement, elle tentait encore de comprendre les choses. C'était un monde étranger pour elle, mais elle lui donnait du fil à retordre.

— En quelque sorte, répondit-il.

— Qui a été tué ? s'enquit-elle, ramenant soudainement la conversation vers la chose qu'il ne voulait pas partager avec elle.

Roman secoua sa tête.

— Evie, je vous en prie, restez ici, ne serait-ce que quelques heures. Je serai de retour…

— Est-ce que c'était une femme ? insista-t-elle ensuite, comme si elle pouvait lire dans son esprit.

Roman jura intérieurement. Une fois de plus.

— Oui.

— Est-ce que c'était l'œuvre des Chasseurs ?

Puis, une prise de conscience dansa dans ses beaux yeux et elle se redressa, son visage s'assombrissant.

— C'était un vampire, n'est-ce pas ?

Roman jura maintenant à haute voix, mais en douceur.

— Nous n'en avons pas la certitude, admit-il.

— Vous ne m'avez jamais dit comment vous vous alimentez, énonça-t-elle.

Son ton avait baissé en intensité, atteignant presque celle d'un chuchotement.

— Je veux dire… *devez-vous* vous alimenter ? Boire du sang ? Et si vous le faites, ajouta-t-elle avant de déglutir avec difficulté et de continuer, est-ce que vous tuez vos victimes ?

Un courant de désespoir embrasa Roman et il sentit des picotements sur sa peau. Il avait su que cette discussion s'en venait et il avait déployé de grands efforts pour l'éviter. Voilà qu'il y était maintenant confronté dans ce qu'elle avait de pire à un moment où il avait très peu de temps à sa disposition. Il n'avait jamais été davantage tenté d'utiliser la magie sur un être humain qui ne s'y attendait pas qu'en ce moment précis. Il n'aurait peut-être pas été en mesure de la maîtriser avec ses pouvoirs inhérents de Chimère, mais il n'avait qu'à utiliser un sort magique bien simple et elle se retrouverait au pays des rêves.

Il se retint toutefois d'emprunter cette voie. D'une façon ou d'une autre, il savait que ce n'était pas une bonne approche à adopter avec Evie Farrow.

— Je vous promets que je répondrai à toutes vos questions sous peu, Evie, lui dit-il. Pour l'heure, on a désespérément besoin de moi ailleurs.

Il souleva son menton.

— Je vous le demande. Resterez-vous ici, je vous prie ?

— Non.

Roman s'immobilisa. Il cligna des yeux. Il ne s'était pas attendu à ce qu'elle le défie ainsi, quoiqu'il n'était pas certain de savoir pourquoi il en était ainsi. Étant donné qu'il n'avait plus de maîtrise mentale sur elle et étant donné ce qu'il avait appris de son esprit au cours des derniers jours, il aurait été logique de s'y attendre.

Mais cette caverne... Elle représentait à peu près tout ce qu'il aimait de la vie et était tout à fait littéralement magique. *Tout le monde* ne voudrait-il pas rester ici ? Surtout en comparaison de là où il devait aller en ce moment même ?

— Quoi ? s'étonna-t-il, se sentant complètement hors de son élément.

Evie baissa sa tête et plissa ses yeux, le transperçant d'un regard si sévère que Roman fut frappé par une impression instantanée de force. Elle était si petite, mais si dure ; et il en était maintenant le témoin.

— Vous ne me laisserez pas ici, D'Angelo, l'intima-t-elle doucement d'une voix si stricte et pragmatique qu'on aurait dit qu'elle parlait à un enfant qui ne se comportait pas bien. Au cours des dernières heures, vous m'avez enlevée, avez utilisé de la magie sur moi et m'avez montré que tout ce que je pensais connaître et que je croyais réel *ne* l'était pas.

Elle fit une pause, respira à fond et continua :

— Si je ne suis pas dans un lit d'hôpital à m'imaginer tout cela, alors le fait est que je me sens instable en ce moment.

Elle s'arrêta puis le regarda des pieds à la tête, comme si elle n'était pas certaine de vouloir prononcer les prochaines phrases. Son teint pâlit.

— Et… je ne veux pas être une prisonnière, souligna-t-elle.

Elle secoua sa tête et désigna de la main la maison et la caverne autour d'eux.

— Peu importe à quel point la cage peut être dorée.

Roman baissa les yeux vers la femme qui avait mis son monde sens dessus dessous au cours d'une seule journée et pensa à ses paroles. Le fait d'être incapable de lire dans son esprit le déstabilisait. Pourquoi n'avait-il pas été en mesure de savoir qu'elle pourrait voir les choses de cette façon ? Il n'avait pas l'habitude de se retrouver dans cette position. En l'absence d'un meilleur mot, il se sentait *mortel*.

Le refus d'Evie de rester seule ne lui laissait que très peu de choix. Il pouvait l'assommer avec un sort, dans lequel cas elle le détesterait à son réveil. Il pouvait la laisser ici à hurler de rage et de colère, dans lequel cas elle le détesterait une fois de plus. Ou… il pouvait l'amener.

Roman sentit une lourdeur s'installer dans son ventre. Il jura intérieurement une fois de plus, mais les mots antiques ne lui offrirent guère de réconfort.

Il ferma ses yeux et soupira.

— Prenez ma main, l'enjoignit-il en la tendant vers elle. Je vais nous téléporter de nouveau.

Evie baissa les yeux vers sa main tendue pendant un moment, puis elle leva rapidement les yeux vers lui et se redressa en glissant sa petite main dans la sienne.

La sensation était ahurissante. Le contact d'Evie était à la fois distrayant, chaud et doux. Il était presque littéralement électrique. Il baissa les yeux vers leurs mains unies et permit à ses doigts de se refermer sur les siens. C'était la chose la plus satisfaisante qu'il avait faite depuis très longtemps. Il voulait serrer sa main dans la sienne et se servir de cette emprise pour la tirer vers lui pour ne plus jamais la relâcher.

Roman organisa ses pensées en déployant des efforts en ce sens. Il leva de nouveau ses yeux vers Evie.

— Je vous prie d'accepter mes excuses à l'avance, implora-t-il. La morgue de la ville est vraiment le dernier endroit où j'ai rêvé de vous emmener.

CHAPITRE 11

C'était comme si l'on était poussé à travers un ballon. C'était cette impression forte et immédiate qu'Evie ressentit quand Roman les téléporta depuis la caverne fantastique. C'était inconfortable, mais pas de manière excessive. Le sentiment d'être étirée, poussée et tirée s'intensifia cependant davantage. Au moment précis où elle pensa dire quelque chose, ils sortirent de l'espèce de bulle d'espace-temps dans laquelle ils avaient été, et Evie sentit Roman la stabiliser avec une poigne solide tandis que le monde redevenait solide sous ses pieds.

Elle remarqua immédiatement la foule de gens serrés les uns contre les autres. Tout autour d'elle, des docteurs, des infirmières et quelques policiers, certains en uniforme et d'autres en civil, figèrent sur place. Certains d'entre eux laissèrent tomber les fichiers ou les dossiers qu'ils portaient. L'un d'eux lâcha sa tasse de café qui alla éclater contre le plancher ciré et désinfecté, et un ou deux titubèrent en s'immobilisant sur-le-champ.

Evie expira d'un souffle chancelant en voyant ce calme et cet immobilisme soudain devant ses yeux et jeta un coup d'œil autour d'elle. Elle reconnut son environnement immédiatement.

Ils étaient dans un hôpital, fort probablement sous terre. Les uniformes médicaux, l'absence de fenêtres et les lumières halogènes très brillantes donnaient cette impression.

Environ deux douzaines de personnes se trouvaient dans le corridor achalandé. Il y avait deux ascenseurs ainsi qu'une porte menant à une cage d'escalier d'un côté et deux portes battantes en métal au bout du long corridor.

Il y avait deux autres hommes dans la pièce à part des docteurs et des autres agents. Ils se trouvaient à côté de Roman et étaient presque aussi grands et aussi beaux que lui. C'était peut-être une autre illusion et peut-être qu'elle rêvait *vraiment*, mais Evie sembla immédiatement reconnaître que ces hommes étaient plus que des humains. Elle éprouva un nouvel élan rapide de ressentiment ; pendant 30 ans, le monde surnaturel s'était dissimulé à ses yeux, peu importe avec quelle intensité elle s'était répandue en injures contre la réalité. Et là, en l'espace d'une nuit, ils apparaissaient tous en force.

Son ressentiment était toutefois dominé par le sentiment de danger qui s'empara d'Evie quand elle vit toute la scène.

Un des hommes non humains avait des cheveux blonds et des yeux bleus. L'autre avait des cheveux châtains et des yeux verts. Leurs yeux étaient perçants et saisissants, du genre aimable qui plaisait immédiatement aux agents et qui transformaient les vedettes d'Hollywood en légendes.

Evie absorba ces impressions très rapidement puis elle se tourna de nouveau vers les docteurs, les infirmières et les policiers dans le corridor. Ils fixaient tous Roman du regard, leurs yeux bien grands et leurs mâchoires ouvertes.

Naturellement, Evie leva aussi les yeux vers lui. Les yeux intenses de Roman rougeoyaient maintenant comme des feux rouges. Evie inhala brusquement. Cette image inattendue était plus qu'étrange et vint la remplir d'une appréhension soudaine et renouvelée.

Le reste du monde s'estompa tandis que le visage de l'homme le plus beau qu'elle avait jamais vu lui apparut nettement. Tout ce qu'elle avait « appris » au cours des dernières heures se répéta en boucle dans sa tête et Evie eut une épiphanie.

Ce n'est pas un rêve, pensa-t-elle. *Il est vraiment un vampire.*

— Evie, restez près de moi, commanda-t-il doucement.

Il prononça alors un ensemble de mots mystérieux et étrange, et Evie ressentit ce qui pourrait seulement être décrit comme étant une ondulation dans l'air. Elle se retourna pour regarder la scène dans un silence abasourdi alors que les gens dans le corridor se redressaient tous presque en même temps. Leurs mains tombèrent sur le côté de leurs corps et ils fixaient le vide devant eux.

Ils étaient des zombies vivants qui respiraient.

Qu'a-t-il fait ? pensa-t-elle. *Comment l'a-t-il fait ?*

Elle était hautement perturbée de voir d'autres humains se faire manipuler ainsi. Ce genre de chose se produisait régulièrement dans les films, et les téléspectateurs n'avaient pas l'empathie requise pour ressentir quoi que ce soit pour les victimes à l'écran. C'était feint de toute façon.

Maintenant qu'elle en était témoin, elle était secouée bien autrement. Ça semblait si intrusif. C'était comme si leur intimité était violée. Leurs corps, leurs esprits ; tout, *violés.*

Un frisson glacé traversa Evie à cette pensée, mais Roman prit de nouveau sa main dans la sienne, et la sensation qu'elle ressentit lorsqu'il la toucha n'était pas seulement scandaleusement sensuelle. Elle était aussi de mauvais augure. Une partie d'elle-même voulut s'éloigner de lui.

Roman baissa son regard vers elle, ses yeux rouges brûlant comme les feux de l'enfer. Son regard à faire frémir se plissa et son expression devint tout à fait sinistre. Sa poigne se resserra autour de ses doigts comme s'il avait lu ses pensées.

Mais, il m'a dit qu'il ne le faisait pas.

Elle n'eut pas une seconde de plus pour réfléchir à cette notion renversante, car il se mit en marche, prenant de longues enjambées gracieuses en direction des portes de métal au bout du corridor. Ses paroles se répétèrent dans son esprit.

La morgue de la ville est vraiment le dernier endroit où j'ai rêvé de vous emmener.

Au-dessus des portes battantes se trouvaient les mots « Médecine légale ».

Oh mon Dieu, pensa Evie. *C'est vraiment là qu'il m'emmène. Avec les cadavres. Les mères, les pères, les petites filles et les petits garçons qui ont tous perdu la vie avant leur temps. Oh non…*

À ses côtés, Roman s'arrêta et baissa de nouveau les yeux vers elle. Elle croisa son regard et observa que le rouge commençait à suinter de ses iris, passant d'une couleur semblable à celle de la lave en fusion à l'indigo avant de revenir au noir, une fois de plus. Un noir infini et sans fond.

— Evie, est-ce que ça va ?

Mon Dieu, non, pensa Evie. *Vous êtes un vampire et ces deux-là* (elle regarda les deux hommes qui les suivaient en direction des portes de la morgue) *sont des vampires eux aussi et vous m'emmenez dans une morgue, pour l'amour de Dieu !*

Elle déglutit avec difficulté, remarquant pour la première fois qu'elle avait tenté de libérer sa main de la sienne. Il ne l'avait cependant pas encore relâchée. Elle baissa son regard vers sa main, tentant désespérément d'obtenir une emprise sur la situation. Tout était vrai. Tout. Et tout se passait vraiment trop vite, merde.

Elle secoua sa tête.

— Non, dit-elle.

— Laissez-moi entrer alors, exigea-t-il simplement.

La tête d'Evie se releva en vitesse et elle croisa son regard une fois de plus. Son expression était dure et inflexible. À l'aide de sa main libre, il lui tapota doucement le côté de sa tête.

— Ici, précisa-t-il. Je peux rendre ceci plus facile pour vous.

Evie sentit ses yeux s'agrandir. Elle jeta un coup d'œil aux deux autres derrière Roman. Ils l'observaient en silence et leurs expressions ne révélaient rien du tout.

Ressaisis-toi, Evie, se dit-elle. *Tu ne te sortiras pas de cette situation.* Une peur bleue et sans équivoque traversa le centre de son corps comme une tige de métal, redressant sa colonne vertébrale et blessant presque son cœur. Elle comprit subitement à qui elle avait affaire. En fin de compte, elle avait affaire à des *monstres*.

Elle dit alors ces mots de la façon la plus convaincante possible :

— Je veux dire, ça va.

Roman l'observa en silence pendant un moment, puis il respira à fond et poussa un soupir las.

— Bien sûr, chuchota-t-il avant de libérer sa main.

Evie frotta sa main précautionneusement tandis que Roman se tournait pour faire face à un des hommes derrière lui.

— Surveillez-la, ordonna-t-il. Je vais garder tout le monde sous mon influence et m'en charger moi-même.

L'homme aux cheveux châtains et aux yeux verts inclina la tête et s'avança. Evie pensait le connaître et elle eut un souvenir furtif. *Jaxon*, pensa-t-elle. *Son nom est Jaxon.*

Jaxon hocha la tête.

— Oui, mon Seigneur.

Mon Seigneur ? pensa Evie, son cœur faisant un saut périlleux dans sa poitrine. *Est-ce qu'il vient de l'appeler mon Seigneur ?*

* * *

Roman pouvait sentir et entendre le malaise grandissant d'Evie. C'était évident dans le parfum de cortisol et d'adrénaline qui s'écoulait dans ses petites veines tentantes, et il était rendu encore plus manifeste par l'accélération des battements de son cœur.

La situation la faisait paniquer. Il fut franchement étonné qu'elle ait mis autant de temps à le concrétiser.

Il maudit son malheur. Il ne pouvait pas la laisser seule à présent à cause des Chasseurs. Il ne pouvait également pas prendre son temps et apprendre à la connaître d'une façon normale. Il ne pouvait pas la faire entrer tout doucement dans le monde surnaturel auquel il était tellement habitué.

Le destin avait plutôt fait en sorte qu'elle soit jetée aux requins et malgré ses forces évidentes, elle commençait enfin à en ressentir les tensions.

Il était un vampire. Ce fait serait suffisant pour effrayer épouvantablement *n'importe quel* mortel.

Mais voilà qu'il l'entraînait maintenant dans un hôpital, hypnotisant une vingtaine de personnes avec de la magie et plaçant Evie devant la perspective de voir des cadavres, dont l'un d'eux se trouvait probablement là à cause d'un autre vampire.

Ce n'était donc pas une très grande surprise pour Roman qu'elle commence finalement à paniquer légèrement. C'était certainement quelque chose dont il devait se préoccuper.

Il libéra sa main avec énormément de réserve. Il avait l'impression qu'elle allait s'enfuir en courant d'un instant à l'autre, et puisqu'il ne disposait pas de la capacité de subjuguer son esprit, il n'aurait pas d'autre choix que de la maîtriser physiquement. C'était la dernière chose qu'il voulait faire avec elle.

En réalité… ce n'était pas vrai du tout. Ce n'était pas la dernière chose qu'il voulait faire avec elle et c'était ce qui lui faisait peur. Il voulait… la maintenir sur le dos. Il voulait des choses dont il avait violemment honte. De perdre le pouvoir sur ses désirs ne lui ressemblait pas. Il ne l'avait pas fait depuis une très longue période de temps. Son sang avait d'abord senti bon à ses narines, mais il y avait maintenant une nuance rattachée à lui qui évoluait à chaque heure qui s'écoulait. Il avait une odeur de magie ; un genre très spécial et très unique de magie. Et c'était appétissant.

Il se tourna vers Jaxon derrière lui. David était là, lui aussi ; les deux hommes s'étaient téléportés à l'hôpital pour l'y rencontrer dès qu'ils avaient eu des informations à propos du meurtre, tout en lui partageant tout ce qu'ils en savaient.

Il avait lu leurs pensées depuis son arrivée ; Cade se demandait qui était cette femme et se questionnait encore plus à savoir pourquoi il n'était pas capable de lire dans son esprit. Jaxon avait bien sûr reconnu Evie, mais il était préoccupé par sa présence en ce lieu à ce moment précis tout en étant toujours très curieux d'en savoir plus à propos de son importance.

— Surveillez-la, ordonna-t-il. Je vais garder tout le monde sous mon influence et m'en charger moi-même.

— Oui, mon Seigneur, répondit Jaxon.

Il s'avança avec l'intention de placer ses bras autour d'Evie, mais elle recula, tout comme Roman avait craint qu'elle le fasse. Il pouvait sentir une lutte de pouvoir en approche, insidieusement plus près que jamais. Elle semblait inévitable. Il espérait seulement qu'elle n'avait pas à se manifester ici et tout de suite.

— Evie, je ne veux pas que vous ayez à voir ce qui est à l'intérieur, lui indiqua Roman, pour qui chaque mot comptait. Personne ne devrait voir ça.

Il avait entendu dire que le corps était salement brûlé, comme si une Chimère avait tenté de dissimuler la preuve de son crime sans y être parvenu. Evie avait un grand cœur et détestait l'injustice dans le monde. Ce n'était pas quelque chose dont il voulait qu'elle soit témoin.

Elle était déjà très nerveuse. Elle lui avait menti en lui disant qu'elle allait bien. Il n'aimait pas qu'on lui mente, surtout si le mensonge venait d'elle, mais ce qui rendait le tout pire encore était qu'elle le faisait parce qu'elle avait peur de lui.

Il allait devoir s'en occuper plus tard. En attendant, il avait besoin d'entrer dans la pièce, de voir le corps et de déterminer si c'était un de ses hommes qui avait pris la vie d'une innocente.

— Je vous en prie, restez ici avec Jaxon, exigea-t-il.

— Non.

Cette magie qu'il avait flairée dans son sang s'intensifia. C'était comme si elle se gonflait en présence de son air de défi, qu'elle était *alimentée* par ce dernier. Il figea dans son sillage tandis que son appétit prenait vie, et il ressentit qu'un peu plus de sa maîtrise infâme et infaillible commençait à échapper à son emprise.

— Ne me laissez pas ici, Roman.

Les paroles avaient été prononcées avec douceur à la fois sous la forme d'un ordre pratique et d'une supplication.

Le son de son nom sur ses lèvres ressemblait à un frôlement de soie contre sa peau. Chaque fois qu'elle le prononçait, le sentiment s'accentuait. Il eut suffisamment de temps pour considérer sa demande.

— *Je vous en prie.*

Il souleva son menton.

— Très bien.

Il lui offrit alors sa main de nouveau. C'était un défi direct. Si elle voulait entrer avec lui, elle devrait le faire à ses propres conditions.

Evie serra ses dents ; il pouvait voir ses muscles fléchir dans sa mâchoire. On aurait dit que la lutte de pouvoir avait commencé. Et contrairement à ses espérances, il avait été celui qui l'avait initiée.

Toujours aussi courageuse, Evie glissa sa petite main dans la sienne. Il pouvait ressentir le tremblement d'agitation qui se manifestait dans les os d'Evie tandis qu'il refermait ses doigts sur les siens une fois de plus. Il éprouva un frisson de triomphe lorsque son emprise se resserra. C'était inattendu et même peu convenable pour quelqu'un de son âge et de sa stature incroyables, mais dans les faits, il fut reconnaissant cette petite reddition de sa part. Il en fut même très reconnaissant.

Sans plus attendre, Roman se retourna avec Evie et ils se dirigèrent de nouveau dans le corridor en direction des doubles portes qui menaient à la morgue du coroner.

CHAPITRE 12

C'était la procédure standard pour des situations comme celle-là. Les vampires entraient et sortaient de lieux surveillés depuis des années sans jamais laisser la moindre trace de leur passage. Ainsi, David Cade savait que lorsqu'il rencontrerait D'Angelo à la morgue de l'hôpital avec Jaxon, Roman maîtriserait immédiatement chaque esprit humain dans les environs, et qu'il ferait de même avec les caméras de surveillance des alentours.

Tout se passa comme il s'y était attendu, du moins en ce qui concerne cet aspect des choses. Jaxon et lui se matérialisèrent à la suite de leur sort de téléportation et Roman était là pour les rencontrer, se matérialisant au même moment qu'eux. Le pouvoir du roi émana aussitôt de lui comme des vrilles de foudre invisible, maîtrisant chaque mortel présent, du sous-sol jusqu'au niveau trois. En somme, les humains allaient se comporter exactement comme des zombies jusqu'à ce que Roman les libère de son emprise.

Les caméras de surveillance qui vrombissaient et cliquetaient dans les coins des corridors recevaient aussi son attention spéciale. La magie de D'Angelo faisait brûler le câblage, effaçait les enregistrements et faisait en sorte que rien ne pourrait jamais prouver que les vampires avaient marché dans ces corridors à un moment donné.

L'expérience de David lui permettait de savoir que tout ceci se produirait. Ce sur quoi il *n'avait pas* compté était l'apparition de la femme qui s'était matérialisée à côté du roi dans le corridor. Il ne s'était également pas attendu à voir D'Angelo se comporter ainsi avec elle.

Intéressant, pensa David. Il s'agissait pour le moins d'une situation réellement intrigante. Jamais encore David n'avait-il été témoin de tels agissements de son roi envers une femme depuis tout le temps qu'il le connaissait.

D'Angelo ne semblait en fait pas au sommet de son art, pour être honnête. L'air autour de lui était si chargé qu'on aurait dit que la foudre aurait pu éclater à n'importe quel moment, et son comportement était tendu. Ça ne ressemblait pas à D'Angelo d'être tendu.

La femme elle-même était tout aussi intrigante. Elle était certainement jolie. De petite taille et aux formes parfaites, ses yeux étaient saisissants et ses cheveux avaient la couleur du caramel filé dans lequel on aurait mélangé du miel. Mais c'était absolument plus que cela. D'une part, il ne pouvait pas lire dans son esprit. Pas même une seule pensée flottant à la surface. Elle ressemblait à un cadeau de Noël, enveloppé dans des couches successives de papier d'emballage brillant. Il n'avait aucune idée des trésors qui attendaient à l'intérieur et vu la façon dont le roi se comportait avec elle, il n'allait pas le découvrir de sitôt.

Si l'emprise de Roman sur son poignet était une indication quelconque, cette femme était un cadeau qu'aucun vampire sain d'esprit n'oserait tenter de déballer.

Il y avait également quelque chose d'autre. Quelque chose dans son *sang*. C'était un genre de magie. Il aurait pu parier son incisive droite là-dessus. Elle sentait l'être humain d'une manière délicate qui demandait de la protection et des pincettes. Elle sentait également comme la rosée du matin, le brouillard et cette odeur qui se dégageait de l'air juste avant que la foudre ne frappe. Il était tout autour d'elle, une aura d'un certain genre, un mur brillant et impénétrable d'un mysticisme scintillant. Peu importe qui elle était, *ou ce qu'elle était*, il ne pouvait pas blâmer D'Angelo de maintenir une prise de fer sur son poignet.

David croyait que si c'était important, Roman lui donnerait des explications à propos de la femme quand ils auraient du temps à leur disposition. Pour le moment, David comprenait cependant suffisamment ses devoirs en tant que meilleur ami et compagnon loyal de Roman pour accepter que si le roi estimait qu'elle était nécessaire, c'était sa responsabilité de partager lui aussi ce même sentiment.

David jeta un coup d'œil à Jaxon à côté de lui. Jax pensait probablement la même chose. Les trois hommes avaient l'habitude d'être sur la même longueur d'onde, ce qui était une des raisons pour lesquelles leur amitié était si solide. Peu importe qui était cette femme, elle bénéficierait de leur protection combinée.

Les devançant dans le corridor, Roman traversa les portes doubles qui conduisaient à la morgue du coroner. David se donna du courage. Il n'était vraiment pas aussi âgé que Roman, mais il foulait la Terre depuis un bon moment. Lorsque de telles choses se produisaient, elles avaient un effet profond sur lui. Il était une Chimère et l'un des prédateurs les plus dangereux sur la planète, mais en même temps, il méprisait ceux qui attaquaient les faibles et les impuissants. Il en avait toujours été et en serait toujours ainsi.

Les portes se fermèrent derrière eux, et Roman les guida dans cet espace métallisé et froid jusqu'à une table qui attendait contre un mur. C'était une chance que la pièce soit actuellement déserte. Le coroner était déjà passé et reparti, ou il n'était pas encore arrivé. D'une façon ou d'une autre, les Chimères avaient la pièce pour eux.

Ils s'approchèrent tous les quatre de la table sur laquelle reposait une silhouette déformée recouverte d'un drap blanc. David éprouva un moment d'appréhension. Il ne voulait pas que la femme voie ce qui attendait sous ce drap. Peu importe ce qu'elle pouvait bien être, *personne* n'avait à être témoin de ce qui était sur la table à moins d'une nécessité absolue.

— Evie, je ne veux pas que vous regardiez, lui ordonna Roman.

David poussa un souffle de soulagement lorsque la femme hocha la tête et détourna son visage. Elle n'avait manifestement pas à se le faire dire deux fois et il avait l'impression que la première fois n'avait également pas été nécessaire. Elle ne voulait pas plus le voir qu'eux.

Roman utilisa sa main libre pour tirer sur le drap qui recouvrait le corps sur le bloc. C'était aussi mauvais que ce que David avait craint et il en fut aussitôt rempli de dégoût. Ce n'était pas l'horreur de ce qui se trouvait devant lui qui retournait son estomac, mais bien l'acte qui avait précédé.

Une moitié du corps avait été brûlée, mais un certain tour du destin (un orage impromptu ou une puissante rafale étouffante) avait contrecarré les efforts du meurtrier et avait permis d'épargner la moitié restante. Résultat : les révélatrices blessures par morsure dans le cou étaient toujours là.

L'expression faciale de Roman se durcit et le rouge dans ses yeux fut de retour. Il se redressa.

— C'était l'un des nôtres.

Bien longtemps auparavant, avant que Roman ne devienne leur souverain, les Chimères étaient indisciplinées et égoïstes. Ils avaient besoin de se nourrir de leurs victimes jusqu'à la dernière goutte bien moins fréquemment qu'ils le faisaient, et les meurtres s'additionnaient, donnant une teinte rougeâtre au monde. Les choses étaient cependant différentes depuis 3000 ans. D'Angelo avait veillé à ce qu'il en soit ainsi. Maintenant, lorsqu'un vampire devait se nourrir de la totalité du sang de sa victime, la cible était un criminel, un toxicomane ou un malade souffrant d'une maladie incurable.

Les innocents comme cette victime étaient protégés. Il s'agissait là d'un crime épouvantable. Pas seulement parmi les humains, mais aussi chez les Chimères.

Debout à côté de Roman, « Evie » produisit un petit son, moitié soupir, moitié gémissement, attirant immédiatement l'attention de tous. Roman libéra son poignet, et elle se pencha vers l'avant, plaçant ses deux mains sur ses genoux comme si elle voulait retrouver l'équilibre.

— Je sens une odeur de café, déclara-t-elle doucement.

David fronça les sourcils. *De café*? C'était la dernière chose qu'il pouvait sentir. Ça sentait la chair carbonisée, les produits chimiques et les produits antiseptiques.

— Evie…

Roman s'avança et Evie tomba. Si vite qu'un humain n'aurait peut-être pas pu la rattraper, mais elle se retrouva entre les bras de Roman bien longtemps avant le moment où elle aurait touché le sol.

Il se retourna avec elle, tenant tendrement son corps évanoui contre sa poitrine.

— Jaxon, je vais la ramener au refuge. Alertez les gardes et convoquez une réunion. L'un des nôtres est maintenant un renégat.

* * *

Lalura était encore étendue sur son lit ; l'atmosphère dans la chambre était calme aux premières heures de l'aube. Dehors, aucune voiture ne roulait sur les routes glacées et aucun avion à réaction ne divisait le ciel. Il avait neigé toute la nuit ; personne ne voyageait dans un monde complètement et paisiblement silencieux.

Il y avait cependant des voix dans les confins ensommeillés de l'esprit de la vieille sorcière. Elles lui parlaient toutes en même temps, leurs chuchotements et leurs mots provoquant un désordre de sons qu'elle ne pouvait pas comprendre. Elle flottait dans une obscurité étrange tandis que quelque chose de flou et de bleuté prenait forme devant elle.

Il y avait une table, noire et lisse comme un plan en onyx. Elle reflétait une lumière inconnue et sur elle était disposé…

Un échiquier.

Lalura flotta en direction de la planche de jeu, se rapprochant de plus en plus de l'objet de son imagination. Tandis qu'elle s'approchait tout près de l'échiquier, des formes se matérialisèrent sur lui, s'installant sur les cases avec un dessein royal. Lalura les compta. Un, deux, trois.

Treize rois. De couleurs différentes, tous grands et brillants sous la lumière magique, tous dans une expectative majestueuse.

Lalura s'avança, ses pieds maintenant fermement plantés sur le sol, la vision autour d'elle solidifiée. La pièce était vide à l'exception de la table et de l'échiquier. Elle se déplaça de façon à se retrouver à côté de la table et elle baissa les yeux vers les pièces.

Il y en avait maintenant 26.

Treize rois.

De l'autre côté de l'échiquier, leurs silhouettes plus petites et rassemblées les unes contre les autres comme si elles voulaient se soustraire à sa vue, se trouvaient 13 reines. Elles étaient toutes légèrement différentes, mais elles demeuraient toutefois indistinctes et il y avait un sentiment de frustration lié à elles ; Lalura savait qu'elles disparaîtraient si elle tendait la main pour les toucher.

Elle les regarda du coin de l'œil, remarquant que l'une d'elles était à l'écart des autres. Elle se trouvait plus en avant sur l'échiquier ; comme l'était un des rois.

Lalura se réveilla de son rêve prémonitoire avec un sursaut plutôt malsain pour quelqu'un d'aussi vieux et se redressa en position assise dans son lit de plumes. Ses beaux cheveux blancs ondulaient autour de son visage tel un halo fin et clairsemé. Elle expira un souffle chancelant, et les cheveux autour de son visage se mirent à danser.

Un chasse-neige gronda tout près à l'extérieur de sa fenêtre. Le regard bleu saisissant de Lalura se plissa avec irritation. Le bruit était dérangeant, mais le son était une irritation secondaire. Ce qui troublait vraiment Lalura était ce qu'elle venait de voir.

Et sa signification.

Elle comprenait maintenant. Elle savait qui était la femme mystérieuse de Roman.

Et elle savait maintenant que ce n'était que le commencement.

* * *

Roman sentit sa présence s'approcher de lui. Il la sentait toujours ainsi. Il ne fit cependant rien pour lui signifier qu'il la savait présente. Il ne se leva pas de l'endroit où il était assis à côté du corps évanoui d'Evie et il ne retira pas ses yeux de son visage endormi.

— Eh bien, j'ai horreur d'être celle qui vient énoncer une évidence, déclara Lalura en s'approchant derrière lui, ses pas lents et laborieux, comme d'habitude.

Elle vint se placer à côté de lui et baissa aussi son regard sur Evie.

— Mais vous semblez l'avoir trouvée.

— Dites-moi ce qui ne va pas avec elle, ordonna doucement Roman.

Il ne pouvait plus franchir les barrières d'Evie d'aucune façon et elle ne se réveillait pas. Ses pensées devenaient plus sombres à mesure que les minutes et les heures passaient et que le soleil s'élevait de plus en plus haut dans le ciel matinal. Il réfléchissait à des choses qu'aucun vampire n'avait été autorisé à faire depuis des milliers d'années.

À ses côtés, Lalura émit un son pour exprimer son indignation et il pouvait sentir son regard perçant se poser sur lui.

— Vous ne le savez pas ? demanda-t-elle, manifestement ahurie par cette idée.

Roman secoua sa tête.

— Alors je suppose que vous ne pouvez pas parcourir son esprit ou lire dans ses pensées ou peu importe comment vous l'appelez ? interrogea-t-elle en faisant un rapprochement comme il savait qu'elle le ferait.

Roman secoua sa tête de nouveau.

Lalura se tut, puis elle inclina la tête et il l'observa tandis qu'elle levait sa main au-dessus du corps endormi de la femme. Elle prononça ses propres paroles énigmatiques, libérant des vrilles de sa magie de la paume de sa main en volutes de fumée blanche jusqu'au corps d'Evie.

La magie entoura Evie et l'enveloppa dans un curieux voile rayonnant. Finalement, Lalura baissa sa main, et la magie disparut.

— Je suggère que vous me racontiez tout, Roman D'Angelo, l'incita la vieille femme. Et commencez par le commencement.

Roman déplaça doucement une mèche des beaux cheveux d'Evie de son front et s'émerveilla secrètement de leur douceur. Ses yeux bougèrent derrière ses paupières pendant un bref instant, comme si elle était en train de rêver. Roman inspira à fond et hocha la tête.

— Très bien.

Il lui raconta tout, depuis le moment où il était venu à sa rescousse dans la rue, à la façon dont il avait étudié Evie pendant deux jours jusqu'à l'incident dans la morgue du coroner. Il lui parla même de la caverne… sans toutefois lui mentionner où elle se trouvait.

Lorsqu'il eut terminé, il se rendit compte qu'il n'avait pas bougé de l'endroit où il se trouvait encore, soit sur le bord du lit. Il s'agissait d'un très grand lit dans lequel il n'avait pas dormi depuis un certain temps ; cette chambre n'était qu'une des nombreuses chambres principales qu'il possédait dans le monde. Ce refuge avait simplement été celui qui se trouvait le plus près de l'hôpital quand il s'était téléporté depuis la morgue.

Il s'était alors ensuite rendu compte qu'il était venu ici au lieu de s'être dirigé vers la caverne parce qu'il savait que Lalura viendrait à sa rencontre. Il l'avait senti jusque dans ses os et il voulait désespérément recevoir son aide.

Lalura traita l'information en silence avant de lui poser une question.

— Vous avez dit qu'elle a senti une odeur de café ?

— Oui. C'est ce qu'elle a dit avant de tomber dans les pommes.

— Intéressant.

Elle fit une nouvelle pause et Roman se retourna pour la fixer du regard. L'expression faciale de la vieille sorcière était profondément contemplative. Roman pouvait dire sur-le-champ qu'elle savait quelque chose qu'il ignorait et qu'elle ne partageait pas avec lui pour une raison ou une autre.

— Lalura, dites-moi ce que vous savez.

Il ne voulait pas exiger quoi que ce soit d'elle. Il ne voulait pas interpeller Lalura Chantelle avec force. Le désespoir brûlait toutefois dans ses veines. Il le ressentait comme si c'était du feu et cela stimulait un appétit qu'il parvenait à peine à reconnaître. De plus, le parfum du sang magique d'Evie n'aidait en rien.

Il avait urgemment besoin de réponses.

Le regard de Lalura se posa sur lui.

— Ce que je sais? répéta-t-elle.

Elle inclina sa vieille tête sur un côté et plissa ses lèvres ridées.

— Je sais que le café semble être une bonne idée, mais j'ai franchement toujours préféré le thé.

Cette fois-ci, Lalura n'attendit pas que Roman prépare les rafraîchissements. Elle se retourna et murmura ses propres paroles magiques dans l'air immobile de la chambre. Un service à thé se matérialisa sur la petite table de l'autre côté de la chambre. La théière était fumante.

Lalura s'éloigna du lit pour se rendre jusqu'au petit salon.

— Roman, venez vous asseoir et prendre une tasse de thé avec moi, l'intima-t-elle.

Roman demeura où il était, regardant la sorcière s'asseoir lentement sur un des fauteuils capitonnés en expirant d'un air fatigué.

— Nous devons avoir une longue et belle conversation, vous et moi, continua-t-elle. Et il est hors de question que je le fasse en demeurant debout.

CHAPITRE 13

La période des emplettes des fêtes que vivait Dannai était la plus étrange qu'elle avait jamais connue. La Guérisseuse, l'une des plus puissantes sorcières de son assemblée de sorcières, que ses parents et amies appelaient Danny, se serait normalement préparée pour le solstice d'hiver à ce temps de l'année. Elle aurait préparé des plats et fredonné des airs heureux en créant des décorations fabuleuses et scintillantes avec un peu de magie. Cette saison avait toujours été sa préférée.

Cette année, un nuage sombre demeurait toutefois suspendu au-dessus de son monde, plongeant dans les ombres du doute ce qui aurait autrement été une occasion joyeuse. Les Chasseurs étaient de nouveau en chasse, menés cette fois-ci par un homme qui possédait apparemment ses propres pouvoirs magiques. Et elle n'était pas seulement une sorcière ; elle était aussi une louve-garou.

Danny jeta un coup d'œil à son reflet dans les vitrines devant lesquelles ils passaient. Elle était enceinte de trois mois, mais on ne le voyait pas encore. L'image qui lui était renvoyée, soit celle d'une grande femme mince à la peau bronzée, aux longs cheveux noirs et aux yeux aux nombreuses couleurs de type kaléidoscope, semblait plus saine qu'elle ne l'avait été depuis un bon moment.

Sa meilleure amie, Imani, marchait à sa droite. La déesse afro-américaine dépassait Danny de plusieurs centimètres et avait des allures de mannequin. Elle était aussi une sorcière et occupait le poste de héraut dans leur assemblée. À la gauche de Danny se trouvait « Charlie », ou Claire St-James, une autre louve-garou. Charlie était à l'opposé des deux autres femmes en ce qui avait trait à son teint de peau et à la couleur de ses cheveux. En effet, elle avait la peau très pâle, de légères et ravissantes taches de rousseur, et de longs cheveux épais d'un blond vénitien.

Ces trois femmes semblaient très différentes, mais elles formaient une équipe formidable en faveur du bien et étaient normalement accompagnées par deux autres louves-garous qui les complétaient parfaitement : Lily Kane, une « voyante », et Katherine Dare, la Briseuse de malédiction.

Ces filles savaient comment veiller sur elles-mêmes, mais puisque le groupe des Chasseurs s'était reformé et avait connu une croissance presque exponentielle au chapitre de ses membres, le Surveillant du conseil des loups-garous, Jesse Graves, avait mis de l'avant plusieurs nouvelles règles.

Aucun membre important de la communauté des loups-garous ne devait aller nulle part sans la présence d'au moins un exécuteur dans leur sillage. Les exécuteurs loups-garous étaient les plus grands et les plus forts mâles alpha qui soient. Graves en avait lui-même été un à un moment donné.

Danny jeta un coup d'œil par-dessus son épaule et remarqua la présence des quatre exécuteurs qui avaient été mandatés pour veiller sur elle et ses amies. Les hommes de forte carrure tentaient de rester en retrait et de se fondre dans le paysage, mais c'était peine perdue. Ils ressemblaient à des haltérophiles, leurs muscles bombés sous leurs jeans et leurs t-shirts, et leurs cheveux épais et leurs lunettes noires étaient bien trop remarquables.

C'était peut-être là une partie de la stratégie. Les Chasseurs ignoreraient peut-être les femmes s'ils les voyaient en premier.

— Oh, je veux entrer ici, dit Charlie en brisant leur silence amical.

Les trois femmes s'arrêtèrent dans le corridor et levèrent les yeux vers l'enseigne de la boutique Hot Topic.

— Vous vous souvenez de cette fille dont je vous ai parlé qui vivait des moments difficiles à l'école depuis qu'elle a obtenu ses pouvoirs de louve-garou? continua Charlie en prenant la main de Danny et en la tirant à l'intérieur. Elle aime vraiment beaucoup Robert Pattinson quand il a le visage tout blanc. Je vais aller voir ce qu'ils ont ici.

Danny haussa les épaules et ne résista pas. Imani les suivit. Charlie jouait de la batterie dans un groupe connu sous le nom de Black Squirrel. Dès lors, elle était une sorte de modèle pour quelques adolescentes. Et depuis que Katherine avait inconsciemment brisé la malédiction des loups-garous qui empêchait les louves d'avoir les mêmes pouvoirs surnaturels que leurs frères et leurs pères, de nombreuses filles avaient écrit à Charlie par courrier électronique et par la poste pour lui demander conseil.

Charlie était bien sûr ravie d'être en mesure de leur offrir cette aide et plus encore. Elle avait en fait pris certaines de ces filles sous son aile, en quelque sorte. C'était une des choses que Danny aimait d'elle. Charlie était une vraie dure. La femme la plus dure que Danny avait jamais connue. Elle avait tellement souffert, mais cela ne l'empêchait pas d'aider les autres chaque fois qu'elle le pouvait, et ce, sans hésiter. En fait, c'était peut-être *à cause* de cette douleur et non en dépit de cette dernière qu'elle luttait avec tant d'efforts pour empêcher les autres de souffrir. Elle avait de l'empathie ; plus qu'une personne devrait en avoir.

— Oh youpi ! s'exclama Imani d'un ton amusé. J'aime ces garçons blancs au teint très pâle.

— Sorcière, sorcière, dit une voix incroyablement grave derrière elles. Prends garde à ton derrière.

Danny sursauta et se retourna. Charlie fit de même. Elles n'avaient remarqué personne en approche. Imani ne pouvait cependant pas se retourner, parce que Jesse Graves était debout derrière elle, ses bras glissés autour des siens, la maintenant en place.

Imani leva les yeux vers l'homme noir imposant qui était penché par-dessus elle et qui la fixait de ses yeux ambre saisissants. Elle rougit furieusement, ce qui était impressionnant étant donné son teint de peau foncé.

— Jesse ! dit Danny en poussant un soupir de soulagement. Que faites-vous ici ?

Le Surveillant leva les yeux, ne bougeant pas de l'endroit où il tenait le héraut de l'assemblée de sorcière de sa forte poigne.

— Je suis venu vous prouver que vous n'êtes en fait pas en mesure de veiller sur vous-mêmes, expliqua-t-il doucement en arquant un seul sourcil.

— Oh ? émit Imani, manifestement énervée. Je pourrais te transformer en un doux chinchilla en peluche à l'instant même.

Jesse baissa les yeux vers elle et lui décocha un sourire de prédateur d'un blanc brillant.

— Bébé, si tu veux me câliner comme une peluche, tu n'as qu'à le demander.

Imani et lui se fréquentaient depuis quelques mois maintenant et Danny était certaine qu'Imani avait déjà fait l'expérience des câlins avec cet homme. Imani lui donna un coup de coude dans le ventre, auquel il répondit en riant sous cape avant de la libérer de son emprise. Puis, il lissa sa chemise à col boutonné et se redressa à sa pleine taille impressionnante.

Jesse avait presque toujours joué un rôle important dans le monde des loups-garous. Il était maintenant le Surveillant, le chef du conseil des loups-garous, le poste le plus important dans leur monde. Avant de devenir le Surveillant, il avait d'abord été une Sentinelle. Les Sentinelles étaient des exécuteurs spécialement formés très peu nombreux qui veillaient à la sécurité des personnes très importantes du monde des loups-garous. Les exécuteurs étaient les plus forts et les plus rapides des loups-garous. Jesse était la crème de la crème.

Le précédent Surveillant avait été le grand-père de Charlie, Alexander Kavanagh. Ce dernier avait connu la mort en détruisant un homme très maléfique et dans son testament, il avait nommé Jesse pour qu'il prenne sa place.

Jesse n'était pas très friand des complets et ne l'avait jamais été. Au moment où il occupait un poste de Sentinelle dans le monde des loups-garous, il était avocat dans le monde des humains et ne portait alors des complets que lorsqu'il devait se présenter en cour. Le rôle de Surveillant exigeait cependant qu'il porte une tenue de soirée semi-formelle presque tout le temps, alors il portait les vestons sport et les pantalons les plus chers que l'argent pouvait acheter.

Danny devait admettre qu'il avait fière allure dans ces vêtements. *Très* fière allure.

— Et il y a aussi le fait qui ni Cole ni Caige ne me permettrait de donner à votre trio la permission de sortir seul à moins que je ne promette de venir jeter un coup d'œil sur vous moi-même, affirma Jesse.

Les yeux de Danny s'agrandirent. Les trois femmes parlèrent à l'unisson.

— Ils ont dit *quoi* ?

Jesse leva ses mains pour les apaiser.

— Vous connaissez toutes les risques en ce moment. Vous avez de la chance de pouvoir bénéficier de ce temps. N'argumentez pas avec moi.

La bouche de Danny se ferma dans un claquement. Elle se sentait furieuse en ce moment, mais c'était peut-être ses hormones. Et de toute façon, elle pouvait certainement comprendre le point avancé par Jesse. « Cole » était Malcolm Cole, le célèbre auteur, le tristement célèbre loup-garou et fiancé de Charlie. « Caige » était le mari de Danny. Les hommes étaient naturellement inquiets. Les Chasseurs avaient fait un trou dans le monde surnaturel au cours des dernières semaines sans faire dans la dentelle.

Quelques journées auparavant, ils avaient blessé quelques louves-garous débutantes à un point tel que les femmes n'avaient pas su comment se guérir correctement. Danny avait donc été contactée pour corriger la situation. Elle possédait la capacité unique de guérir des blessures en plaçant simplement ses mains sur un corps blessé et en le visualisant comme il était à l'origine. D'après ce qu'ils en savaient, elle était la seule parmi eux à posséder ce talent.

Jesse la regarda en plein dans les yeux.

— Comment vous sentez-vous ? demanda-t-il.

Danny portait les jumeaux de Lucas. La grossesse la surprenait réellement, en toute honnêteté. La dernière fois où elle avait utilisé ses pouvoirs pour guérir quelqu'un avait été plus difficile qu'à son habitude. Elle était épuisée, comme toutes les femmes enceintes pouvaient l'être. Elle n'avait pas voulu faire savoir à quiconque

que cette guérison avait entraîné son état de faiblesse, mais Lucas l'avait simplement *su*. Et il l'avait priée de ne pas le refaire.

— Je vais bien, dit-elle. Les jumeaux vont bien.

Elle inspira à fond et tenta de se libérer de sa tension croissante.

— Nous allons tous bien. Vous pouvez partir maintenant.

— Ouais, acquiesça Charlie. Avant que nous ne donnions un coup de pied à votre derrière de Surveillant.

Jesse avait encore le sourire fendu jusqu'aux oreilles. Ce n'était pas tout le monde qui pouvait parler au Surveillant du conseil des loups-garous d'une telle façon, mais quand il était question de Charlie, la chose était permise pour plusieurs raisons. Il posa ses yeux ambre sur Charlie et secoua sa tête.

— Oh fillette. Nous sommes déjà passés là et je pense que nous savons tous deux qui en sortira vainqueur.

L'expression faciale de Charlie fut d'abord choquée, puis elle se transforma en un air de défi. Jesse et elle étaient certainement passés par là auparavant ; Danny était au fait de tous les détails. Ils étaient tous deux des amis très proches et à un certain moment, bien avant que Malcolm Cole, le copain de Charlie, n'entre en scène, ils avaient été des amis-amants.

Danny pouvait maintenant sentir les regards de quelques clients du magasin sur eux ; Jesse Graves était un homme puissant dans tous les sens du terme. Partout où il allait, les femmes avaient tendance à remarquer sa présence et les hommes, à devenir nerveux. Quelques clients avaient donc entendu des bribes de leur conversation et les choses devenaient probablement un peu trop publiques.

Elle se racla la gorge.

— Sérieusement, Jesse, poursuivit-elle en baissant la voix et en s'avançant pour que des oreilles indiscrètes ne les entendent pas. Ça va, vraiment. Nous avons de bons gardes du corps.

Elle désigna de la main les hommes qui les surveillaient depuis le corridor. Deux d'entre eux étaient assis sur un banc où Danny aurait pu jurer voir d'autres gars assis au même endroit quelques minutes plus tôt. Deux autres se trouvaient à des extrémités opposées du corridor, appuyés nonchalamment contre les murs.

— Vous avez dépêché assez de muscles ici pour veiller sur nous pour que nous…

Elle fut interrompue au milieu de sa phrase par le bruit de balles qui percutaient le métal et la pierre tout autour d'eux.

Le Surveillant se mit aussitôt en mouvement, agrippant Danny et la tirant dans ses bras avant de tomber sur le sol avec elle, amortissant sa chute.

Il y eut un bref silence au cours duquel le monde tenta de comprendre ce qui se passait, puis ce silence se transforma en cris. Danny cligna des yeux et ses mains se portèrent immédiatement sur son ventre. Son ouïe de louve-garou détecta aussitôt les battements de cœur différents de sa petite fille et de son petit garçon. *Ils vont bien.*

Il y eut au-dessus d'elle des mouvements précipités, rapides et insensés. Danny se recroquevilla sur elle-même quand elle entendit de nouvelles balles percuter les murs, puis la vitrine à l'avant de la boutique se fracassa. Le corps de Jesse était un poids protecteur au-dessus d'elle.

Puis, le bruit cessa et le monde devint sinistrement calme. Jesse se déplaça sans tarder, se retrouvant sur ses pieds avec la grâce propre à tout l'entraînement qu'il avait reçu. Danny ne savait pas exactement ce qu'il faisait ; une partie d'elle-même était trop traumatisée pour qu'elle se lève. Elle commençait lentement à comprendre qu'on leur avait tiré dessus dans un endroit public rempli d'humains innocents.

Les Chasseurs, pensa-t-elle d'un air hébété.

— Danny, dit quelqu'un au-dessus d'elle.

Danny reconnut la voix comme étant celle de Charlie.

— Danny, est-ce que ça va ?

Danny roula sur elle-même puis leva les yeux vers son amie rousse aux yeux bleus avant de se redresser en position assise. Danny avait vécu beaucoup de choses au cours de la dernière année et elle, comme les autres, n'était pas étrangère à la violence. Pour une certaine raison étrange, elle se sentait toutefois légèrement engourdie cette fois-ci.

Elle savait cependant qu'elle devait rassurer Charlie et parvint à hocher la tête. Charlie lui donna une petite tape et elle se retrouva de nouveau en mouvement, se lançant sans doute à la poursuite de l'assaillant ou prenant soin de quiconque aurait pu être blessé.

Blessé.

Par le diable, pensa Danny en se relevant immédiatement. Elle commença à examiner la scène autour d'elle. Il y avait plein de verre brisé, de présentoirs renversés et de gros morceaux de plâtre et de peinture. Jesse n'était pas là et Charlie non plus. Ils *étaient* aux trousses des tireurs. D'agir ainsi ressemblait bien à Charlie ; elle ne reculait jamais face à un combat. Et en tant que Surveillant, il était évident que Jesse ferait de même.

Les exécuteurs que le conseil des loups-garous leur avait affectés s'étaient séparés. Deux d'entre eux se déplaçaient à travers la foule, examinant les gens qui se trouvaient au sol. Les deux autres se trouvaient de chaque côté de Danny.

Imani arriva aux côtés de Danny lorsqu'elle termina son propre examen de la situation.

— Nous avons une blessée, dit doucement Imani. Personne n'a été tué. Ce n'était pas une attaque normale de la part des Chasseurs.

Elle se tourna pour faire complètement face à Danny.

— Je vais cependant avoir beaucoup de souvenirs à effacer et la blessure est en fait plutôt grave.

Elle pointa du doigt un groupe d'adolescents agenouillés autour d'une fille étendue dans une petite mare de sang près de l'arrière de la boutique.

Le cœur de Danny ne fit qu'un tour. Elle se retrouva aussitôt en mouvement dans cette direction, mais un des exécuteurs lui barra la route.

— Mme Caige, nous ne pouvons pas vous laisser faire ça, indiqua-t-il alors qu'elle levait des yeux interrogateurs vers lui.

Imani se trouvait à côté d'elle.

— Il a peut-être raison, Danny. Tu étais plutôt épuisée la dernière fois.

— Enlevez-vous de mon chemin, exigea Danny, dont les yeux s'étaient plissés.

Elle pouvait sentir le sang de la fille et savait instinctivement qu'il y en avait trop sur le sol. Peu importe comment cette fille avait été blessée, elle avait maintenant une artère perforée. Elle avait besoin d'être soignée.

L'exécuteur secoua sa tête.

La colère de Danny, alimentée par ses hormones, atteignit un sommet. Elle chuchota un mot mystérieux fort puissant et souleva sa main, la paume vers l'exécuteur. Une vague d'énergie invisible déferla sur l'exécuteur devant elle et il tituba vers l'arrière en secouant sa tête. Elle n'eut même pas le temps de cligner des yeux qu'elle s'était déjà retournée vers le deuxième exécuteur au moment où ce dernier s'approchait à côté d'elle. Les deux hommes s'éloignèrent, temporairement décontenancés.

— Paralysés, murmura Imani en hochant tranquillement la tête à côté d'elle. Un geste sans risque, j'imagine. Je dois tout de même te poser honnêtement la question, ma fille. Es-tu certaine que ce soit une bonne idée ?

— Absolument.

Danny passa en coup de vent devant sa meilleure amie et s'approcha de la fille étendue au sol.

— Tiens bon, ma chouette, dit-elle doucement. Tout ira bien.

* * *

À plusieurs coins de rue de là, Ramsès observait la jeune femme enceinte à travers le cristal transparent du télescope qu'un des Chasseurs lui avait procuré. Leur attaque avait fonctionné et les enregistrements que Ramsès avait pu visionner n'avaient pas menti.

Dannai Caige possédait le don de guérison.

Plus encore… c'était une orpheline qui avait été élevée par une sorcière bien intentionnée. Elle n'avait aucune idée de l'identité de ses parents. De qui était sa *mère*.

Ramsès le savait. Dannai était la fille d'Amunet.

CHAPITRE 14

L'odeur de café était encore forte dans les narines d'Evie lorsque cette dernière se réveilla. Un lourd sentiment d'effroi s'était également installé dans ses tripes. Elle s'était réveillée en sursaut et redressée en position assise dans le lit lorsqu'elle se rendit compte qu'elle était de retour dans le refuge où elle avait d'abord été téléportée par Roman avant qu'il lui fasse visiter sa caverne. Roman était absent, mais elle n'était pas seule.

— Mademoiselle Farrow, vous êtes réveillée, prononça une voix familière.

Il y avait deux hommes dans la chambre ; il s'agissait des mêmes hommes qui s'étaient retrouvés à l'hôpital avec elle et Roman. Il y avait aussi une vieille femme.

La vieille femme était assise sur le bord du lit et l'observait avec des yeux parmi les plus bleus qu'Evie avait jamais vus. Elle demeura silencieuse, et le sentiment de confusion et de damnation d'Evie s'accentua.

L'homme nommé Jaxon s'approcha et alla se poster à côté du lit tandis que l'autre homme se retournait vers la porte et quittait aussitôt la pièce.

— Il va informer Roman que vous êtes réveillée, indiqua Jaxon.

— Cela n'est pas nécessaire, contra enfin la vieille femme d'une voix si indéniablement ancienne qu'elle avait la sonorité des feuilles d'arbres mortes séchées s'agitant à travers un parc désert en automne. Il le sait. Il est en route.

Elle se retourna avant de tendre la main vers un grand verre d'eau déposé sur la table de nuit à côté du lit.

— Tiens, mon enfant. Bois ceci, déclara-t-elle en lui offrant le verre.

Evie se racla la gorge et secoua sa tête. Elle n'avait aucune idée de qui la vieille femme pouvait être et elle avait à peine côtoyé les autres assez longtemps pour ne pas faire une crise de nerfs en se réveillant entourée d'étrangers. À l'heure actuelle, tout ce qu'elle voulait faire était de parler à Roman avant que les images de son étrange sommeil disparaissent et qu'elle les perde en totalité. La damnation qui était venue se coller sur elle dans ses rêves s'accrochait encore de manière menaçante, accélérant son rythme cardiaque et laissant presque la place à la panique.

— Non. Pas d'eau, protesta-t-elle.

Elle se racla la gorge puis elle poursuivit :

— Je dois parler à Roman.

— Oh, il est en route, ma chère. Je peux vous l'assurer, répéta la femme.

— Oh mon Dieu.

Les doigts d'Evie se replièrent pour former des poings. Elle devait s'accrocher à ce qu'elle avait vu, mais en même temps, elle aurait donné n'importe quoi à ce moment précis pour être en mesure d'oublier les images qui défilaient alors dans son esprit.

— Je sais qui a tué cette fille ! cria-t-elle, son corps frémissant à un point tel que sa voix en tremblait.

Elle ne pouvait pas le retenir en elle plus longtemps. Elle n'était pas certaine de savoir si la vieille femme saurait seulement de quoi elle parlait, mais ce serait le cas pour Jaxon.

Elle leva les yeux vers lui.

— La fille qui a été brûlée, celle de la morgue, répéta-t-elle, le débit de ses paroles s'accélérant et sa voix s'élevant en devenant presque hystérique. Je sais qui l'a tuée ! J'ai tout vu !

Jaxon baissa les yeux vers elle en fronçant les sourcils, ses yeux vifs clignant de confusion.

— Mais Mademoiselle, c'est impossible.

— Sottises, le rabroua la vieille femme en secouant sa tête dans un geste de réprimande. S'il y a quelqu'un qui devrait savoir que c'est possible, c'est bien vous, Jax. Vous êtes un vampire, bon sang de bonsoir ! Qu'est-ce qui pourrait bien être impossible comparé à cela ?

La vieille femme se retourna vers Evie et inclina pensivement sa tête sur un côté.

— Je suis Lalura, indiqua-t-elle en guise d'entrée en matière. Et vous êtes Evie. Roman m'a tout raconté à propos de vous.

Elle hocha la tête à une reprise comme si ce mouvement mettait un terme à cette partie de la discussion.

— Et maintenant, qu'en est-il de ce tueur ?

Evie était déconcertée. Mais plus encore, elle était effrayée.

Elle avait tout vu. Elle n'allait jamais pouvoir oublier le visage du tueur maintenant. Ce qu'il avait fait à cette innocente fille dans la morgue transformait l'estomac d'Evie en plomb et assombrissait son cerveau avec une migraine en approche. C'était un cauchemar éveillé. Ce qui était toutefois pire que tout, absolument plus terrifiant que tout, était le fait que le meurtrier n'était pas un étranger. Pas pour elle.

Elle avait été proche de lui. À quelques pieds seulement. Elle l'avait même trouvé attirant.

Evie avala sa salive avec difficulté et ferma ses yeux.

— Il l'a suivie depuis l'école jusqu'à la maison, décrivit-elle en voyant la scène derrière ses paupières fermées comme si c'était un film. Elle avait les cheveux châtain clair et les yeux bleus. Son nom...

Il était là, flottant dans son subconscient, telle une série de lettres mélangées et floues en suspension, péniblement près de se retrouver dans le bon ordre.

— Son nom...

Elle figea. Les lettres s'assemblèrent et elle ouvrit les yeux.

— Son nom est Charles.

C'était l'homme du café, celui qui l'avait observée de ses yeux bleus perçants depuis l'autre côté du commerce tandis qu'elle tentait d'expliquer à son père comment télécharger l'application Kindle sur son téléphone. Charles était le meurtrier. Il était aussi un vampire.

Il est un vampire.

Et il y avait plus. Evie secoua sa tête et sentit une main réconfortante sur son épaule. Elle commença à ressentir des élancements dans sa tête. Sa poitrine se serra et ses doigts picotèrent. Une attaque de panique était en route.

Il n'y aurait aucun moyen de l'éviter. Evie était absolument pétrifiée.

L'homme du café était un vampire et il avait bu le sang de cette innocente fille jusqu'à la dernière goutte pour une raison horrible. Il l'avait fait parce que la fille ressemblait à Evie.

— Respirez, dit Lalura. Respirez en comptant jusqu'à cinq, retenez l'air en comptant jusqu'à deux puis expirez en comptant jusqu'à cinq. Puis recommencez.

Elle se pencha vers l'avant, sa voix sévère, ses yeux bleus lumineux. Evie fit ce qu'elle lui avait dit sans tarder. Elle ferait tout pour prévenir une attaque. Elle avait l'impression d'être en train de mourir.

Elle inspira lentement, retint sa respiration et puis expira tout aussi lentement. La sensation de nausée se dissipa légèrement et les palpitations dans sa tête diminuèrent, mais ses doigts picotaient encore et sa poitrine était tout aussi serrée.

— Voilà. Vous faites ce que vous pouvez faire. Je vais me charger du reste.

La vieille femme leva sa main droite, plaça deux doigts au-dessus du cœur d'Evie puis prononça une série de mots énigmatiques, les plus beaux qu'Evie avait jamais entendus.

* * *

Il y avait six personnes là où il y aurait dû en avoir huit, et un certain nombre de morceaux du casse-tête tombaient en place au moment où les portes de la salle de réunion se fermaient et que le regard impétueux de Roman se posait sur le deuxième fauteuil vacant restant.

David Cade manquait à l'appel, mais Roman savait où il était. Il était resté avec Lalura pour veiller sur Evie.

L'autre membre de la cour qui n'était pas présent était Charles Ward. Les choses commençaient à être plus claires.

Les huit membres de la cour de Roman avaient été choisis pour de très bonnes raisons. Chaque sorcier vivant possédait des pouvoirs particuliers qui lui étaient uniques. Pour la plupart, ils partageaient tous la capacité d'exécuter les mêmes sorts de base comme la téléportation et la télékinésie. Comme pour chaque être humain sur la planète possédant des capacités uniques, que ce soit des aptitudes sportives incroyables ou des grandes compétences en cuisine, chaque membre du monde surnaturel différait cependant des autres.

Quelques loups-garous alpha possédaient le pouvoir de se transformer en des animaux autres que des loups, comme feu l'infâme Gabriel Phelan avait été capable de le faire. Certains pouvaient manipuler des esprits humains dans une certaine mesure, comme Malcolm Cole, le célèbre auteur et loup-garou encore plus célèbre pouvait le faire.

Les sorciers n'étaient pas différents. Et parce que les Chimères étaient le fruit d'une union entre un sorcier et un Akyri, les vampires avaient également tendance à posséder des pouvoirs uniques. Ceux qui étaient dotés des capacités les plus utiles avaient été appelés à la cour de Roman.

Samantha Chance était la plus jeune membre de sa cour et y siégeait seulement depuis quelques petites années. Elle était un génie technologique à plusieurs égards. Elle possédait un savoir-faire inhérent envers presque tout ce qui était lié aux ordinateurs. Et parce qu'elle était également une technopathe, elle pouvait simplement manipuler avec les pouvoirs de son esprit ce qu'elle ne pouvait pas contraindre ou circonvenir avec ce savoir-faire et de fervents efforts.

Saxon était membre de la cour des vampires depuis plus de 1000 ans. Sa capacité particulière en était une de grande valeur quand venait le temps de protéger les Chimères des autres factions surnaturelles. Il était un guerrier formé et puisqu'il avait vécu pendant de si nombreuses années, il était devenu remarquablement doué avec la plupart des armes sur la planète. Il était également protégé des attaques de toutes les armes. Les balles rebondissaient sur lui ou l'évitaient carrément. Les épées grattaient sa peau comme si cette dernière était faite de métal. Et lorsqu'il était question des attaques magiques, les capacités de Saxon étaient peut-être plus impressionnantes encore, car il était capable d'absorber l'attaque et de la retourner à son adversaire.

Avec de telles capacités, Saxon avait depuis longtemps mérité le droit de former « l'armée » de Roman et de lui enseigner ce qu'il savait. L'armée comptait un nombre assez important de guerriers Chimères dont les services étaient heureusement de moins en moins requis chaque année.

Philip Diego avait joint la cour des vampires en l'an 1451. Concitoyen du pays de Léonard de Vinci, il était beaucoup, beaucoup plus jeune que Roman. Le roi lui avait demandé de se joindre à sa cour quand il avait découvert que Diego possédait la capacité de faire venir un être auprès de lui, peu importe où cet être se trouvait sur la planète. La télétransportation était en soi assez difficile, mais d'être en mesure de jeter un sort sur un individu contre son gré n'était pas seulement rare. Cette capacité avait aussi une grande valeur. Bien sûr, Diego devait savoir *où* se trouvait la personne pour que le sort soit couronné de succès. C'était le seul inconvénient.

Lizbeth Knight était une voix représentant la raison et l'intuition parmi les membres de la cour. Elle était une belle femme, à l'intérieur comme à l'extérieur, et un de ses deux pouvoirs spéciaux le reflétait. Elle était née un soir de lune bleue 500 ans auparavant, et depuis, tous les soir de lune bleue, elle choisissait un mortel pour qu'il devienne le récipiendaire de son « cadeau ». Elle se nourrissait de ce mortel. En le faisant, la beauté intérieure de ce mortel s'installait en permanence à l'extérieur, le rendant ainsi aussi adorable à la surface qu'il l'était profondément en lui.

Le fait que ce cadeau apportait tant de joie à Lizbeth touchait le cœur de Roman et il se souciait très sincèrement de cette femme. Ils étaient aussi près d'être un frère et une sœur l'un pour l'autre que deux personnes sans liens de sang pouvaient le devenir. Ils se traitaient également comme tel. En fait, comme l'aurait fait une sœur, elle lui avait constamment reproché l'absence d'une vie amoureuse significative dans son existence. Elle aurait sans doute une grande réaction de joie quand elle entendrait parler d'Evie.

Lizbeth était une confidente de premier ordre. C'était cependant pour son *autre* pouvoir que Roman lui avait accordé un siège à la table de la cour.

Les roses et les orchidées étaient les fleurs préférées de Lizbeth. Ses animaux préférés étaient les tortues de mer. Elle possédait toutefois un lien psychique avec *chaque* fleur et *chaque* animal. Lizbeth était la première vraie druidesse du monde, capable de communiquer et même de maîtriser, jusqu'à un certain point, les aspects de la vie mortelle non humaine. Elle avait déjà lancé un essaim d'abeilles aux trousses de Roman dans un accès de colère. Heureusement pour lui, sa magie était également puissante.

Quinn Adams était un membre de la cour depuis 290 ans. La capacité unique de cette Chimère irlandaise lui permettait de « fusionner » avec une autre personne, mortelle ou immortelle, de façon à combiner non seulement leurs corps, mais également leurs capacités. La personne avec qui il voulait fusionner devait être d'accord pour le faire, faute de quoi la tentative échouerait. Néanmoins, lorsque la fusion fonctionnait et que la combinaison impliquait une autre Chimère, les résultats étaient impressionnants, c'était le moins qu'on puisse dire. Ce pouvoir avait aussi sauvé la vie de Quinn à une reprise. Les habitants de la ville où il avait grandi avaient découvert qu'il était un vampire et ils s'étaient ligués contre lui, déterminés à l'exposer à la lumière du jour. Cependant, une femme mortelle qui était tombée amoureuse de lui avait accepté qu'il fusionne avec elle. De cette manière, il s'était donc « caché » en elle jusqu'à ce que la foule se disperse et il avait pu s'échapper dans la nuit.

David Cade, membre de la cour des vampires depuis ses débuts, était le meilleur ami de Roman et également celui qui lui était le plus cher. La capacité de David était peut-être la plus modeste du groupe, mais elle était sans aucun doute la plus utile. Il possédait la capacité de pouvoir prêter temporairement son pouvoir à un autre. Dans n'importe quelle bataille donnée, Cade pouvait concentrer sa magie inhérente sur Roman ou sur un autre membre de la cour des vampires afin que leurs propres pouvoirs soient augmentés ou même doublés.

À l'heure actuelle et en dépit de toutes ces personnes et de leurs talents combinés, Roman se sentait cependant comme le dindon de la farce. Il avait senti que quelque chose d'inconvenant germait. Il avait aussi eu ses doutes et avait ignoré son intuition, ainsi que celle de David, et il avait échoué à appréhender Charles Ward quand il en avait eu la chance.

Et Roman, il y a des odeurs de magie noire ici. Lalura l'avait su elle aussi.

L'absence de Ward à la réunion était aussi valable qu'une confession. C'était de mauvaises nouvelles à plus d'un niveau.

Ward était un meurtrier qui avait violé le décret de longue date de Roman en plus de détruire une innocente mortelle. Pis encore, la mortelle ressemblait beaucoup à Evelynne Farrow sur le plan physique.

Ce qui était toutefois pire que tout était que Charles Alexander Ward était un adversaire formidable possédant lui-même une quantité impressionnante de pouvoir. C'était la raison pour laquelle il siégeait à la cour des vampires. Roman n'avait jamais eu confiance en Ward. Il y avait quelque chose à propos de cet homme qui agaçait Roman. Il savait cependant que Ward deviendrait soupçonneux s'il ne lui demandait pas de rejoindre la cour. Il était certainement assez puissant pour avoir mérité le poste.

Roman ne connaissait que deux personnes vivantes possédant le pouvoir spécial que Ward utilisait, et celui-ci était beaucoup plus expérimenté que l'autre. C'était là un autre indice relatif au côté obscur de Charles que Roman avait plus ou moins ignoré jusqu'à présent. Ward était un maître astral, capable d'entraîner une personne sur le plan astral dès qu'elle était endormie et en train de rêver.

Cependant, rien ne pouvait se passer sans le toucher, ce qui était la raison pour laquelle Roman avait laissé Evie en compagnie de David et de Lalura. Une fois entraîné dans cet autre plan, rien ne pouvait plus ramener un individu sans l'implication d'un autre voyageur astral.

Des années auparavant, lorsque Roman avait examiné cette capacité, il avait fait ce qui était selon lui la chose intelligente à faire et avait invité Ward à rejoindre la cour. L'avantage que Ward soit assis à la table de Roman était que le roi pouvait ainsi l'avoir à l'œil.

Cette tactique avait cependant échoué, et Charles Ward était en fuite et très, très dangereux.

C'était horriblement et parfaitement logique. Lorsque Roman avait tué la fille de Malachi Wraythe, un changement à peine perceptible s'était manifesté chez Charles, et les soupçons de Roman à propos de l'orientation de Ward par rapport à la magie avaient connu une pointe. Il avait entendu une rumeur dans le passé selon laquelle Ward et Wraythe n'étaient pas des étrangers l'un pour l'autre. Et en fait, Roman avait commencé à se demander s'ils pouvaient être des amis.

Ainsi, il s'était assuré que Ward ne soit pas dans les parages lorsque Wraythe et la communauté des loups-garous avaient eu un différend à propos de la Briseuse de malédiction et de son partenaire. Une bataille opposant les Chasseurs ainsi que Wraythe et ses hommes aux loups-garous et à leurs alliées sorcières s'était ensuivie. À la fin de la bataille, Wraythe avait été tué avec un peu d'aide invisible de la part de Roman.

L'aura instable entourant Charles Ward était par la suite devenue plus forte.

Roman avait maintenant l'impression d'en connaître la raison. L'ancien roi des sorciers, Malachi Wraythe, et Charles Ward avaient en effet été proches l'un de l'autre. D'une façon ou d'une autre, Charles était au courant de la participation autrement secrète de Roman dans la mort de Wraythe et il était maintenant en quête de vengeance. Et parce qu'il avait d'une façon ou d'une autre découvert que Roman se souciait d'elle, il avait sans doute l'intention de se servir d'Evie pour l'obtenir.

Roman n'avait eu besoin que de très peu de temps pour y réfléchir, et maintenant que tout le monde était bien à l'aise dans leurs fauteuils, Roman respira à fond.

— Je veux que chaque Chimère soit sur le qui-vive, commença-t-il d'une voix douce et d'un ton sérieux et bas.

Le son produit était à la fois menaçant et beau ; il avait toujours eu la capacité de dominer une pièce avec ses paroles.

— Charles Alexander Ward a violé mes lois et détruit une innocente vie humaine.

Il laissa cette information se déposer pendant que son regard se posait sur chacun des membres dans la salle. Personne ne sembla étonné. Les femmes baissèrent les yeux vers la table et les hommes se regardèrent entre eux. Tous prirent de grandes inspirations avant que leurs regards respectifs ne se posent sur lui de nouveau.

— Il ne sera pas seul, il sera sur l'offensive et…

Roman fit une pause, s'assura que toutes les personnes présentes comprendraient le poids des paroles qu'il était sur le point de prononcer puis il continua :

SÉRIE DES ROIS

— Il a Evelynne dans son viseur.

— La femme dont vous prenez soin? demanda Lizbeth.

— Celle qui est sous votre protection au refuge? s'enquit ensuite Samantha.

Roman inclina la tête.

— Elle est d'un grand intérêt pour vous, déduisit Lizbeth.

Il pouvait presque entendre ses méninges en action dans sa tête.

Roman croisa son regard.

— Elle est plus que cela, admit-il doucement. Evelynne Farrow devra bénéficier de la protection de chaque vampire de mon royaume.

Les membres de sa cour assimilèrent le décret et hochèrent leurs têtes pour lui signifier leur consentement.

— Accordée, concédèrent-ils tous les uns après les autres.

— Je verrai à ce que ce soit fait, l'assura Saxon.

Lizbeth attira son regard. Son expression faciale était un mélange de choses qui rendaient Roman mal à l'aise. Elle semblait curieuse et remplie d'espoir. Elle donnait aussi l'impression de vouloir fanfaronner.

— Vous aurez bien sûr notre appui total, promit-elle doucement tandis que ses yeux verts scintillaient. Mais pourrais-je vous demander, Votre Majesté, ce qui, chez cette jeune femme, fait en sorte qu'elle est à la fois la cible de l'agression de Ward et la bénéficiaire de votre protection?

Il aurait dû savoir qu'elle braquerait les projecteurs sur lui. Elle attendit en silence, déjà bien consciente de ce qu'il allait dire.

— Evie est la cible de Ward parce que je me soucie d'elle, avoua-t-il franchement. Et elle a ma protection… et mon amour, continua-t-il en baissant la voix jusqu'à ce qu'elle devienne un chuchotement presque intime, parce qu'elle est ma reine.

CHAPITRE 15

Roman demeura assis dans un silence qui s'étira bien au-delà de son annonce. L'air de la pièce était chargé de questions non exprimées et d'une myriade d'émotions inexprimées. Il ne se donna pas la peine de lire dans leurs esprits ; il ne le faisait presque jamais à moins qu'il doive le faire, mais il pouvait néanmoins imaginer ce qui se passait dans leurs têtes.

Roman n'était absolument pas un homme abstinent, mais Lizbeth avait raison quand il était question de ses relations plus significatives. Il n'y en avait eu qu'une seule.

En y réfléchissant, Roman se rendit compte de l'énorme différence qu'il y avait entre une passion de courte durée et l'amour.

L'amour ?

Son vieux cœur rebondit contre sa cage thoracique. Il venait de l'admettre à haute voix à toute sa cour. Il ne s'était pas senti ainsi avec Ophélia. À l'époque, il aurait pu jurer à qui aurait bien voulu l'entendre et même à ceux qui ne l'auraient pas voulu qu'elle était la femme pour lui et même qu'il l'aimait.

Il ne l'avait cependant jamais appelée sa reine. Il ne lui avait même pas dit qu'il était un vampire, et encore moins le *roi* des vampires.

Mais avec Evie, voilà qu'il était prêt à mobiliser la nation vampire tout entière contre l'homme qui la menaçait. Il n'avait jamais aimé Ophélia, et ce qu'Evie représentait pour lui ne se décrivait pas avec des mots.

Lalura lui avait parlé de sa vision. Treize rois sur un échiquier — et treize reines. La sorcière était d'avis qu'Evie était la première de plusieurs à venir. La première reine.

Sa reine.

Roman croisa cinq regards un par un et ne se détourna pas d'eux. Tant de questions… Et ce n'était rien en comparaison avec ce qu'il devrait sans doute affronter lorsqu'il présenterait la vision aux 12 autres rois à l'une de *leurs* réunions.

Il ouvrit la bouche pour prendre la parole de nouveau, mais il s'arrêta avant même de pouvoir murmurer un son. L'air avait changé. Il avait en fait l'impression que les lumières dans la pièce étaient devenues plus brillantes à ses yeux. Il détecta le plus infime parfum de fleurs de cerisier et poussa aussitôt sa chaise vers l'arrière en se levant.

— La Cour est ajournée, annonça-t-il rapidement en se dirigeant vers la porte.

Le silence perdura derrière lui et il l'ignora. Il quitta la pièce et venait tout juste d'entrer dans le corridor lorsque David se matérialisa devant lui.

— Elle est réveillée, énonça Roman avant que David ne puisse parler.

David arqua un sourcil et le coin de sa bouche tiqua, mais il se contenta d'incliner la tête pour acquiescer.

— Accompagnez-moi, ordonna Roman tandis qu'il lançait un sort de téléportation, puis le corridor commença à se déformer.

David et Roman réapparurent quelques instants plus tard dans le corridor à l'extérieur de la chambre principale du refuge. La sensation de détresse d'Evie le frappa comme un raz-de-marée. Il marcha à grands pas à travers l'embrasure de la porte et jusque dans la chambre en se préparant à ce qu'il pourrait y trouver, mais les seules autres présences qu'il ressentait étaient celles de Lalura et de Jaxon.

La détresse d'Evie était intérieure.

Lalura leva les yeux vers lui lorsqu'il entra. Evie était assise devant elle sur le lit avec ses yeux fermés, respirant profondément. Une fraction de seconde s'écoula au cours de laquelle il tenta d'effleurer son esprit à la recherche de l'information dont il avait besoin, avant qu'il ne se souvienne que cette manœuvre ne fonctionnerait pas avec elle. Les yeux d'Evie s'ouvrirent subitement.

Ils étaient embrasés.

On aurait dit des soleils de la couleur du miel posés dans l'écrin adorable de son visage, saisissants, magnifiques et tellement révélateurs. Elle était en effet autre chose qu'une humaine, et s'il n'était pas déjà arrivé à cette conclusion, ses yeux lui auraient permis de le savoir avec certitude.

— Elle est une voyante, lui indiqua Lalura. Entre autres choses, je crois, mais c'est la première capacité à se manifester.

Roman regarda en direction de Lalura et attendit qu'elle poursuive, mais avant qu'elle puisse le faire, Evie inhala rapidement et prit la parole.

— Roman, je sais qui a tué cette fille.

Roman se retourna vers elle.

— Vous l'avez vu.

Evie inclina la tête.

— J'ai tout vu. Son visage était très pâle et il y avait des cernes sombres sous ses beaux yeux. Son sommeil avait été troublé d'une manière réellement épouvantable.

— Son nom est Charles Ward, dit-il doucement. Je sais.

— Ce que vous ne savez pas est qu'il était au café avec moi l'autre jour, continua-t-elle.

— Je devine que c'est pourquoi elle a senti l'odeur du café à la morgue, expliqua Lalura.

Evie parla nouveau.

— Je pense qu'il a tué cette fille parce qu'elle me ressemblait.

Roman jura intérieurement. Lui qui ne voulait pas l'effrayer, c'était raté. Oui, il savait que le meurtre de cette fille avait un lien avec la similitude notable par rapport à leur apparence physique.

Une petite minute. Roman s'approcha du lit et baissa les yeux vers Evie en sachant que son propre regard commençait à se réchauffer.

— Que voulez-vous dire exactement en disant qu'il était *avec* vous au café ?

— Il l'observait depuis l'autre côté du café, Roman, déclara Lalura avec de la réprobation dans le ton. Ce n'est pas comme s'ils avaient un rendez-vous galant, tous les deux, alors respirez par le nez.

Roman cligna des yeux, à la fois déconcerté et honteux que Lalura ait totalement raison. Roman avait été *jaloux*.

Il jura intérieurement de plus belle. Il se devait d'être plus prudent ; Evie était capable de faire ressortir le monstre en lui à la moindre provocation.

Le fait que Charles Ward se soit retrouvé dans la même pièce qu'Evie, encore moins qu'il l'ait *observée*, n'aidait pas vraiment Roman à se calmer. Il s'était approché encore plus près que ce que Roman avait pensé. S'il était parvenu à faire ça, alors que pouvait-il bien faire d'autre sans que Roman s'en aperçoive?

— Mon Seigneur, pourrais-je vous apporter du thé, à vous et à la dame? Ou de la camomille? leur suggéra Jaxon.

Evie se redressa immédiatement dans le lit et leva sa main comme si elle était une enfant dans une salle de classe.

— Je suis désolée, s'excusa-t-elle, mais pourquoi diable l'appelez-vous toujours votre seigneur?

Lalura se leva à côté d'elle, chancelante, mais forte, et agrippa sa canne de marche à poignée col de cygne contre le mur à côté d'elle. Elle s'éloigna du lit en boitant légèrement. Roman nota qu'il ne l'avait jamais vue utiliser une canne auparavant. Elle vieillissait plus rapidement que jamais et Roman se rendit compte que c'était là une chose à laquelle il ne voulait pas penser.

— Jax, venez avec moi, intima-t-elle en faisant signe à Jaxon de l'accompagner. Je crois qu'il est temps pour nous de partir. Mon derrière a besoin d'un fauteuil digne de ce nom et vous venez de parler de votre merveilleux thé. Un morceau de tarte serait également une bonne idée. Pensez-vous pouvoir m'en obtenir?

David et Jaxon s'avancèrent tous deux pour l'aider en prenant doucement la vieille sorcière par les coudes tout en la guidant vers la porte. Jaxon prit les choses en main d'une manière experte.

— Pour vous, bien sûr, Mademoiselle Chantelle, concéda-t-il doucement.

Le trio passa dans le corridor, et la porte se ferma derrière eux.

Roman et Evie étaient maintenant seuls.

— Evie, il y a certaines choses importantes dont nous devons discuter, des choses qui ont été reléguées à l'arrière-plan à la suite de l'attaque et du meurtre, commença Roman en sachant qu'il n'y avait pas de meilleure façon d'aborder ces sujets particuliers qu'en s'y attaquant de front.

— Comme quoi? demanda Evie en se retrouvant aussitôt sur ses gardes.

Il pouvait entendre son rythme cardiaque accélérer et sentir le taux d'adrénaline augmenter légèrement dans son sang. Le fait de le remarquer était une erreur. De penser ainsi à son sang fit en sorte qu'il sentit quelque chose d'étrange en lui, et il se retrouva à la fois affamé et agressif. Il était loin d'être un vampire débutant et il parvint à calmer la montée de violence qui se manifestait en lui. Ce fut toutefois moins facile que ça aurait dû l'être.

Roman baissa les yeux vers l'épais tapis luxueux sous ses chaussures puis il marcha en direction du foyer situé le long du mur opposé.

— Je pense que Jaxon avait eu une bonne idée, souligna-t-il doucement. Le thé pourrait aider.

Il s'appuya contre le manteau au-dessus du foyer avant de fermer ses yeux.

Maîtrise-toi, se réprimanda-t-il.

Derrière lui, un plateau surmonté d'une théière fumante apparut sur la petite table qui occupait le centre de la grande chambre principale.

Il entendit le calme d'Evie derrière lui. Elle essayait de digérer le tout, et cette dernière preuve de sa magie en faisait partie.

Elle poussa finalement un soupir.

— Il m'arrive encore de penser que je rêve.

Roman jeta un coup d'œil vers elle par-dessus une de ses larges épaules. Elle fixait la théière du regard, l'air hagard. Assise là, elle avait l'air si belle et si vulnérable qu'il en avait le cœur déchiré.

— Vous ne rêvez pas, Evie, l'assura-t-il.

Il se redressa et lui fit face une fois de plus, agitant ses doigts en direction du foyer vide au même moment. Un feu s'anima derrière lui. Il était de la taille parfaite, avait des flammes parfaites, et produisait la quantité parfaite de lumière et de chaleur.

Il crépita joyeusement dans la chambre autrement calme et Evie le regarda avec ce qui devait être une compréhension apathique.

— Non, dit-elle. Je sais que je ne rêve pas.

— Evie, commença Roman en marchant à grands pas lents vers la théière et les tasses.

Il souleva la théière, versa un peu de liquide fumant dans une des tasses et s'approcha à côté d'elle.

— Buvez cela. Ça vous aidera.

Evie regarda la tasse et prononça ces mots avant de lever les yeux vers lui.

— Il faut de la crème.

Roman baissa son regard vers ses magnifiques yeux ambrés luisants puis il éclata presque de rire. Il aurait su qu'elle voulait de la crème s'il avait pu lire dans son esprit. Il devait plutôt évoluer gauchement dans cette situation comme un humain.

Il jeta un coup d'œil à la tasse et elle se remplit automatiquement d'une riche crème blanche, se mélangeant parfaitement avec le thé noir. C'était également comme ça que Lalura aimait son thé ; il était prêt à parier que ces deux femmes n'avaient pas que quelques petites choses en commun.

— Merci, dit-elle en prenant la tasse de ses mains.

— Je vous en prie. Ce n'est pas du café, et je sais que vous le préférez vraiment au thé, mais ce sera peut-être mieux pour vos attaques de panique.

Evie arrêta de boire au milieu de sa petite gorgée, l'avalant difficilement puis levant les yeux vers lui. Elle hésita un moment puis lui posa une question.

— Comment savez-vous que j'ai des attaques de panique ?

Roman cligna des yeux. Il pensa rapidement.

— Je crois que vous en aviez une juste avant que je n'entre dans la chambre.

C'était quelque chose qu'il avait appris à propos d'elle quand il l'avait observée quelques jours auparavant, mais c'était également une information qu'il avait soutirée de l'esprit de Lalura avant d'entrer dans la chambre, Dieu merci.

— Je pouvais l'entendre dans les battements de votre cœur… et le sentir dans votre sang.

Ce n'était pas *entièrement* un mensonge.

Evie sembla y réfléchir.

— Oh, émit-elle finalement avant de continuer à boire son thé. J'en ai, parfois. C'est comme ça depuis ma jeunesse. Le café n'empire cependant pas la situation.

Elle prit une nouvelle gorgée de thé puis elle sourit.

— C'est bon.

— Je suis heureux que vous l'aimiez, déclara-t-il avec sincérité.

Puis, il recula de quelques pas, prit une longue inspiration et poursuivit.

— Vous vouliez savoir pourquoi Jaxon utilise ces termes avec moi.

— On dirait que vous êtes son roi ou quelque chose du genre, lui fit remarquer Evie en baissant sa tasse.

— C'est que je le suis.

Le silence se fit entendre pendant plusieurs battements de cœur.

— Vous êtes quoi ?

— Je suis son roi, Evie. En fait, je suis le souverain de tous les vampires de la planète, les *Chimères*.

Il fit une pause, prit une respiration pour se calmer les nerfs et continua.

— Je le suis depuis très longtemps.

Peu importe ce à quoi Evie pouvait penser, elle demeurait silencieuse. Il était impossible de décoder son expression faciale, et Roman aurait donné à peu près n'importe quoi pour être en mesure de lire la moindre de ses pensées.

— Depuis *combien* de temps? demanda-t-elle enfin, la voix si douce que c'en était presque un chuchotement.

Roman sentit alors les ennuis en approche. Il se sentait en terrain familier et il savait que de répondre à cette question ouvrirait toute grande la porte aux ennuis. Il ne pouvait cependant rien y faire. Il ne pouvait pas lui mentir.

— Trois mille ans.

Cette réponse fut suivie par un autre silence, troublé seulement par le rythme cardiaque croissant d'Evie.

— Plus ou moins.

CHAPITRE 16

Invoquer un Akyri et le prendre au piège était quelque chose de risqué. C'était normalement l'Akyri qui localisait le sorcier. Leurs vies dépendaient de relations symbiotiques avec les utilisateurs de la magie sombre. Pour cette raison, ils étaient donc attirés par l'appel du pouvoir, les vibrations particulières dans l'air, et peu de temps après, un sorcier se voyait présenter une offre. De la nourriture en échange de la servitude. Ça se passait toujours de cette façon.

Cependant, le problème avec les sorciers était qu'ils acquéraient leur réputation d'utilisateurs de magie noire en utilisant la magie noire. On ne pouvait jamais leur faire confiance ; Charles devait le savoir. Wraythe et lui avaient poussé le bouchon dans le spectre pour le plus sombre des sorts. La communauté des loups-garous avait par trop souffert du résultat des efforts de Wraythe : un sort pour transformer une louve-garou en une humaine au gène dormant ? Ça avait été fait. Un sort pour retirer la marque d'un partenaire d'une humaine au gène dormant ? Aucun problème.

D'autres aimaient le bon côté des choses du type de magie interdite d'un sorcier. En effet, ressusciter un mort était simple comme bonjour pour un sorcier bien formé.

Un sorcier pouvait faire en sorte qu'une victime ressente tout ce qu'il voulait qu'elle ressente simplement en la touchant. C'était le genre de pouvoir qu'exerçait un utilisateur de la magie noire. C'était maléfique, imprévisible et stupéfiant.

Charles utilisait maintenant cette magie pour s'adonner à une des plus viles fonctions dans lesquelles un sorcier pouvait s'engager. C'était cruel et une telle façon d'agir pourrait avoir des conséquences épouvantables, mais au point où il était rendu, Charles s'en souciait à peine.

Il savait que son heure avait sonné. Roman D'Angelo le soupçonnait depuis un certain temps. Les sensations étaient là, le soupçon semblable à un œuf qui avait seulement besoin d'éclore. Et voilà que la jeune Evelynne Grace Farrow avait apparemment développé les capacités d'une voyante et l'avait dénoncé.

Charles devait en sourire. C'était un sourire méchant.

Il avait eu raison de soupçonner qu'Evie était différente. Il avait su profondément en lui que son attirance envers elle était liée à autre chose qu'à ses jolis traits et au fait que le roi était tombé amoureux d'elle. Il voulait avoir sa vengeance, oui, et il l'aurait, par le diable. Il n'y avait cependant aucune raison l'empêchant d'obtenir quelque chose pour lui dans le processus. Evie Farrow promettait de livrer la marchandise.

Les six Akyri qu'il s'apprêtait maintenant à invoquer auprès de lui avant de les capturer allaient l'aider en ce sens.

Pour le moment, Charles se tenait seul au sommet de la colline escarpée surplombant la mer d'un côté et un cimetière délabré de l'autre. La nuit fouettait ses cheveux et ses vêtements tandis que la lune se reflétait dans le bleu saisissant de ses yeux. Il n'y avait aucun bruit à l'exception des vagues qui venaient s'écraser contre les rochers loin en bas, et le vent qui hurlait contre la façade de la falaise et chuchotait à travers les grandes herbes clairsemées.

Sur le sol devant lui se trouvait un cercle de pierres. Il l'avait construit lui-même, assez grand pour accueillir confortablement six silhouettes humanoïdes, mais assez petit pour les maintenir sous l'emprise de sa magie.

Charles tenait dans sa main gauche le livre de cuir noir que Wraythe lui avait laissé. Sa couverture était exempte d'ornements, et il n'était pas doté d'un verrou ou d'un fermoir pour protéger ses secrets. Il n'en avait pas besoin. Chaque mot à l'intérieur avait été écrit avec le sang de Wraythe, tracé avec l'essence de son être, et personne à part l'être nommé ne serait en mesure d'ouvrir le livre et de lire ce qui en ornait les pages.

Charles baissa les yeux vers le livre pendant un moment, permettant à la nuit de s'habituer à lui et se préparant pour ce qui allait venir. Il se servit ensuite de sa main droite pour ouvrir le livre à une certaine page, et sans hésitation, arracha complètement la page en question. Il y eut un éclair de lumière lors de cette séparation, puis le livre se ferma de lui-même et la page arrachée commença à rougeoyer. Les symboles dessinés sur sa surface s'illuminèrent, projetant un rougeoiement semblable à du sang sur la main et le bras droits de Charles.

Le sorcier vampire ferma ses yeux, chuchota un mot magique et lâcha la page. Elle flotta sur place pendant un instant, le vent n'ayant aucun effet sur elle. Le sort prit graduellement forme puis la page plana vers l'avant, mue par une force invisible, jusqu'à ce qu'elle se retrouve enfin en place, directement au-dessus du centre du grand cercle.

Charles pouvait ressentir la magie tirer sur lui. Elle aspirait son esprit, le drainant de l'essence de ce qu'il était. Il volait six vies, prenant six volontés avant de les étouffer, les liant à lui de la façon la plus contre nature qui soit. Les gens n'utilisant pas la magie auraient automatiquement présumé que le sort de résurrection serait le plus difficile entre tous. Ou peut-être une certaine forme de télékinésie intense ou de téléportation.

Mais le fait de s'emparer ainsi des ficelles du destin d'une demi-douzaine d'individus puissants et de les nouer pour les tenir dans sa main était beaucoup, *beaucoup* plus dur. Une goutte de transpiration perla sur son front. Charles l'ignora, concentrant sa force vers le centre du cercle et sur la page qui y flottait.

Il fit sortir les dernières paroles presque de force, les sifflant entre ses dents serrées et ses canines qui s'étaient allongées dans la douleur. Le vent souffla une fois de plus, avec plus de force qu'auparavant. Puis, il se calma et Charles sentit un déclic intérieur, comme un verrou glissant en place.

Il ouvrit ses yeux et vit six paires d'yeux rayonnants lui rendant son regard.

Charles libéra un souffle épuisé et les examina. Ils lui jetaient des regards furieux de l'endroit où ils se trouvaient et étaient tous des hommes. C'était bien ; c'était ce qu'il avait prévu, en dépit du fait que le sort avait été bien plus difficile à exécuter. Il avait besoin de tous les muscles supplémentaires qu'il pouvait avoir, et le fait était que les femmes Akyri étaient trop intelligentes et trop rusées. Il ne pouvait pas risquer d'avoir à les surveiller d'aussi près alors qu'il avait déjà tant de choses à gérer.

Les hommes Akyri étaient grands et forts, et comme c'était l'habitude, ils avaient les cheveux bruns et étaient vêtus de noir de la tête aux pieds. Leurs yeux étaient cerclés de rouge en raison de leur colère.

Ils ne dirent pas un mot, se contentant de le fixer du regard avec leurs beaux visages froids et leurs yeux rayonnants et fâchés, mais Charles savait qu'ils auraient donné n'importe quoi à ce moment précis pour avoir la chance de lui arracher ses membres un par un. Il y avait peu de choses qu'un Akyri, qui en temps normal aurait *volontairement* offert sa loyauté en échange du simple droit de continuer à vivre, aimait moins que d'être piégé par un sortilège. Les Akyri n'étaient pas faits pour être contraints à quoi que ce soit ; la contrainte rongeait leurs esprits et faisait ressortir leur colère comme rien d'autre ne pouvait le faire. C'était pour eux une violation de leur confiance et de leur nature.

Charles allait devoir maintenir la maîtrise absolue de la demi-douzaine de « démons » devant lui, faute de quoi il se retrouverait dans une situation aussi désespérée que celle qu'il prévoyait pour le roi des vampires.

Cette maîtrise n'allait heureusement pas être un problème.

— J'ai une série d'ordres à vous donner, déclara-t-il en conservant une voix calme et en permettant au pouvoir dont elle était chargée de chevaucher les vents qui entouraient le cercle. Je n'aurai plus besoin de vous lorsque vous aurez achevé les tâches que je vais vous exposer. Et lorsque ce moment sera arrivé, je vous retournerai là d'où vous venez.

Les hommes continuèrent à le regarder dans un silence rempli de haine. Charles appuya sa main droite sur la couverture du livre qu'il tenait toujours et libéra une dernière décharge de pouvoir.

— Pour m'assurer de votre obéissance, indiqua-t-il doucement en sachant parfaitement qu'ils l'entendraient de toute façon.

Une vague d'énergie rouge déferla du livre jusqu'aux cous des six hommes. Ils tombèrent à genoux, serrant leurs dents de douleur. Leurs mains se posèrent sur les côtés de leurs gorges, mais il était trop tard. Le symbole avait déjà été marqué à cet endroit, tracé dans leur chair avec une encre rouge comme le sang et chargée de magie. Il les lierait irrémédiablement à lui. Ses ordres les contraindraient comme rien d'autre ne pourrait le faire, et si l'un d'entre eux levait ne serait-ce qu'un doigt pour tenter de le blesser d'une manière ou d'une autre, leurs efforts se retourneraient contre eux et ils seraient détruits. C'était aussi simple que cela.

* * *

— Trois mille ans, répéta Evie en laissant les mots en suspens sur sa langue.

Ils n'en demeuraient cependant pas moins étranges. Elle ne parvenait pas à se faire à l'idée.

— Trois mille ans.

Elle savait qu'elle ne faisait que marmonner, mais sa tête était ailleurs.

Comment un individu pouvait-il vivre pendant 3000 ans? Comment faisait-il pour passer d'une journée à une autre sans totalement perdre la tête? Dans sa trentaine d'années d'existence, elle avait vu tant de mort et de tristesse... La douleur que la planète devait supporter lui faisait souvent subir des attaques de panique.

Elle avait lu un article sur les femmes du Soudan qui l'avait privée de sommeil pendant des semaines. Elle se recroquevillait un peu plus sur elle-même chaque fois qu'un chaton ou un chien errant rendait son dernier souffle tremblant. Elle détestait le fait qu'il y ait des sans-abri dans les villes et les maladies qui affectaient les enfants de manière endémique, et elle n'avait que trois décennies.

Roman avait trois *millénaires*. Ce qu'il devait avoir vu au cours de ces années laissait son esprit pantois.

— Trois mille...

Sa voix s'estompa graduellement cette fois-ci. Elle secoua sa tête et tenta de déglutir, mais une boule s'était littéralement formée dans sa gorge. Ses yeux se remplirent d'eau tandis qu'elle tentait de s'y faire.

— Je ne…

Je ne comprends pas, pensa-t-elle. Et c'était vrai. Elle ne pouvait tout simplement pas comprendre.

Elle devait donc lâcher prise. Du moins pour le moment.

Ce à quoi elle *pouvait* cependant s'accrocher fermement était qu'en plus du fait qu'il était assez vieux pour avoir été témoin de la chute de Rome, il venait de lui admettre *quelque chose d'autre*.

— Evie, je sais qu'une telle chose doit être difficile à saisir, concéda Roman en baissant son regard saisissant vers elle. Si vous me le permettez, je peux vous aider…

— Et vous êtes le roi des vampires? lança-t-elle soudainement, s'attardant à cette information étonnante avec toute l'énergie qu'elle possédait.

Elle l'observa tandis qu'une expression étrange fut visible sur ses très beaux traits, obscurcissant son regard et intensifiant le rouge dans ses yeux.

— Oui.

— Qu'est-ce que cela signifie, exactement? demanda-t-elle.

Roman la regarda en silence et elle sentit le poids de ce regard sur elle comme s'il s'agissait d'une tonne de briques.

— Vous ne m'avez jamais dit combien il y avait de vampires dans le monde, poursuivit-elle en se rappelant la brève leçon d'histoire surnaturelle de Roman lorsqu'ils étaient assis à la table de sa maison de campagne privée sise dans la caverne magique.

Curieusement, à part des informations de base comme le fait que les Chimères étaient créées par l'union des sorciers et d'un genre de démon nommé Akyri, il avait conservé la plupart des informations relatives aux vampires pour lui.

— Combien y en a-t-il?

— Des milliers, répondit-il doucement.

— Et vous régnez sur la totalité d'entre eux.

Son expression faciale s'obscurcit encore plus, libérant un malaise en elle. Il hocha la tête à une seule reprise.

— Ainsi donc… il doit y avoir une raison pour laquelle vous êtes responsable, suggéra-t-elle évasivement, une partie d'elle voulant savoir pourquoi il en était ainsi, mais le reste d'elle-même ne le voulant pas.

Il hocha la tête de nouveau.

— Était-ce une question de sang royal ou quelque chose du genre ? demanda-t-elle.

— Non.

— Vous avez donc été élu ?

Le coin de sa bouche eut un tic.

— Pas vraiment.

— Dites-moi comment alors.

Roman se redressa et Evie fut en mesure de ressentir l'aura de son pouvoir autour de lui comme si c'était de l'électricité statique. Il était en train de se recharger.

— Il faut conquérir le poste de roi.

— Le conquérir, répéta Evie, son regard glissant sur ses larges épaules, ses muscles noueux et sa taille comme sa stature impressionnantes. Vous êtes-vous battu à mort avec quelqu'un pour l'obtenir ?

— Oui.

Une chaleur écrasante déferla en Evie, la clouant au lit. *Il a tué quelqu'un*, lui dit son esprit tandis qu'elle levait les yeux vers l'homme qui se tenait à un peu moins d'un mètre d'elle. C'était le monde réel, il y avait peu de démocratie et la beauté était souvent un masque pour le mal. Roman D'Angelo était l'homme le plus beau qu'elle avait jamais vu. Quel genre de mal est-ce que sa beauté pouvait bien cacher ?

Il a tué quelqu'un.

— J'ai tué *beaucoup* d'hommes, avoua alors Roman, sa voix hypnotique s'abaissant et son ton devenant dangereusement calme.

Evie sentit ses poumons se figer dans sa poitrine ; l'air n'entrait pas et ne sortait pas davantage.

— Et non, je ne lis pas dans votre esprit, Evie. Je vous ai déjà dit que je n'en étais pas capable. Vos pensées sont écrites dans vos magnifiques yeux rayonnants.

C'en était trop. Ces affirmations la frappaient trop rapidement de nouveau. Trop d'information, trop de folie.

— Quand quelqu'un vit aussi longtemps que moi, ça devient une question de survie, continua-t-il en diminuant de moitié la distance qui les séparait en faisant un pas vers elle. Il faut tuer ou être tué, et c'est la raison pour laquelle j'ai décidé de devenir roi. Je voulais changer la façon de vivre des Chimères. Je voulais que les vampires puissent connaître une ère de paix, enchaîna-t-il. Et c'est ce que j'ai fait.

Il bougea comme s'il était sur le point de faire un autre pas, et Evie bondit du lit et se retrouva sur le côté en vitesse. Elle se déplaça plus rapidement qu'elle s'en serait elle-même crue capable. Elle imagina que c'était ce que la peur pouvait produire comme effet.

Roman n'en était cependant pas heureux. Il demeurait immobile et trompeusement calme, mais des vagues de magie contrariée déferlaient de lui, venant la frôler avec une intention inconnue. Evie recula d'un autre pas, se rapprochant peu à peu de la porte de la chambre principale.

— Vous devez maintenant savoir que je ne vous veux aucun mal, Evie, reprit-il d'un ton lourdement chargé de ce qui semblait réellement être de la douleur. Ne me jugez pas en raison de mon âge ou du sang qui coule dans mes veines. Je vous connais. Vous êtes capable de mieux que ça.

— Vous ne savez rien de moi ! s'écria Evie, ne sachant même pas pourquoi elle avait choisi de crier ainsi.

Il arqua un sourcil.

— Je sais que vous êtes fascinée par les vampires depuis votre enfance. Cela transparaît dans votre travail. Pourquoi pensez-vous qu'il en est ainsi, Evie ?

— Je ne sais pas ! hurla-t-elle, sentant la panique la menacer de plus belle.

Sa poitrine était serrée, son cœur battait la chamade et le vertige s'approchait des frontières de sa conscience. La sorcière, Lalura Chantelle, lui avait jeté un genre de sort pour la chasser la première fois, mais la peur était un adversaire implacable qui ressuscitait à la moindre provocation.

En dépit de sa peur grandissante, il y avait quelque chose dans ce qu'il venait de lui dire qui la turlupinait. Elle était simplement trop contrariée pour lui donner l'attention appropriée.

— Vous étiez destinée à entrer dans ma vie, Evie, déclara-t-il en faisant maintenant ce second pas pour combler l'espace qu'elle avait mis en eux. Et pas en tant qu'ennemi.

Il secoua sa tête.

— À quand remonte la dernière fois où vous avez lu qu'un des membres de mon peuple avait fait quelque chose d'horrible comme ce que vous leur faites faire dans vos livres ?

— Cela remonte à la nuit dernière, dit-elle sans éclat.

Roman fut à court de mots, puis il cligna des yeux avant d'esquisser un petit sourire. C'était un sourire triste.

— Je vous l'accorde. Le moment est mal choisi. Charles Ward est le premier vampire à violer l'une ou l'autre de mes lois en 30 siècles.

— Comment puis-je le croire ? demanda-t-elle. Comment puis-je croire quoi que ce soit venant de vous ?

— Pourquoi pas ? répliqua-t-il en faisant un pas de plus.

Le regard d'Evie se posa sur les souliers de Roman et elle recula contre la porte derrière elle.

— Qu'ai-je fait pour vous faire croire que vous ne pouvez pas avoir confiance en moi ?

Elle n'en avait aucune idée. La vérité était qu'elle pouvait à peine penser de manière minimalement cohérente.

— Je veux rentrer à la maison, déclara-t-elle avec plus de sincérité que jamais.

Elle voulait prendre une longue douche chaude puis boire 10 tasses de tisane à la camomille et regarder 20 épisodes de *Doc Martin* ou encore de *The Vicar of Dibley* avant de dénicher une pilule de Valium quelque part dans son tiroir de médicaments et de sombrer dans l'oubli. C'était ce qu'elle voulait et maintenant qu'elle y pensait, ce n'était que sur ça ou presque qu'elle parvenait à se concentrer. C'était du solide. C'était de la routine. C'était son monde et elle le connaissait.

Elle ne connaissait manifestement rien d'autre.

— Je veux rentrer à la maison. *S'il vous plaît.*

Roman D'Angelo, le roi des vampires, soupira fortement par le nez. Il secoua sa tête, brisant ses espoirs.

— Vous savez que ça n'arrivera pas, Evie. Les Chasseurs sont encore en fuite et Ward planifie sans doute de se lancer à vos trousses.

— Il s'agit là de *vos* problèmes, protesta-t-elle d'une voix tremblante. C'est *votre* monde, pas le mien.

Elle secoua sa tête, ses mains sentant la porte dans son dos.

— Je veux partir d'ici. Mes parents ont besoin de moi. J'ai des obligations. Comment osez-vous… comment…

Elle ne savait même plus ce qu'elle disait. Sa poitrine la faisait maintenant souffrir, et elle devenait de plus en plus étourdie. Une vague de vertige déferla d'ailleurs sur elle, l'obligeant à s'appuyer lourdement sur la porte dans son dos.

— Comment est-ce que j'ose quoi, Evie? s'enquit-il doucement en s'avançant vers elle d'un autre pas menaçant. Comment est-ce que j'ose réaliser vos rêves? Que j'ose vous montrer ce que vous dites avoir voulu toute votre vie? Est-ce avec cela que vous avez un problème?

Il fit un dernier pas qui les réunit au moment même où la main d'Evie trouvait la poignée de porte derrière elle. Elle ouvrit la porte en vitesse, se retourna puis fonça dans le corridor comme si le diable était à ses trousses.

CHAPITRE 17

— Où tentez-vous d'aller exactement, Evie ? lui demanda Roman, debout devant elle dans le corridor.

Une seconde auparavant, il avait été derrière elle dans la chambre et voilà qu'il était maintenant là à lui bloquer la route. Il semblait trompeusement à l'aise, ses mains dans ses poches, sa tête inclinée sur un côté, son regard plissé avec curiosité. Evie dérapa jusqu'à l'arrêt en ouvrant les bras pour se stabiliser. Elle sentit ses poumons se gonfler et se comprimer trop rapidement, frôlant l'hyperventilation.

— Je vous l'ai dit ! s'exclama-t-elle. J'ai des obligations !

Elle parla sans réfléchir, son esprit se concentrant à trouver un moyen de s'échapper ; de s'échapper du refuge, de la présence intoxicante de Roman, de ce rêve éveillé moitié rêve, moitié cauchemar. Il n'y avait cependant qu'un seul corridor. Devant elle se trouvait le roi des vampires et derrière, la porte dont elle venait de sortir.

— Vos parents peuvent compter sur vos frères et survivront sans vous pendant quelques jours, la rassura-t-il en s'approchant de nouveau d'elle. Vos lecteurs peuvent attendre un peu plus longtemps pour votre prochain livre et le refuge animalier se fie un peu trop à vous comme ça. Votre place est ici, Evie.

Evie jeta un coup d'œil par-dessus son épaule vers la porte qu'elle venait de franchir, se demandant si elle pourrait s'échapper par la fenêtre de la chambre à coucher quand les dernières paroles de Roman arrivèrent à destination. Sa tête se retourna en vitesse et son regard se plissa.

— Comment êtes-vous au courant pour le refuge animalier?

Elle ne lui avait jamais dit qu'elle faisait du bénévolat avec les animaux. Elle ne lui avait pas parlé de sa vie de famille ou de ses parents non plus. En fait, elle ne lui avait à peu près rien dit à propos d'elle. Les choses se passaient très vite depuis qu'elle l'avait rencontré… *trop* vite. Alors comment avait-il pu savoir *quoi que ce soit*?

— Vous avez dit que vous ne pouviez pas lire dans mon esprit, le défia-t-elle d'un ton accusateur.

Sa voix tremblait à un point tel qu'on avait l'impression d'entendre une mauvaise actrice dans un film d'horreur de série B, sauf qu'il ne s'agissait pas d'un film.

Roman D'Angelo s'arrêta net et un regard de surprise complète s'afficha sur son visage. Ses yeux teintés de rouge passèrent au noir puis ils redevinrent teintés de rouge. Un muscle de sa mâchoire tiqua et ses mains sortirent de ses poches pour ensuite se fermer légèrement sur les côtés de son corps.

— Vous m'avez menti, dit-elle.

— Non, je ne l'ai pas fait, insista-t-il doucement. Je ne peux pas lire dans votre esprit.

Evie secoua la tête en tentant d'y mettre de l'ordre. Elle ressentait de l'engourdissement dans ses jambes, comme si elles allaient céder sous elle d'une seconde à l'autre. Comment savait-il tous ces faits s'il ne lisait pas dans son esprit?

— Vous m'avez surveillée?

L'avait-elle dit à haute voix? Sa voix semblait lointaine et assourdie.

Elle pouvait le sentir s'approcher d'elle, mais le monde semblait confus.

— Vous m'avez espionnée? questionna-t-elle en entendant de nouveau sa voix comme si cette dernière provenait d'un tunnel.

— Evie, je veux que vous vous asseyiez.

Il m'a espionnée. Pendant combien de temps? se demanda-t-elle. Et où? Quand elle était à la maison? Quand elle était sous la douche? Quand elle allait à la salle de bain? Que savait-il d'autre? Pourquoi ferait-il une telle chose? *Que m'est-il arrivé?* se demanda-t-elle. *Qu'est-ce qui arrive à mon monde, par le diable…*

— Evie, asseyez-vous *maintenant*.

Quelque chose vint heurter l'arrière de ses jambes, qui cédèrent. Ses fesses tombèrent sur la chaise plutôt durement, et tandis qu'elle tentait de comprendre comment il se faisait qu'une chaise se soit retrouvée derrière elle, la main forte de Roman se retrouva contre son dos, la poussant vers l'avant. Evie plia à la hauteur de sa taille, posant fermement ses paumes contre ses genoux. Ce n'était pas son premier rodéo. Au lieu de lutter contre le poids posé contre son dos, elle laissa sa tête pendre entre ses jambes et ferma ses yeux, se concentrant sur sa respiration.

Roman retira sa main dès qu'il fut convaincu qu'elle n'allait pas lutter pour demeurer assise. Evie fut presque désolée de la fin de ce contact. C'était exaspérant.

— Vous m'avez espionnée, répéta-t-elle, sa voix assourdie en raison de sa position sur la chaise.

— Oui, reconnut-il facilement. Je l'ai fait.

Il ne lui offrit pas d'excuses. Ce n'était qu'une admission. *Salaud.*

Il se tenait au-dessus d'elle ; elle pouvait sentir sa malicieuse et puissante présence se déverser sur elle comme un genre d'aphrodisiaque infernal. Sa proximité et la magie qui l'entourait comme c'était le cas actuellement firent en sorte qu'elle n'était plus simplement fâchée qu'il l'ait espionné. Contre toute logique, cela lui donnait l'impression d'être quelque peu… précieuse.

Oh mon Dieu.

Ses sens en étaient également allumés.

Elle grogna un peu en fermant solidement ses yeux pour refuser cette prise de conscience. Ce n'était pas bien. Il était en train de la troubler à l'intérieur. Son monde et tout ce qu'il comprenait était tordu. Elle devait en sortir.

— Comment osez-vous.

Ce n'était pas une question.

Roman demeura calme au-dessus d'elle. Evie respira et son corps trembla.

— Mon monde a changé dès le moment où j'ai posé les yeux sur vous, expliqua-t-il enfin, sa voix douce caressant ses terminaisons nerveuses à la manière de la soie. Vous étiez dans un terrain de stationnement et la lumière des lampadaires enflammait des mèches dans vos cheveux en se reflétant sur la dorure de vos yeux.

Il fit une pause et elle écouta soigneusement.

— Vous étiez la créature la plus belle que j'avais jamais vue. Pendant 3000 ans, j'ai successivement connu des paysannes et des princesses. J'ai invité les matriarches de divers empires dans mon lit, Evie. Pendant 3000 ans, j'ai toujours été celui qui dominait. Je pouvais toujours m'en aller.

Evie sentit que sa respiration était maintenant maîtrisée et que son cœur avait cessé de battre la chamade. La sensation qu'elle ressentait demeurait toutefois étrange d'une certaine façon. Elle se redressa lentement et leva les yeux vers Roman.

— Vous m'avez toutefois ébloui en un instant, avoua-t-il.

Très lentement et très gracieusement, Roman mit un genou par terre devant elle afin que leurs regards soient à la même hauteur.

— Je me suis envolé vers les cieux avec vous et j'en ai presque oublié le reste du monde. Vous m'avez secoué jusque dans mon essence, Evie. Votre cœur était de la musique pour mes oreilles. Votre parfum, la sensation que je ressentais en vous tenant dans mes bras… C'était magique.

Evie ne savait pas quoi dire. Elle ne savait même pas si elle serait en mesure de parler advenant le fait qu'elle trouverait quelque chose à dire.

— Je ne pouvais pas vous laisser aller, admit-il doucement.

Tout ce qu'Evie pouvait faire était de fixer ces yeux sans fond et de l'écouter.

— Je vous ai observée. Je ne vous connaissais même pas et la seule pensée qu'il vous arrive quelque chose en mon absence était plus que je ne pouvais le supporter.

Il haussa les épaules et lui offrit un regard impuissant.

— Je me suis donc assuré de ne pas être absent.

— Comment avez-vous su pour mes parents ? demanda-t-elle, sachant apparemment quoi dire après tout.

— Je sais beaucoup de choses à votre sujet, Evie.

Roman se leva et une fois de plus, redevint mystérieux et intense aux yeux d'Evie, comme s'il se préparait à livrer bataille. Ce sentiment ramena aussitôt Evie sur ses gardes.

— Vous êtes née pendant la nuit de l'Halloween il y a 30 ans. Vous préférez des amitiés à distance, fort probablement en raison de votre inquiétude. Je sais que vous aimez les trains et que tous les trains du monde sont sur votre liste de choses à faire avant de mourir. Je sais quels genres de musique vous aimez et ce que vous aimez manger, et je sais aussi que vous avez une impressionnante collection de bottes dans votre placard.

Il s'arrêta, comme s'il voulait rependre son souffle. Evie leva sa main.

— Arrêtez! exigea-t-elle en exposant ses dents. Comment savez-vous toutes ces choses, par le diable?

Le fait de l'espionner lui aurait permis de découvrir la routine de sa vie de tous les jours, mais pas ça!

— Je ne veux pas vous mentir et l'omission de faits est la même chose, expliqua-t-il. La vérité est que je ne peux pas lire dans votre esprit, Evie. Plus maintenant.

Il fit une pause.

— Je le pouvais, avant.

— Quoi?

De l'indignation se manifesta dans le corps d'Evie, remontant dans sa gorge en passant bien près de l'étrangler. Elle se leva lentement de sa chaise, ses yeux bien grands. Il se leva à sa suite.

— Vous avez lu dans mon *esprit*?

— Oui, dit-il tout simplement.

C'était encore une admission de sa culpabilité. Il ne lui présenta pas davantage d'excuses.

— Vous êtes incroyable, siffla-t-elle et cette fois-ci, en dépit de ses capacités en création littéraire, elle se retrouva incapable d'inventer une insulte qui aurait convenu aux profondeurs abyssales où il venait de s'enfoncer. Oh mon Dieu, vous êtes simplement incroyable.

Elle se détourna de lui et glissa une main tremblante dans ses cheveux.

— Bon sang, cela veut dire que vous connaissez tous mes petits secrets infâmes, n'est-ce pas?

Elle pensa à toutes les choses à propos d'elle dont elle n'était pas fière. Elle n'était pas parfaite. Elle avait des torts.

Elle s'adonnait au recyclage, mais n'aimait pas que ce soit toujours aussi compliqué. Elle aidait les animaux, mais ne pouvait secrètement pas supporter l'odeur d'un chien errant. Elle regardait toujours avec colère les espaces de stationnement pour handicapés déserts quand elle ne pouvait pas trouver un endroit où se garer. Elle jurait comme un charretier quand elle était seule, oubliait de se raser pendant des jours à la fois et désinfectait rarement sa douche.

Il y avait des choses à propos de son corps et de son esprit qu'elle méprisait, et la pensée que Roman se soit retrouvé dans sa tête pour entendre ces accusations qu'elle s'adressait à elle-même était une violation inexcusable de sa vie privée.

Elle se détestait encore plus.

— Je sais que je me soucie de vous, Evelynne Farrow, souligna Roman.

Sa voix était devenue plus grave et impérieuse. Elle remplissait le corridor d'un genre de magie, mobilisant son attention et la figeant sur place.

— Je sais que toutes les choses que j'ai pu apprendre à propos de vous ici — il tapota le côté de sa tête avec ses doigts — ont décuplé l'affection que j'ai pour vous ici, déclara-t-il en tapotant ces mêmes doigts contre son cœur.

Il laissa tomber sa main.

— Je ne peux pas m'excuser pour ce que j'ai fait et je ne tenterai même pas de le faire, mais je ne voudrais pas que ça ne se soit pas passé non plus, avoua-t-il. En fait, je le ferais encore, si c'était possible de le faire.

Evie leva les yeux vers lui, mystifiée et sans mots. *Pourquoi*? pensa-t-elle.

— Parce que vous me remplissez d'une passion que je n'ai jamais connue, admit-il, répondant encore une fois à sa question inexprimée comme s'il avait pu la lire dans son esprit. Vous et moi avons été faits l'un pour l'autre, Evie. Vous êtes tellement plus que vous pensez être. Tellement plus que ce que vous savez. Il secoua sa tête, et son expression devint soudainement perplexe.

— Je ne me sentirais pas ainsi si vous n'étiez pas spéciale. Evie, je vous ai montré ma caverne !

Evie figea. Elle cligna des yeux. L'invincible roi des vampires semblait différent en ce moment : vulnérable, innocent. Sa poitrine se soulevait et s'abaissait avec émotion, tellement comme chez les humains. Il avait raison, il lui *avait* montré sa caverne. Cette notion était indéniablement profonde, adorable sur le plan romantique et passionnément parfaite. Elle était également hilarante.

Elle voulut rire, mais craignit que ce soit finalement une manifestation concrète de sa crise de nerfs. Elle parvint donc à réprimer ce rire d'une façon ou d'une autre.

Et puis, subitement, le rire éclata de toute façon.

Roman l'observa tandis qu'elle se pliait sur elle-même en tenant son ventre. Elle ne pouvait pas s'en empêcher et pouvait sentir son regard sur elle. C'était cependant beaucoup trop drôle.

Puis, elle entendit cette voix magnifique et étonnante de plus belle en train de rire avec elle. Elle leva les yeux et regarda dans sa direction à travers le rideau de ses cheveux, l'apercevant appuyé contre le mur, ses mains sur ses hanches, sa tête penchée, ses larges épaules parfaites secouées par son rire. C'était la vision la plus incroyable qui soit. Il était la perfection même, parfait en tout et pour tout, et il avait un bon sens de l'humour.

Il leva les yeux vers elle à travers ses propres cheveux épais bouclés, et ses yeux sombres brillèrent à la lueur du plafonnier. Son petit rire l'enveloppa, caressant sa peau comme s'il l'avait fait avec ses doigts.

Evie cessa de rire et se redressa avant de secouer la tête.

— Vous savez, j'ai déjà écrit un livre à propos d'un roi vampire doté d'une voix étonnante, énonça-t-elle en replaçant ses cheveux derrière ses oreilles.

— Je sais, dit-il, son expression faciale se modifiant légèrement. Je l'ai lu.

Elle leva le regard vers lui sans cligner des yeux.

— Roman, je vais avoir besoin de temps pour m'habituer à tout ceci.

— Nous avons des siècles devant nous.

Il parvint enfin à éliminer la distance entre eux et Evie ne s'était pas rendu compte qu'il s'était déplacé vers elle pendant tout ce temps.

— *Vous* avez des siècles devant vous, Roman. Pas moi.

Il abaissa sa main sans hésiter pour prendre la sienne.

— Je n'ai jamais pris de reine, pas une seule fois en 3000 ans. Savez-vous pourquoi?

Evie secoua sa tête. Elle ne pouvait sincèrement pas dire un mot. La sensation produite par sa peau sur la sienne était identique en tout point à ce qu'elle avait toujours décrit comme étant la sensation ressentie entre ses héros et ses héroïnes dans cette circonstance : électrique. Magnétique. *Puissante.*

— Parce que je n'ai jamais voulu de reine. Je ne m'en suis jamais soucié, Evie. Jusqu'à maintenant.

— Et pourquoi maintenant? chuchota-t-elle. Pourquoi moi?

— Je ne sais pas pourquoi cela tombe sur vous, petite, mais c'est ainsi, indiqua-t-il en lui décochant un sourire.

Ce dernier eut l'effet d'un coup de poing dans le ventre d'Evie. Il lui fit perdre son souffle. Il était trop beau ; elle ne pouvait pas se concentrer. Elle détourna le regard en baissant sa tête de façon à pouvoir réfléchir.

La main libre de Roman vint toutefois se refermer sur son cou d'une manière si intime et personnelle qu'Evie inhala brusquement. C'était ainsi qu'un amant toucherait son amante. Ses doigts frôlèrent doucement ses points de pulsation tandis qu'il inclinait son menton, soulevant son regard et l'emprisonnant une fois de plus dans le sien.

— N'essayez pas de vous cacher de moi, Evie, affirma-t-il. Je vous trouverai toujours de toute façon.

Sur ces mots, il abaissa ses lèvres près des siennes. L'instinct d'Evie était de se retirer brusquement, mais sa prise sur sa nuque se resserra très légèrement, la maintenant en place. Elle s'entendit haleter lorsque sa bouche toucha la sienne. Elle ferma ses yeux.

Ses lèvres étaient douces et sèches, ses avances lentes et incroyablement tendres. Puis, sa main libre se glissa autour de sa taille, forte et bien fixée comme une bande de fer, tandis qu'il se penchait vers elle et l'embrassait plus profondément. Les terminaisons nerveuses d'Evie bourdonnèrent d'une délicieuse joie de vivre.

Une sensation de chaleur naquit dans son ventre puis commença à se répandre dans son corps. Des pensées à propos de royaumes de vampires, de meurtriers et de clairvoyance volèrent de son esprit conscient comme des feuilles dans le vent.

Elle entendit un gémissement et se demanda s'il provenait d'elle. Elle entendit ensuite un grognement et sut qu'il émanait de Roman. La vibration déferla en elle, provoquant un tremblement profond qui entraîna le durcissement de ses mamelons contre sa chemise et lui fit tourner la tête. Sa main glissa derrière sa tête, puis il agrippa une pleine poignée de ses cheveux et l'inclinant encore plus vers lui.

Il augmenta l'intensité de son baiser, poussant avec plus de force et en demandant encore, aspirant son souffle comme s'il était en train de se noyer. La chaleur qui s'accumulait dans son ventre et entre ses jambes commença à palpiter, exigeant quelque chose de plus chaque nouvelle seconde.

Ouvrez-vous à moi.

Elle entendit sa voix dans son esprit et ne fut que légèrement consciente du fait qu'elle n'aurait pas dû s'y retrouver. L'ordre voyagea en elle et elle lui obéit, s'ouvrant à lui pour lui permettre de la goûter et de la boire profondément. Il produisit un autre son d'animal discordant, un son de faim et de désir, et la main qui était placée contre son dos se glissa sous sa chemise. Peau contre peau ; la sensation était délirante.

Plus. J'en veux plus.

Elle ne savait pas si cette pensée était la sienne ou celle de Roman ; elle aurait pu être une combinaison de voix résonnant dans son esprit et se répercutant sur les murs de son désir comme un genre de folie.

Plus.

Au moment où elle s'approchait du bord de la folie lascive, quelque chose de pointu piqua sa lèvre et les yeux d'Evie s'ouvrirent en vitesse.

Roman s'immobilisa au-dessus d'elle et elle fut subjuguée par les angles durs de son désir saisissant visibles sur son beau visage. Ses canines s'étaient allongées une fois de plus, preuve dangereuse et manifeste de ce qu'il était. Il ouvrit ses yeux et Evie haleta. Ils étaient aussi rouges qu'un bûcher funéraire, la brûlant jusqu'en son centre. Elle pouvait sentir son pouls courir dans son corps, le désir palpitant entre ses jambes au même rythme que les battements rapides de son cœur.

Elle le voulait. La vie était folle et il avait 3000 ans, mais peu importait! Elle le voulait comme elle n'avait jamais voulu rien d'autre.

Roman se détacha légèrement d'elle, juste assez pour qu'elle porte ses doigts à ses lèvres. Ils semblèrent humides et elle baissa les yeux vers eux. Du sang.

Il l'avait mordue. Elle comprenait d'une façon ou d'une autre qu'il n'avait pas eu l'intention de le faire, mais il l'avait fait. Ses dents avaient percé sa chair.

Et maintenant, tandis qu'elle levait les yeux vers lui de nouveau et voyait l'appétit monstrueux flamber dans ses yeux et torturer son grand corps puissant, elle se rendit aussi compte qu'il voulait autre chose. Il voulait la manger.

Et elle le voulait, elle aussi.

CHAPITRE 18

Il y eut une fraction de seconde d'indécision entre les deux, du genre de celle où une personne doit faire un choix entre franchir le point de non-retour ou se retirer ; puis le monde éclata.

Il y eut une brève lueur. Quelqu'un les appela puis dans la fraction de seconde suivante, le verre des fenêtres du corridor se fracassa vers l'intérieur, volant en éclats dans une exposition éblouissante de verre miroitant qui cascada dans le corridor dans toutes les directions. Au même moment, le corps de Roman tressaillit devant Evie. Il la libéra de son emprise, puis le rougeoiement s'écoula de ses yeux pour laisser la place au noir avant qu'il chute.

Evie vit le sang, entendit d'étranges bruits sourds et comme si tout se passait au ralenti, baissa les yeux pour suivre la progression de Roman tandis qu'il allait percuter le plancher. Elle traita ce dont elle avait été témoin avec une vitesse étonnante, mais une partie de son esprit ne pouvait pas l'accepter.

Il avait reçu une balle dans la tête ; la moitié de cette dernière manquait à l'appel. Du sang et des morceaux de cerveau étaient répandus partout sur le tapis et les murs. Evie entendit d'autres bruits sourds puis elle sentit que quelque chose était entré en contact avec sa jambe. Son bras. Le côté de son cou.

Elle tomba elle aussi, mais leva la main vers le côté de sa gorge en le faisant. Une fléchette ? Elle tira dessus, ignorant la douleur et le fait que du sang s'écoulait maintenant de son propre cou.

Son corps s'engourdissait. Elle ne ressentait plus rien. La couleur disparut de sa vision, transformant le tapis rouge foncé, brun et noir en un tapis gris foncé. Elle vit ensuite comme dans un tunnel. Elle n'avait plus de vision périphérique et eut à peine conscience de frapper le sol, son corps reposant à moitié sur celui de Roman.

Tout devint noir quelques secondes plus tard. Elle parvenait toutefois encore à entendre et elle perçut le son de verre brisé de plus belle, mais cette fois-ci, c'était davantage un son semblable à du verre qui serait écrasé par des bottes.

Puis, il n'y eut plus rien du tout.

*   *   *

— Désolé pour les fléchettes, chérie. J'aurais préféré un simple sort vous plongeant dans le sommeil, mais il y avait un risque que cela prenne trop de temps ou alerte D'Angelo, et nous devions agir en vitesse.

L'ouïe fut le premier sens à renaître pour Evie. La voix qui lui parlait lui était étrangère. Son cerveau semblait embrouillé et les paroles de cette personne résonnaient tel un écho le long des parois de son esprit. Elle tenta d'ouvrir ses yeux et échoua.

— Tout doux, n'en faites pas trop. Nous vous avons injecté une forte dose.

Evie fit ce qu'on lui dit. Elle ne le fit pas parce qu'elle croyait que c'était une bonne idée, mais bien parce qu'elle n'avait pas le choix. Son corps ne répondait pas à ses commandes mentales.

— Vous êtes une personne réellement unique, Evelynne Farrow, continua la voix.

Elle était grave et mélodique, mais elle ne se rapprochait pas de celle de Roman.

Roman…

Roman ! Le cœur d'Evie martela dans sa poitrine tandis que l'adrénaline déferlait dans sa circulation sanguine. Il avait reçu une balle en pleine tête ! Un vampire pouvait-il survivre à quelque chose comme ça ? Et qui ferait une chose pareille ? Qui *pourrait* faire une chose pareille ?

La personne qui lui parlait en ce moment.

— Il semble que vous soyez immunisée contre toutes les capacités vampiriques que je possède, poursuivit la voix. Je ne peux pas lire dans votre esprit ou maîtriser vos actions et je ne peux pas m'empêcher de me demander pourquoi il en est ainsi.

Evie tenta d'ouvrir ses yeux de nouveau et y arriva, quoique cette réussite ne l'aida pas vraiment. Le monde n'était qu'une masse de couleurs sans forme.

— Si j'avais été en mesure de vous maîtriser comme un vampire devrait être capable de le faire, je vous aurais réveillée il y a une heure, mais peu importe, dit la voix.

Elle pouvait sentir quelqu'un se lever au-dessus d'elle. Les formes floues et les couleurs se déplacèrent.

— Vous êtes réveillée maintenant.

Le monde redevenait normal plus rapidement maintenant, et Evie pouvait sentir ses doigts et ses orteils. Ils picotaient, comme s'ils revenaient à la vie après avoir été engourdis. Elle tenta de bouger ses jambes. Elles tiquèrent et sursautèrent légèrement.

Il y avait des rires à côté d'elle.

— Vous irez bien, l'assura la voix.

Evie sentit des mains la soulevant sous ses bras tandis qu'elle se retrouvait en position assise. Elle se sentait mieux, d'une façon ou d'une autre.

— Donnez-vous encore quelques secondes.

Il avait raison. La vision d'Evie revint au complet et son corps retrouva ses sensations. Le soulagement qu'elle ressentit fut toutefois de courte durée, parce que l'homme qui se tenait au-dessus d'elle n'était nul autre que l'homme du café. Celui avec les cheveux châtains et les beaux yeux bleus.

Le vampire.

Qui avait tué cette femme.

Evie essaya aussitôt de glisser ses pieds sous elle afin de pouvoir courir, mais ses jambes étaient vacillantes et lentes à réagir, et elle tomba sur ses genoux pendant un moment avant de retomber sur la surface sur laquelle elle était appuyée.

— Je vois que vous savez qui je suis, reconnut l'homme.

Quel était son nom ? Evie se creusa la tête.

Charles.

Il portait un pantalon habillé et une chemise blanche à col boutonné, dont les manches étaient roulées au milieu de ses avant-bras. On aurait dit qu'il sortait d'une réunion et qu'il venait d'enlever sa cravate pour se détendre un peu.

Charles soupira lourdement et s'éloigna d'elle d'un pas rapide, donnant ainsi la chance à Evie de regarder autour d'elle.

Que diable ?

La « pièce » dans laquelle ils se trouvaient n'était rien de plus qu'une chambre qui semblait être construite d'un brouillard aux couleurs multiples. Les murs tourbillonnaient et se déplaçaient en coalescence comme des arcs-en-ciel dans un mélangeur. Le plancher semblait être fait de verre dépoli, et ces mêmes remous de couleur tournaient et bouillonnaient sous lui, projetant de la lumière sur la peau et les vêtements d'Evie.

L'air était calme et elle aurait pu jurer que c'était l'air le plus propre qu'elle avait jamais inhalé lorsqu'elle le respira.

— Votre instinct sera maintenant de vous enfuir d'ici, mais j'estime devoir vous informer qu'une telle chose n'est pas une option pour vous, Evie, l'avertit Charles en s'arrêtant près du mur de « brouillard » éloigné et en se tournant pour lui faire face.

— Ne m'appelez pas Evie, exigea-t-elle.

Sa voix était faible, mais fonctionnelle. Elle sentait sa force revenir rapidement en elle.

Charles sourit et exposa les canines qu'elle l'avait vu utiliser pour tuer la femme dans sa vision. Evie tressaillit et détourna le regard.

— La pièce dans laquelle vous vous trouvez en ce moment n'existe pas sur la Terre que vous connaissez. Nous sommes dans le plan astral, expliqua-t-il.

Evie leva les yeux vers lui et le vit désigner les murs de brouillard arc-en-ciel de la main.

— Il n'y a que vous et moi ici, Evie, et nulle part où s'enfuir.

Evie regarda les murs, étrangement captivée par la manière dont ils tourbillonnaient et formaient des spirales, puis elle se demanda si elle n'était pas encore en train de rêver. Peut-être était-ce une vision ? Ou peut-être était-elle morte et que ceci était l'enfer. Elle pourrait y croire.

Quelque chose qui la tracassait cependant dans un coin de son esprit et tout semblait très, très réel. Et elle ne pouvait pas s'empêcher de penser à Roman.

Elle savait que c'était réel. Elle savait profondément en elle que tout ce que Roman lui avait dit au cours des derniers jours et tout ce dont elle avait été témoin de ses propres yeux et qu'elle avait traité avec son propre esprit était vrai. Roman était le roi des vampires, Charles Ward était un meurtrier vampire maléfique, et il s'agissait vraiment du plan astral.

Peu importe ce que le plan astral pouvait bien être.

— Vous voulez dire que nous sommes dans cet endroit où nous allons si nous faisons un voyage astral ? demanda-t-elle un peu malgré elle, voulant réellement comprendre.

Charles sourit de nouveau et hocha la tête, l'air impressionné.

— Oui, d'une certaine façon.

— Comment se fait-il que nous soyons ici ?

— Une de mes capacités a toujours été de pouvoir entraîner d'autres personnes dans le plan astral avec moi, tant que ces personnes sont endormies au moment où je fais une tentative en ce sens.

Evie y réfléchit. Elle se rappela les fléchettes qui avaient atteint ses jambes et ses bras et qui s'étaient aussi enfoncées dans le côté de son cou.

— Les fléchettes, dit-elle. Elles étaient empoisonnées avec un genre de somnifère.

Le sourire de Charles s'agrandit, ses vilaines canines toujours aussi menaçantes. Evie trembla.

— Exactement, admit-il. Vous êtes incroyablement futée, Evie…

— Arrêtez de m'appeler par ce nom ! hurla-t-elle.

Il l'ignora et continua.

— Je serai heureux de vous avoir avec moi pendant un bout de temps.

— L'avez-vous tué ? s'enquit-elle, son cœur la faisant souffrir tandis qu'elle priait qu'il lui réponde honnêtement ; avant de prier pour que la réponse soit celle qu'elle voulait entendre.

Elle ne pensait pas que Roman était mort. Elle sentait qu'elle le *saurait* s'il l'était. Elle devait toutefois l'entendre des lèvres de Charles de toute façon.

— Vous parlez du roi?

Ses sourcils s'arquèrent et il adopta une attitude nonchalante.

— Bien sûr que non. Ce fils de pute est un dur. Ça prendrait beaucoup plus que ça pour tuer cet enfoiré royal. Vous devez tout de même reconnaître que c'était une façon efficace de l'écarter temporairement de la scène.

Evie ferma ses yeux tandis qu'une vague de soulagement déferlait en elle. Elle tenta ensuite de se lever une fois de plus, et sa tentative fut couronnée de succès. Elle se retrouva sur ses pieds et s'appuya contre le mur de brouillard. Le contact lui procura une sensation étrange. Il ondula comme si elle était couchée sur un lit d'eau vertical.

— Qu'attendez-vous de moi?

— Bien des choses, commença Charles en inclinant sa tête sur un côté et en la détaillant de la tête aux pieds.

Elle se sentit légèrement malade. Ward était un bel homme, et dans un monde normal exempt de meurtriers vampires maléfiques, il aurait semblé être une prise impossible. À l'heure actuelle et dans la situation actuelle, elle avait plutôt l'impression d'être en train de regarder dans les yeux épris d'un cauchemar vivant.

— Mais tout d'abord, vous agirez en tant qu'instrument de vengeance, petite Evie. Et je crois que vous ferez un travail étonnant.

— Je ne ferai *rien* pour vous, siffla Evie.

Voilà qui était stupide, se dit-elle après avoir prononcé ces mots. Pourquoi provoquer un vampire psychopathe? Elle ferma sa bouche et détourna le regard une fois de plus, son cœur battant la chamade comme s'il était simplement heureux de frapper comme un fou sur l'intérieur de ses poumons.

Pour sa part, Charles demeura tout à fait imperturbable.

— Non. Vous ne ferez rien pour moi au début. Pas volontairement.

Il glissa ses mains dans les poches de son pantalon habillé et commença à marcher à pas mesurés autour de l'étrange pièce astrale.

— Personne ne peut toutefois nous trouver ici, Evie. Comme je l'ai dit plus tôt, il n'y a que vous et moi.

Il leva alors les yeux vers elle et Evie avala sa salive avec difficulté lorsque ses yeux bleus se mirent à luire d'une lumière affamée à faire frémir.

— Et avec personne d'autre de qui me nourrir, je suis certain d'avoir faim à un moment donné.

Il lui montra ses canines de nouveau en esquissant un sourire prometteur.

— D'après vous, combien de fois devrai-je boire de votre cou avant que vous ne rendiez les armes ?

Evie sentit un frisson la traverser.

— Vous pourriez entraîner n'importe qui d'autre ici, tenta-t-elle. Tant qu'ils sont endormis.

C'était plus ou moins ce qu'il lui avait dit, n'est-ce pas ? Il essayait seulement de l'effrayer. Et il réussissait.

— Je dois être tout près d'une personne pour que la manœuvre fonctionne, renchérit-il comme s'il entretenait une conversation normale avec elle.

Il recommença à marcher à pas mesurés, mais son regard demeura posé sur elle.

— Je dois être capable de la toucher et ça ne serait pas sage pour moi de partir d'ici. Tout d'abord, D'Angelo supposera sans doute que l'attaque a été menée par des Chasseurs. Je me suis après tout assuré de dissimuler notre présence d'une manière plus que nécessaire. Reste qu'avant longtemps, il découvrira l'astuce.

Son regard se posa sur le sol et son expression faciale devint contemplative. Il dirigea ses pas vers elle et se rapprocha.

— Puis, il viendra pour vous.

Il leva les yeux de nouveau, la fixant avec un regard inébranlable et décisif. Evie sentit ses jambes faiblir une fois de plus et eut désespérément envie de reculer, mais il n'y avait nulle part où aller.

— Il faudra que nous en ayons fini avec nos affaires d'ici à ce moment-là, annonça-t-il d'une voix qui avait baissé au rang de la conspiration. Je ne m'en irai donc pas d'ici sous aucun prétexte, Evie. En fait, je vais faire tout ce qui est en mon pouvoir pour accélérer les choses.

Il s'arrêta devant elle et elle se demanda s'il pouvait entendre son cœur. Le bruit était assourdissant dans ses tympans.

— Que voulez-vous? questionna-t-elle de nouveau.

— Je veux que vous prononciez trois petits mots, Evie. Et je m'occuperai de tout le reste.

Il appuya sa main contre le mur étrange à côté de sa tête et se pencha. Evie tressaillit lorsque la lueur dans ses yeux augmenta en intensité, l'enveloppant de leur magie bleu topaze.

— Quels sont ces trois mots?

— *Addo nox noctis,* chuchota-t-il, son souffle s'éventant sur sa joue tandis qu'il parlait.

Il était si proche qu'elle craignait qu'il tente de l'embrasser. Ses canines dépassaient de ses lèvres, et elle se rappela qu'elle venait tout juste d'embrasser Roman. Ses canines avaient fait couler son sang.

— Il y a des milliers d'années, le nouveau roi a créé et mis en application une loi qui empêchait les vampires de créer de nouveaux vampires à partir des mortels, expliqua Charles tout en soutenant son regard. Il avait probablement raison d'agir ainsi, poursuivit-il d'un ton clairement désapprobateur, car notre espèce décimait la race humaine sans s'en soucier, créant des esclaves partout sur son sillage. Ces esclaves ne possédaient pas les pouvoirs inhérents des Chimères parce qu'ils n'avaient pas de sorciers comme parents et le soleil était totalement mortel pour eux.

Charles s'arrêta et son regard se posa brièvement sur les lèvres d'Evie. Elle retint son souffle et tourna sa tête. Elle ne pouvait penser qu'à la femme qu'il avait tuée et à la balle qui avait arraché la moitié du cerveau de Roman.

Charles prit son menton dans sa main et l'obligea à lui faire face encore une fois. Evie essaya de ne pas tressaillir sous la douleur provoquée par sa poigne cruelle.

— Pendant 3000 ans, notre espèce a vécu sans créer de compagnons qui auraient pu nous accompagner dans l'immortalité.

Il la libéra sans ménagement et recula, son expression faciale se durcissant.

— Même s'il n'avait pas dissimulé les moyens qui auraient pu servir à le faire, nous avions tous peur de la colère toute-puissante de D'Angelo.

— Quel est le rapport avec moi? demanda-t-elle en frottant son menton précautionneusement et en le regardant avec toute la colère qu'elle pouvait rassembler dans ses yeux.

— Vous allez changer les choses, Evie. Vous serez la première vampire à être créée depuis le début du règne de D'Angelo. Et vous serez mienne.

Evie le fixa du regard.

— Vous allez répéter ces trois mots et jeter le sort, ordonna-
t-il comme si elle était une enfant récalcitrante. Puis, vous pren-
drez mon sang.

Il esquissa un sourire diabolique.

— Et je prendrai le vôtre… jusqu'à la toute dernière goutte.

Ne t'évanouis pas, ne t'évanouis pas, ne t'évanouis pas.

— Et quand j'en aurai terminé avec vous, Evelynne Grace
Farrow, vous deviendrez la première mortelle transformée en
vampire en 3000 ans.

Il éclata de rire, et le son de ce dernier était discordant et laid
dans l'air tout propre.

— Et vous briserez le cœur précieux de Roman D'Angelo.

CHAPITRE 19

— Je suis désolé, mon Seigneur.

La voix grave de Saxon fut la première chose que Roman entendit lorsque le monde le ramena à l'état de conscience.

— Je revenais au manoir pour vous parler de l'idée d'envoyer quelques-uns de nos hommes aux trousses de Ward et à mon arrivée, vous étiez attaqué.

Roman se redressa en position assise. Ses sens et sa conscience foncèrent sur lui tous en même temps comme s'il était un aimant. Le refuge était en ruines. Les murs et les planchers étaient recouverts de verre et de débris, mais aussi de sang et d'autres matières corporelles. Roman vit sa réflexion dans un des tessons de verre à côté de lui sur le plancher ; il était entier et n'avait pas la moindre éraflure. Il savait toutefois très bien qu'il avait été frappé durement. Seul le pire type de blessure pouvait lui faire perdre la tête à ce point.

Evie !

— Evie, chuchota-t-il.

— Elle a été emmenée, mon Seigneur.

— Par des Chasseurs ? demanda-t-il en se retrouvant rapidement sur ses pieds, son regard sombre balayant les environs à la recherche de la moindre trace de sa future reine.

Il pouvait la sentir (le parfum des fleurs de cerisier et de son sang), mais en dépit de la colère déchaînée en lui, elle n'était pas là.

— On dirait bien que oui, mais il y a quelque chose qui ne fonctionne pas, ajouta Saxon en se joignant à Roman pour examiner les dégâts.

Roman n'avait pas le temps pour la subtilité ou les permissions. Il parcourut les pensées et les souvenirs de Saxon pour visualiser l'attaque avec une nouvelle paire d'yeux.

Il n'obtint toutefois pas grand-chose. Il y avait eu une lueur suivant la matérialisation de Saxon après son sort de téléportation, puis l'autre vampire avait vu Roman et Evie debout ensemble. Il avait tenté d'avertir Roman, puis le monde avait éclaté avec des tessons de verre et des balles. Saxon était tombé au combat une fraction de seconde après Roman, fort probablement après avoir subi le même genre de blessure.

Roman secoua sa tête.

— Ce fils de pute pense-t-il que je suis né de la dernière pluie ? demanda-t-il en ne s'adressant à personne en particulier.

— Mon Seigneur ? demanda Saxon d'un air dubitatif.

— C'était Ward, gronda Roman. Il a pris Evie.

Saxon réfléchit à cette affirmation pendant un moment, tourna sur place et sembla renifler l'air.

— Il l'a empoisonnée.

— Oui, acquiesça Roman, son sang bouillonnant dans ses veines.

— Et il l'a emmenée dans le plan astral, déduisit Saxon.

Roman était à court de mots. Il y avait tant de colère bouillonnant en lui qu'il avait l'impression que de la lave coulait dans ses veines. Comment un tel événement avait-il bien pu se produire, par le diable ? Comment Ward avait-il pu entrer et sortir du périmètre du refuge sans déclencher les alarmes ou les sorts de protection ?

Les malédictions s'écoulaient à travers l'âme de Roman, le brûlant depuis l'intérieur. Saxon, qui était à côté de lui, recula d'un pas, attirant ainsi le regard de Roman. Le vampire blond semblait préoccupé, et impressionné, avec raison. L'air autour de Roman crépitait d'une énergie colérique comme s'il était une tempête à peine contenue.

— Mon Seigneur, ne pouvez-vous pas voyager sur le plan astral ?

— Je le peux, répondit simplement Roman.

Il était selon lui la seule autre créature vivante dans le monde à savoir comment s'y prendre. Et dans un monde juste, il serait en mesure de se rendre dans cet autre plan, de trouver Charles Ward et de lui arracher sa colonne vertébrale de ravisseur déloyal utilisateur de magie noire.

Ce n'était malheureusement pas aussi facile. Le plan astral était énorme et était fait d'une longue vallée de néant et d'air multicolore et de vingt millions d'entrées. Pour compliquer encore davantage les choses, Ward était capable de manipuler le plan astral de la manière dont le roi des ombres manipulait l'obscurité. Il pouvait conduire Evie dans un labyrinthe d'éther si gigantesque et complexe que Roman aurait besoin d'une des deux choses suivantes pour trouver Evie : un miracle ou l'éternité.

L'éternité n'était pas une option.

Un miracle était donc requis.

— Saxon, réunissez tous les hommes dont vous avez besoin, obtenez l'aide de Samantha et recherchez tout ce qui a un lien avec Charles Ward. Fouillez dans son logement et ses lieux de repos, et obtenez tous ses fichiers. Lorsque vous aurez appris tout ce que vous pourrez apprendre sur lui, effacez toutes traces de son existence.

Le fait d'examiner toutes les affaires de Ward ne révélerait sans doute pas grand-chose, mais Roman avait la réputation de tout mettre en œuvre et de déployer tous les efforts possibles et imaginables dans ce qu'il faisait. S'il y avait la moindre possibilité que lui et ses hommes puissent trouver ce qui pouvait bien aider Ward avec sa toute nouvelle puissance, alors toutes ces recherches en valaient la peine. Plus que tout, Roman était très contrarié. Il voulait que tout ce que Charles avait déjà aimé soit complètement et totalement détruit. Roman lui devait au moins ça.

En attendant, Roman savait ce qu'il devait faire. Il était certainement capable de voyager lui-même dans le plan astral, et bien qu'il était selon lui le seul autre être *vivant* capable de le faire à part Ward, le mot « vivant » constituait la distinction importante. Il y avait techniquement d'autres créatures capables de voyager sur le plan astral. Le prix à payer pour les contacter allait être très élevé, mais à ce moment précis, Roman aurait donné n'importe quoi pour qu'Evie soit de retour saine et sauve dans ses bras.

Saxon hocha la tête à une reprise.

— Oui, Monsieur. Considérez cela comme étant fait.

— Bien, dit Roman. Il y a quelqu'un que je dois voir… seul. Demandez à David d'entrer en communication avec moi lorsque vous aurez terminé.

Saxon hocha la tête une fois de plus. Roman examina les dégâts autour de lui une dernière fois avant de prononcer le seul mot nécessaire pour se téléporter loin de là.

* * *

— Êtes-vous à l'aise ?

— Allez vous faire foutre.

Charles éclata de rire.

— Le moment viendra, ma chérie. Le moment viendra.

Il se tenait dans l'embrasure de la cave, sa silhouette définie par la lumière derrière lui. La cave était nouvelle. Les escaliers permettant d'en sortir étaient nouveaux également. Il en était aussi de même pour l'entrée et la maison entière qui se trouvait au-dessus de la cave. Charles avait créé tout cela, les modelant et les formant à partir de ce que pouvait bien être cette étrange substance dont était composé le plan astral.

Evie n'aurait jamais cru une telle chose possible si elle n'en avait pas été elle-même témoin, mais presque tout ce dont elle avait justement été témoin ces derniers jours aurait également été classé par ses soins dans la catégorie de l'impossible.

Elle se retrouvait maintenant assise sur un carrelage dépouillé, le dos appuyé contre le mur de la cave d'une maison qui ne devrait pas exister, et elle estima s'y trouver depuis environ une heure. Elle avait froid, ce qui n'avait aucun sens. L'air de la pièce au brouillard arc-en-ciel où ils s'étaient d'abord matérialisés avait été à une température parfaite. Soit elle était manifestement en train de transférer une partie de sa misère à l'air ambiant, soit Charles était en mesure de rendre cette illusion quasiment réelle jusqu'au plus petit détail inconfortable.

Un peu plus tôt, il avait formé cette cave autour d'elle en se servant de sa magie, puis l'avait menacée en lui montrant ses canines avant de disparaître par la porte après avoir grimpé l'escalier. Voilà qu'il était maintenant de retour.

Evie se détourna de sa grande silhouette et fixa son regard droit devant elle vers le mur de ciment gris foncé, froid et humide de la cave. Elle l'entendit descendre l'escalier jusqu'à son niveau et tous les muscles de son corps se tendirent.

— Je ne suis peut-être pas capable de lire dans votre esprit, mais je peux entendre votre cœur, Evie. Vous avez peur de moi.

— Félicitations. Vous devez vous sentir comme un vrai homme.

Evie entendit ses pas s'approcher d'elle avec lenteur puis s'arrêter à 30 cm d'elle.

— Je suis curieux, affirma-t-il. Vous êtes immunisée contre les pouvoirs des vampires. Je me demande s'il en serait de même avec les pouvoirs des sorciers.

Evie n'eut même pas le temps de réfléchir totalement à ce qu'il voulait bien dire qu'il l'avait déjà agrippée sans ménagement par le devant de sa chemise avant de la soulever du sol. Elle poussa un petit cri aigu et ses doigts se refermèrent automatiquement autour de son poignet, mais il était bien sûr beaucoup plus fort qu'elle.

Son dos glissa contre le mur de ciment derrière elle jusqu'à ce que leurs yeux se retrouvent à la même hauteur.

— Saviez-vous qu'un sorcier peut faire ressentir ce qu'il veut à sa victime simplement en la touchant ?

Oh non, pensa-t-elle. *Voici la douleur qui s'approche. Mon Dieu, j'espère que je pourrai la supporter.*

Son regard se plissa et les yeux bleus de Charles prirent une teinte mystique tandis que sa magie se répandait hors de lui. Elle pouvait la sentir couler sur elle. L'air devint plus chaud et plus épais, comme s'il était chargé d'électricité humide. Ce fut cependant tout.

Il ne se produisit rien d'autre. Il n'y avait aucune douleur. Seulement le froid du mur derrière elle qui traversait ses vêtements et la menace omniprésente dans le bleu des yeux de son ravisseur.

Un sourire naquit finalement sur ses lèvres.

— C'est bien ce que je pensais, indiqua-t-il.

Ses mots et sa voix étaient si près d'elle qu'ils abrasaient les terminaisons nerveuses d'Evie.

— Vous êtes également immunisée contre ça.

Il lui permit alors de glisser de nouveau le long du mur très lentement jusqu'à ce que ses deux pieds touchent de nouveau le sol.

Evie ressentit une forte envie de le pousser, de lui donner un coup de pied dans les parties, de lui donner un coup de tête sur le nez ; n'importe quoi qui aurait pu faire en sorte qu'il s'éloigne d'elle. Il était toutefois relativement calme à l'heure actuelle et toute forme de violence de sa part envers lui ne ferait que le contrarier. Elle savait très bien qu'elle ne pouvait pas vraiment lui faire de mal.

Charles lâcha sa blouse et replia son doigt sous le menton d'Evie. Elle se raidit.

— C'est une chance pour moi de ne pas avoir gaspillé de temps à essayer de vous jeter un sort pendant que vous étiez dans le refuge, déclara-t-il. Ça n'aurait manifestement pas fonctionné.

Il fixa ses yeux longuement et intensément, et lorsqu'Evie tenta de détourner son regard, sa prise sur son menton se resserra.

— Je me pose donc la question à savoir quel est donc ce type de sang qui coule dans vos veines, indiqua-t-il comme s'il entretenait une conversation normale avec elle. Vous n'êtes évidemment pas entièrement humaine.

C'était ce que Roman lui avait dit. Et même si l'homme qui la touchait en ce moment la rendait nauséeuse, elle devait admettre qu'elle était également curieuse à propos d'elle-même. Cette question s'était retrouvée sous la surface de sa conscience depuis qu'elle avait eu la vision de Charles et de sa victime. Pourquoi avait-elle eu cette vision ?

Elle était graduellement devenue immunisée contre les capacités de télépathe de Roman et apparemment aux autres pouvoirs des vampires également. Et maintenant, voilà que la magie d'un sorcier échouait aussi contre elle. Ces capacités évoquaient une étrange dichotomie d'émotions en elle. La vérité était qu'elle se sentait légèrement portée d'avoir cette capacité contre les vampires et les sorciers, mais elle était également effrayée. Parce qu'elle ne comprenait pas *pourquoi* il en était ainsi.

Était-elle sur le point de se transformer en un genre de monstre? En avait-elle été un depuis toujours?

— Je pense que je vais y goûter, déclara alors Charles, exigeant ainsi qu'Evie concentre de nouveau toute son attention sur lui.

Son sourire s'agrandit et ses canines blanches luisirent à la lumière qui provenait de l'embrasure. Puis, il agrippa soudainement sa main et fit remonter sa longue manche sur son bras.

Evie tenta immédiatement de s'éloigner de lui, mais Charles se déplaça à une vitesse qui laissait ses mouvements flous, la vitesse vampirique. Elle poussa un cri lorsque ses canines s'enfoncèrent cruellement dans les veines dans son poignet, y plongeant profondément et s'y arrimant avec force. Il aspira brutalement, faisant ainsi en sorte que son sang se dirige en vitesse vers sa peau trouée pour satisfaire à sa demande.

Evie tenta de le repousser, mais c'était un vampire. Il s'adonnait à cette activité depuis tellement longtemps que c'était devenu une seconde nature pour lui que de guetter les efforts de ses victimes. Il agrippa simplement son poignet libre et l'épingla contre le mur derrière elle tout en déplaçant son corps pour qu'il se retrouve appuyé contre le sien.

Elle pleurnicha tandis qu'il aspirait impitoyablement son sang de nouveau. Elle ferma ses yeux, espérant seulement qu'il n'en prendrait pas assez pour la tuer.

Je vais devoir me le rappeler, pensa-t-elle faiblement. *Il n'y a aucun plaisir relié à ça. Ce que j'ai écrit à ce sujet était totalement faux.*

Elle avait l'impression qu'il buvait depuis une éternité. La douleur dans son poignet palpitait et se répandait, enveloppant sa main, ses doigts et son bras jusqu'à son coude. Son cœur eut un battement irrégulier dans sa poitrine. Ses jambes semblèrent faibles de nouveau.

Son ravisseur décida finalement qu'il en avait eu assez lorsque la nausée s'installa une fois de plus dans le ventre d'Evie. Il retira donc lentement ses canines de son poignet. Les yeux d'Evie s'ouvrirent en vitesse et ses dents se serrèrent de douleur. Elle pleurnicha ; ça faisait *mal*. Sa peau s'accrocha à ses canines, provoquant de nouvelles déchirures dans sa peau jusqu'à ce qu'elles soient enfin libérées, ne laissant que deux trous béants d'où suintait le précieux sang.

Le regard d'Evie passa du bras en sang que l'homme qui l'avait blessée tenait encore fermement à son visage. Ses yeux inhumains hésitaient entre le bleu et le rouge et son sang maquillait ses lèvres. Tous les muscles du corps de Charles étaient tendus. La veine sur le côté de son cou était saillante et son expression faciale révélait qu'il déployait de grands efforts. Sa prise sur son autre poignet se resserra également, broyant ses os, et Evie pouvait sentir la preuve solide d'un autre genre de besoin là où le corps de Charles s'appuyait contre le sien.

— Vous..., commença-t-il d'une voix tremblante. Vous avez le goût d'une puissance inexploitée.

Evie retint son souffle. La terreur, froide et lourde, vint s'installer en elle comme une roche.

— Il n'y a rien que je ne voudrais plus que de vous boire jusqu'à la dernière goutte là, maintenant, gronda-t-il.

Sa voix était devenue rauque, ce qu'elle pouvait attribuer à la faim, au désir ou à quelque chose entre les deux.

— Mais alors, D'Angelo n'aurait plus rien de vous à perdre.

Sur ces mots, il la libéra de son emprise et la poussa avec force contre le mur. La tête d'Evie heurta le ciment, mais elle s'agrippa et demeura debout en dépit du fait que ses jambes semblaient être faites de gelée. Elle referma précautionneusement ses doigts autour de son poignet sur les deux blessures par perforation qu'il lui avait laissées. Elles continuaient à saigner et des ruisseaux cramoisis tachaient sa main et dégouttaient de ses doigts.

Le regard de Charles suivit l'écoulement de ces rivières rouges.

— Nous allons devoir faire quelque chose à propos de ça, souligna-t-il en semblant avoir repris la maîtrise de lui-même une fois de plus. L'inconvénient relié au fait que vous soyez immunisée contre la magie, chérie, est qu'elle ne pourra également pas vous guérir.

Evie lui adressa un regard furieux.

— Vous dites donc que cette blessure ouverte dans mon corps est de *ma* faute.

Charles éclata de rire et le son fut discordant dans l'air froid de la cave.

— La morsure d'un vampire guérit immédiatement d'elle-même, l'informa-t-il, tant que la victime n'est pas immunisée contre sa magie.

Il souleva sa main droite, paume vers le haut, et il y eut un bref éclat de lumière. Cet éclat se dissipa et laissa sa place à un rouleau de bandages.

— Venez ici, ordonna-t-il.

L'instinct d'Evie était de lui dire d'aller se faire foutre et de demeurer là où elle était, mais il l'avait déjà mordue. S'il voulait lui faire encore plus de mal, il le ferait, qu'elle lui obéisse ou non. De plus, elle saignait et il avait quelque chose qui pourrait aider à faire cesser ce saignement. Pourquoi donc suivre son instinct ?

Elle s'avança et il sourit triomphalement. Il commença ensuite à faire un bandage sur sa blessure avec une habileté qui lui rappela à quel point les gens de son espèce étaient âgés. Elle siffla légèrement quand il eut terminé, puis il déchira la gaze du rouleau et appliqua de la pression sur son poignet. Le sang souilla les bandes blanches et elle tenta instinctivement de s'éloigner de lui.

Il la laissa partir.

— Vous auriez simplement pu appliquer la stupide gaze sur mon bras par magie, l'accusa-t-elle à travers ses dents serrées tout en soutenant son bras blessé.

— C'est vrai, admit-il calmement. Je n'aurais toutefois pas pu vous torturer.

Evie jeta un regard furieux dans son dos tandis qu'il se détournait d'elle pour se diriger une fois de plus vers l'escalier qui permettait de quitter la cave.

— Profitez de ce sursis, Evie, l'avertit-il en grimpant les marches une à la fois. Parce qu'il sera d'une durée limitée.

Il jeta un coup d'œil vers elle par-dessus une de ses larges épaules et elle aperçut ses yeux affamés.

— Je serai bientôt de retour pour l'autre poignet.

CHAPITRE 20

Il n'avait pas reçu un visiteur depuis très longtemps dans sa propre maison. Dans son propre royaume. Les réunions des Treize se déroulaient dans le monde des mortels et c'était là que Thanatos avait vu l'homme qui s'approchait de lui maintenant pour la dernière fois.

Ce n'était pas seulement la rareté de cette situation qui frappait Thanatos, mais bien la nature de l'homme qui s'approchait de lui. Des 13 personnages qui prenaient place autour de cette table particulière, l'homme que Thanatos observait en ce moment même était fort probablement le dernier personnage que le roi des fantômes aurait pu s'attendre à voir traverser sa porte.

Le visiteur était grand et doté de larges épaules, et ses traits remarquablement beaux étaient blanchis sous la lumière crue du désert. Le vent souffla, projetant de la poussière sèche dans les airs et propulsant un virevoltant dans l'étendue vide. Des carillons suspendus au porche de Thanatos tintèrent les uns contre les autres, produisant un son solitaire et perdu.

Thanatos, connu sous le nom de Thane pour sa garde rapprochée, baissa de nouveau son regard vers sa moto, acheva de serrer un boulon à l'aide de sa clé à molette puis laissa tomber cette dernière dans la boîte à outils qui se trouvait à côté de lui. Il essuya ses paumes sur le devant de ses jeans puis il se leva.

Son invité importun marcha en direction du petit garage délabré et Thane le regarda s'approcher. Il y avait une grâce mesurée à la démarche de l'homme et il était entouré d'une aura de pouvoir absolu, mais ses yeux habituellement noirs comme la nuit rougeoyaient et ses canines étaient allongées.

Thane attendit que le roi des vampires s'arrête dans l'embrasure du vieux garage puis jette un coup d'œil à l'intérieur avec ces yeux brûlants.

— Une ville fantôme dans le désert, dit D'Angelo. Subtil.

Thane esquissa presque un sourire.

— Qu'est-ce qui peut bien conduire l'homme qui défie la mort aux portes de la mort, D'Angelo?

Roman D'Angelo avait manifestement connu des jours meilleurs. Thane savait que son costume noir était taillé avec soin dans le meilleur des tissus, mais il ne portait pas sa cravate, le veston était ouvert à la hauteur de la taille et l'ensemble était taché et picoté de sang. L'effet produit ressemblait à un James Bond qui venait de livrer bataille, sauf qu'il s'agissait là d'un vampire, bien évidemment.

— Je suis venu vous demander de l'aide, annonça D'Angelo en franchissant la porte du garage pour passer dans l'ombre de ce dernier. Un des miens m'a trahi et a tué une innocente.

Le regard orageux de Thane se plissa.

— Vous oubliez à qui vous parlez. Je sais tout de la femme mortelle que votre vampire a tuée.

Il se détourna de l'autre roi et jeta un coup d'œil à sa moto.

— J'ai eu affaire à elle pas plus tard qu'hier.

LE ROI VAMPIRE

D'Angelo se tut, l'air contemplatif. Son pouvoir se frottait contre celui de Thane, un peu plus instable qu'il ne l'était normalement.

Thane se redressa et lui jeta un coup d'œil par-dessus sa large épaule.

— La dernière fois que vous êtes venu chez moi, vous cherchiez une femme que vous pensiez aimer.

— Ophélia, acquiesça Roman, des ombres traversant son beau visage.

Deux cents ans auparavant, Roman D'Angelo était entré dans le royaume de Thane à la recherche d'une femme qui était apparemment morte avant son heure. Puisque Thanatos régnait sur les esprits des gens qui étaient décédés de manière arbitraire, D'Angelo avait présumé qu'elle se serait retrouvée sous sa gouverne.

Ce n'était cependant pas le cas. Thane l'avait dit au roi des vampires, mais D'Angelo ne l'avait pas cru. Il était également évident d'après leurs interactions limitées depuis lors qu'il ne le croyait *toujours pas*, même après tout ce temps.

— Oui, acquiesça Thane en permettant au silence de s'étirer pendant un moment.

Il détourna le regard de nouveau et s'agenouilla pour examiner ses freins à disques arrière.

— Je ne peux pas imaginer que vous soyez venu jusqu'ici pour me demander de vous rendre la femme qui vient juste d'être tuée.

Il y eut une impulsion de pouvoir derrière lui et Thane ferma ses yeux à son contact, car la sensation avait été quelque peu douloureuse. Il n'était pas certain de savoir si D'Angelo avait eu l'intention de le faire, mais d'une façon ou d'une autre, il ne serait pas bon pour lui de lui laisser savoir que son pouvoir l'avait affecté.

— Non, dit simplement Roman.

233

Thane le digéra.

— Alors, que voulez-vous de moi ? demanda-t-il en se retournant tout en levant les yeux vers le roi des vampires.

— Charles Ward est un sorcier. Il a emmené ma reine dans le plan astral, expliqua D'Angelo. Je veux que vous m'aidiez à le retrouver.

Thane posa sa main contre le cadre de sa moto pour se stabiliser. Il avait eu l'impression que le sol sous ses pieds s'était incliné légèrement. Le vent à l'extérieur tomba, l'air devint plus épais et pour la première fois depuis plusieurs éternités, il se sentit abasourdi.

— Votre reine.

Le regard de Roman D'Angelo ne faiblit pas. Son énergie palpitait comme si elle était en rythme avec son cœur. Thane ne l'avait jamais vu dans un tel état. S'il avait en fait décidé de prendre une reine, cela expliquerait grandement ce qui se passait, particulièrement si quelqu'un s'était enfui avec elle.

Trois mille ans auparavant, Roman avait toutefois mis une loi en pratique qui interdisait aux vampires de créer d'autres vampires à partir des mortels. Sa reine était-elle une Chimère elle aussi ? Ou violait-il sa propre loi pour cette femme ?

— Elle n'est pas l'une d'entre nous, avança D'Angelo, qui avait manifestement glané les pensées superficielles de l'esprit de Thane.

La seconde possibilité, alors, pensa Thane, de plus en plus abasourdi. Les implications étaient énormes. Si Roman D'Angelo était disposé à violer sa propre loi pour une femme, il l'aimait donc vraiment. Et si c'était possible pour un homme aussi vieux que Roman de trouver quelqu'un dont il se souciait à ce point, alors c'était possible également pour d'autres qui étaient aussi âgés que lui. Comme Thane.

— Nous avons beaucoup de choses à discuter, Thane, mais pas maintenant, indiqua D'Angelo. Vous savez que je ne trouverai jamais Ward dans ce royaume. Pas avant qu'il ne soit trop tard.

Roman s'avança, réduisant la distance entre eux.

— Mais vous et vos Animes le pouvez.

Les esprits des personnes qui étaient mortes de manière arbitraire devenaient des *Animes*, une forme d'énergie animée qui était parfois fâchée, souvent désespérée et toujours mélancolique. Après un certain temps, l'énergie se dispersait et était réabsorbée par l'Univers. Mais jusqu'à ce que le phénomène se produise, ils s'attardaient et de temps à autre, cette énergie était si forte qu'elle en était tangible.

Forts ou faibles, les Animes étaient abondants dans le royaume de Thane. Et comme il était le roi des fantômes, il les dirigeait tous.

Thane se leva et se tourna pour faire face à D'Angelo.

— Il y aura un prix à payer, l'avertit-il doucement.

Dehors, le vent se leva de plus belle et devint si puissant qu'il projeta du sable contre l'extérieur de l'immeuble érodé. Les carillons du porche claquèrent contre le toit où ils étaient accrochés, cliquetant follement dans le vent.

Tout demeura calme à l'intérieur du garage. Puis, Roman hocha la tête.

— Dites-moi votre prix.

— Oh, je le ferai, l'assura Thane en esquissant un sourire blanc brillant agrémenté de ses propres canines. Quand le moment sera propice.

Sur ces mots, il passa en coup de vent devant Roman et se dirigea vers la porte avec moustiquaire qui conduisait dans la petite maison de bois et d'adobe blancs depuis le garage. Le roi des vampires ne le suivit pas dans la maison, car bien que le mythe voulant qu'il faille inviter un vampire dans sa demeure pour qu'il puisse y entrer était de la pure connerie dans le monde des mortels, la règle s'appliquait lorsqu'il était question des autres royaumes et de ceux qui les gouvernaient.

Thane alla se procurer les choses dont il avait besoin et revint dans le garage un instant plus tard en laissant la porte à moustiquaire se refermer avec force derrière lui.

— De quelle longueur d'avance bénéficie-t-il ? demanda Thane en enfilant un étui d'épaule double et en glissant deux pistolets Glock en place.

Ward était un vampire et il était astucieusement immunisé contre la plupart des armes. Mais selon D'Angelo, il était également un sorcier, et malheureusement pour lui, en plus de bénéficier de capacités magiques supplémentaires, il était également accablé d'un point faible très fort : les balles en argent.

— Une heure, peut-être deux.

— Ward est un maître du plan astral. Il aura déjà eu le temps de disposer de nombreux pièges.

— J'en suis conscient, concéda Roman d'un ton sec.

Thane leva les yeux vers lui.

— Pourquoi viendrais-je vous voir si ce n'était pas le cas ?

La pâleur du roi était légèrement morne et son aura était affamée.

— Par simple curiosité, commença Thane en glissant une veste en cuir noire sur son ensemble. À quand remonte la dernière fois où vous vous êtes alimenté ?

— Je veux avoir faim quand je trouverai Ward, expliqua Roman.

Son expression changea et Thane devint immobile. Le roi des vampires avait l'air absolument terrifiant tandis qu'il esquissait le sourire le plus cruel que Thane avait jamais vu.

— Je veux *souffrir de famine.*

Un bon moment passa avant que Thane ne dise quelque chose. Il hocha finalement la tête.

— Bien, alors.

* * *

— Trois petits mots, Evie, railla-t-il, répétant ces paroles pour ce qui semblait être la 10 000e fois depuis qu'il l'avait emmenée dans ce lieu affreux.

Il s'éloigna d'elle, ses chaussures résonnant contre le ciment sous ses pieds. Evie laissa sa tête s'appuyer sur le mur derrière elle en fermant ses yeux.

— Allez en enfer, Ward.

— En enfer?

Charles s'arrêta au centre de la cave et elle put l'entendre se retourner pour lui faire face. Elle ouvrit ses yeux. Il arqua un sourcil.

— Vous voulez parler du feu et du soufre?

La cave se transforma tandis qu'il parlait, ses murs en ciment gris prenant la forme de murs de flammes dansantes. Evie haleta et s'éloigna du mur contre lequel elle avait été assise.

— De grands abîmes remplis d'âmes pleurantes?

Le ciment gronda sous les pieds et des fissures s'ouvrirent dans le sol, émettant de la vapeur et de la fumée.

Evie recula en marchant sur ses mains et ses genoux, grimaçant de douleur tandis qu'elle mettait du poids sur son poignet blessé.

— Vous ne savez pas ce qu'est l'enfer, lui dit Ward.

Elle leva les yeux pour le regarder à travers le rideau de ses cheveux.

— Perdre quelqu'un de qui vous vous souciez… quelqu'un en qui vous aviez confiance et sur qui vous dépendiez depuis 700 ans. Ça, c'*est* l'enfer.

Il fit un signe de la main et l'illusion se dissipa, les plongeant de nouveau dans l'espace froid et humide de la cave astrale.

— Je trouve extrêmement difficile de croire que vous pourriez en fait vous soucier de quelqu'un d'autre que vous-mêmes, cracha Evie, encouragée par son malaise croissant.

Son bras palpitait, sa tête lui faisait mal, elle se sentait faible à cause de la perte de sang et du manque de nourriture, et elle avait froid. Pour la première fois depuis qu'elle avait repris connaissance en se rendant compte qu'elle avait été enlevée, elle commençait à se demander si elle serait en mesure de tenir bon jusqu'à ce que Roman la retrouve.

Elle savait qu'il la cherchait. Elle pouvait le *sentir*, en l'absence d'un meilleur terme. C'était comme s'il y avait du feu dans son sang, mais ce n'était pas le sien. C'était le feu de Roman, et quelque chose à propos de leur relation voulait qu'il brûle aussi en elle. Elle pouvait le sentir, se rapprochant d'elle, mettant tout en œuvre pour franchir les barrières de l'espace et du temps pour arriver jusqu'à elle.

Ils auraient peut-être un espoir de détruire Ward si seulement elle pouvait tenir un peu plus longtemps. Elle ne s'était cependant jamais sentie aussi malheureuse de toute sa vie. C'était comme si elle souffrait d'une crise d'angoisse tout en ayant la grippe en sachant que cette fois, elle allait vraiment mourir. Il y avait un désespoir en elle maintenant qui n'avait jamais été là auparavant.

Peut-être était-ce pourquoi Ward avait créé cette cave avant de l'y confiner ; c'était un lieu si désespéré. Peut-être que le sorcier savait vraiment ce qu'il faisait. Peut-être qu'il savait très bien comment venir à bout des défenses de quelqu'un, parce qu'Evie devait admettre qu'elle se sentait bien près de rendre les armes.

— Je suis en fait plutôt désolé que vous vous sentiez ainsi, Evie. Parce que vous avez deux choix. Vous pouvez dire les mots que je vous ai suggéré de dire et vivre le reste de votre vie éternelle à mes côtés, ou vous pouvez mourir. Je sais que vous ne voulez pas mourir, dit-il en s'approchant de nouveau d'elle.

Evie se prépara intérieurement ; elle savait ce qui s'en venait. Elle recula et se leva avec lenteur. Ward continuait d'avancer.

— Votre esprit est incroyablement fort. Vous avez enduré beaucoup de douleur humaine dans votre vie, mais vous préférez souffrir plutôt que mourir, même si cela signifie que vous allez devoir souffrir à maintes reprises.

Evie recula d'un pas et il fit un pas vers l'avant. Elle pouvait sentir le mur se rapprocher d'elle. Elle était à court d'espace.

— Cela signifie quelque chose, Evie. Vous êtes une survivante.

Le dos d'Evie donna contre le mur et elle ferma ses yeux. Les prochaines paroles de Ward furent prononcées à moins de deux centimètres d'elle ; elle pouvait sentir son souffle sur sa joue puis sur son cou, et ses poumons cessèrent de faire entrer de l'air.

— Alors pourquoi ne pas vous faciliter la vie tout de suite en prononçant les mots, Evie. *Addo nox noctis.*

Elle demeura muette.

— Dites-le ! beugla-t-il en faisant claquer sa paume contre le mur à côté de sa tête.

— Non ! hurla-t-elle à son tour. Jamais !

Ce n'était pas totalement vrai et elle le savait, mais sa colère était à son apogée et sa peur alimentait sa colère, de sorte qu'elle ne pouvait plus être tenue pour responsable de ce qu'elle disait ou faisait.

— Jamais est une très longue période de temps, Evie, insista Ward. Vous ne devriez pas faire des promesses que vous savez ne pas pouvoir tenir.

Evie cria, incapable de cesser de produire le son perçant quand Ward passa de nouveau à l'attaque à la vitesse grand V, écrasant son corps contre le mur derrière elle avec une force brutale. Il déchira la manche recouvrant son poignet indemne avec une vitesse fulgurante et la fit remonter le long de son bras avant d'enfoncer ses canines dans sa chair.

CHAPITRE 21

Roman glissa violemment sa main dans son épaisse chevelure en scrutant l'horizon d'un regard brûlant et attentif. Dans toutes les directions et aussi loin que son œil pouvait voir, il n'y avait que des étendues de sol fendillé et de ciel déchiré par la foudre. C'était une scène digne d'un roman de Lovecraft. Il n'y avait aucun signe de vie ni aucun mouvement à l'exception des arcs électriques qui découpaient l'air en morceaux.

À côté de lui se trouvait Thanatos, le roi des fantômes. Roman jeta un regard vers lui, observant son apparence. Thane était un homme robuste, grand et fort comme tous les Rois l'étaient, mais il était moins sophistiqué qu'eux. C'était peut-être lié au type d'âme avec lequel il devait traiter jour après jour, mais quelque chose faisait en sorte que ses yeux d'un gris tempête brillaient comme de l'acier à froid dans son beau visage non rasé. Il portait du cuir noir, sa peau affichait des tatouages qui changeaient toujours et ses jeans étaient enduits d'huile, preuve manifeste d'un passe-temps qui faisait de Thane le fier propriétaire de plus de 200 motos reconstruites. Il les conservait dans son royaume et les chevauchait à travers le purgatoire, une silhouette solitaire dans un paysage hostile et impitoyable.

Lors de la première visite de Roman au royaume de Thanatos, 200 ans auparavant, c'était plutôt des chevaux que ce dernier possédait. Avec Thane, c'était toujours quelque chose de rapide, puissant et beau. C'était simplement dans sa nature.

Lorsque les Treize se rencontraient, Thane revêtait un costume et se donnait la peine de se raser. De le revoir ainsi comme il était vraiment produisait un effet étrange sur Roman. Il comprit pour ce qui devait être la millionième fois dans sa longue vie que les apparences pouvaient être trompeuses.

— Houla, s'exclama Thane en secouant sa tête. Pensez-vous que Ward pourrait nous envoyer un message nous informant que nous ne sommes pas les bienvenus ?

— Qu'ont-ils trouvé ? demanda Roman tandis que l'impatience l'assaillait comme des ongles griffant un tableau noir.

— Donnez-leur un peu de temps, répondit Thane tandis que son propre regard argenté fouillait les environs.

Ses Animes s'étaient dispersés, disparaissant dans le plan astral comme de fines volutes de fumée ou du brouillard.

— Nous n'avons *pas* de temps, gronda Roman, désormais incapable de contenir sa fureur dans sa totalité.

Il sentait qu'Evie souffrait. Il ne pouvait pas lire dans son esprit, ce qui rendait impossible toute communication avec elle. Elle était toutefois là, quelque part, et Charles Ward lui faisait du mal. Il pouvait presque sentir le sang qu'il avait versé. Roman devait déployer toute son énergie pour éviter de s'enflammer spontanément.

Ce fut alors que Thane se redressa ; il inclina légèrement sa tête sur un côté et son regard métallique devint distant, comme s'il était en train d'écouter quelque chose.

— Ils l'ont trouvé.

— Où ?

La question fut prononcée comme un grognement, de sorte que ce n'était pas vraiment une question.

— Je vous y conduirai, affirma Thane, mais ça ne sera pas si simple.

Il se tourna pour faire face à Roman et son expression faciale était sinistre.

— Il a de l'aide. Selon les Animes, il n'y a pas moins d'une demi-douzaine d'Akyri pris au piège avec lui. Ils sont marqués, poursuivit Thane en désignant le côté de son cou avec sa main.

Roman savait exactement de quoi il parlait. Ward avait lié les Akyri à lui.

— Et ils feront tout ce qu'ils pourront pour nous arrêter.

Cela rendait les choses encore pires qu'elles l'étaient. Les Akyri étaient des ennemis dangereux quand ils devaient l'être, et même si Roman parvenait à avoir le dessus sur eux, il ne serait pas capable de les tuer. Ils étaient là sous la contrainte et ne méritaient pas de mourir.

À ce moment précis, le roi des vampires eut une forte envie de déchiqueter une armée entière de ses mains nues.

— Emmenez-moi à lui.

Thane demeura silencieux pendant un moment, ses yeux de la couleur du mercure reflétant la foudre qui décorait les cieux. Il hocha finalement la tête.

— Préparez-vous.

Sur ces mots, il tendit la main et vint la poser sur la poitrine de Roman, à la suite de quoi le monde passa à la vitesse grand V. C'était toujours ainsi lorsqu'il fallait couvrir de grandes distances dans le plan astral. Le monde se divisait en cordeaux de lumière et de mouvement qui se terminaient en un point de fuite au bout d'un tunnel.

Le corps de Roman semblait être immatériel dans ce royaume onirique qui filait devant ses yeux, mais en dépit de l'absence de sensations tangibles, il pouvait sentir qu'il se rapprochait d'Evie. L'impression de souffrance devint plus forte jusqu'à ce qu'il puisse presque sentir les battements de son cœur.

Thane retira sa main, et lui et Roman se retournèrent. Un manoir à deux étages de style victorien se dressait devant eux, sinistre, gris et solitaire dans le vaste paysage changeant. Les rideaux étaient tirés dans les fenêtres et aucun son ne provenait de l'intérieur. Il y avait cependant trois hommes vêtus de noir sur le porche avant, leurs yeux sombres cerclés de rouge. Il y en avait deux autres postés sur les marches et un sixième homme attendait sur le terrain entre la maison et les nouveaux venus.

Les six Akyri observèrent Thane et Roman en silence. Près de là, des silhouettes blanches vaporeuses se tordaient et se dissipaient avant de se matérialiser de nouveau ; c'était les Animes qui avaient localisé le manoir.

— À vous de jouer, roi des vampires, murmura Thane en ne quittant pas des yeux les personnages devant lui.

— J'ai seulement besoin d'une couverture, dit Roman.

— Je peux vous offrir 20 secondes, rétorqua Thane en posant ses yeux sur lui.

— Je vais les prendre.

Sur ces mots, Thane dégaina et commença à tirer. Même s'il s'agissait de balles en argent, il s'agissait ici d'Akyri et non de sorciers, ce qui signifiait qu'ils n'allaient pas mourir de leurs blessures. Ils avaient cependant assez d'énergie de sorcier en eux provenant des dernières relations symbiotiques auxquelles ils avaient pu participer que les balles les mettraient hors de combat pendant quelques secondes.

Ce fut exactement ce qui se produisit. Thane était un tireur d'élite et il frappa chacun des démons en pleine poitrine. Roman attendit pendant plusieurs instants intolérables que les Akyri s'effondrent les uns après les autres, puis son corps immortel et très contrarié passa à l'action à une vitesse trop rapide pour l'œil.

* * *

Ça fait mal, pensa-t-elle. *Mon Dieu, ça fait vraiment mal.* Evie posa avec précaution ses poignets enveloppés de gaze contre sa poitrine puis ferma ses yeux. Son cœur faisait maintenant des siennes dans sa poitrine, battant faiblement selon un rythme iné-gal. Elle avait mal à la tête et ses jambes semblaient engourdies. Elle prit ensuite le temps de penser à tout ce que ces sensations signifiaient puis elle sentit la menace du désespoir planer avant d'étouffer un sanglot.

— Je peux chasser votre douleur, déclara-t-il en la regardant se recroqueviller sur elle-même contre le mur froid de la cave. Pourquoi continuez-vous à me défier ?

Evie sentit des larmes couler sur ses joues et s'émerveilla d'être en mesure de les former après tout le sang qu'il avait pris. Ces larmes étaient toutefois les mêmes qui avaient menacé de s'échapper depuis qu'il l'avait emmenée ici. Elle avait été forte… elle pouvait maintenant se le permettre.

Evie baissa sa tête sur ses genoux pliés. *Je ne suis pas vraiment ici,* tenta-t-elle de se dire en dépit du fait que la douleur combat-tait sa tentative de le faire. Elle n'était pas censée être ici dans cette cave sombre sous une maison située au milieu d'un impos-sible nulle part. Deux jours plus tôt, elle vivait dans un autre monde. Deux jours plus tôt, elle avait été une auteure avec une vie normale et avec au moins 30 ou 40 autres années à vivre.

Mais maintenant…

Maintenant, tandis qu'elle étreignait son petit corps dans les ténèbres humides de cet espace horrible qui était devenu son cauchemar éveillé, elle sentait une angoisse misérable pousser contre son enveloppe extérieure. Cette enveloppe était devenue mince et fragile, comme la coquille d'un œuf. D'une seconde à l'autre, dans n'importe quelle affreuse minute, un de ces coups de bec transpercerait sa coquille et elle se briserait. Juste comme ça.

C'était ce *qu'il* voulait, cet homme qui l'avait arrachée à son bonheur avant de la projeter dans cette obscurité diabolique. C'était ce qu'il attendait. Ce pour quoi il ferait apparemment n'importe quoi. *N'importe quoi…*

Charles Ward était un vampire, donc qu'il n'y avait aucun moyen de s'en sortir. Les humains étaient faillibles. Les humains pouvaient être dupés ou dominés. Mais les vampires étaient insurmontables. Il n'y avait aucun moyen de s'en sortir. Du moins, elle n'en connaissait aucun.

Roman… pensa Evie. Elle ne pouvait faire autrement. Où était-il maintenant ? Cet homme grand, mystérieux et intense qui avait changé sa vie pour toujours. Il était injustifié de se languir de lui. Vampire ou pas, *roi* des vampires ou pas, il ne pouvait rien faire pour l'aider maintenant. Son ravisseur avait fait en sorte qu'il en soit ainsi. C'était du moins ce qu'il lui avait dit, et elle le croyait. Elle n'avait pas le choix, car Roman n'était pas ici… et elle mourait.

— Prononcez seulement les mots, Evie. Pour l'amour de Dieu, la supplia son ravisseur en se mettant à genoux devant elle et en prenant une fois de plus son menton dans sa main.

Elle laissa ses yeux fermés, réticente ou incapable de croiser son regard ne serait-ce qu'une fois de plus.

— Vous pouvez mettre un terme à tout ceci, renchérit-il. Vous pouvez décider de ne plus jamais avoir à ressentir de la douleur ou de la peur.

Evie gémit doucement en guise de réponse. Elle savait qu'il mentait. Même si elle prononçait les mots et devenait comme lui, il trouverait un moyen de lui faire du mal. Son corps souffrait déjà terriblement et elle ne sous-estimait pas le potentiel de cruauté de Ward.

Son ravisseur libéra son menton, et la tête d'Evie se retrouva de nouveau contre le mur. Elle n'avait jamais eu aussi froid.

— Il ne viendra pas, Evie, lui dit-il. Il ne peut pas vous trouver ici, et vous n'avez plus beaucoup de temps à vivre. Je sais que vous voulez revoir vos parents. Vos frères. Prononcez les mots, Evie, et vous pourrez le faire.

Elle prononça presque les mots. Elle passa bien près bien de rendre les armes et de lui donner ce qu'il voulait. Elle désirait seulement que la torture cesse. Evie secoua plutôt sa tête, ce qui lui donna le tournis, mais elle repoussa ces pensées de son esprit. *Non*, s'intima-t-elle. *Accroche-toi encore un peu.*

Son cœur sembla palpiter, comme s'il poussait un soupir d'impuissance en guise de réponse. Elle avait perdu trop de sang. Elle pouvait se sentir glisser vers la mort.

Oh mon Dieu, Roman, pensa-t-elle misérablement. *Dépêchez-vous, je vous en prie.*

* * *

Charles prit une lente et profonde inspiration en retournant au rez-de-chaussée et en fermant la porte de la cave. Il demeura sur le palier pendant un moment avant de reprendre son sang-froid et de se retourner vers la porte fermée puis de glisser lentement sa main sur cette dernière. La porte ondula et miroita avant de disparaître, remplacée par un mur lisse qui ne laissait voir aucune ouverture.

Charles se détourna du mur dissimulé et se rendit dans la salle de séjour. Il s'assit ensuite sur le divan avant de se pencher pensivement vers l'avant en appuyant ses coudes sur ses genoux.

Il songea à la femme qui se trouvait dans la cave. Ce n'était pas une vraie cave ni une vraie maison, mais depuis son enfance de Chimère, il avait été en mesure de s'échapper dans le plan astral et de le modeler pour qu'il corresponde à ses désirs.

Il avait emmené beaucoup de femmes ici pour se nourrir d'elles. Il n'avait bien sûr jamais bu ces femmes jusqu'à la dernière goutte, car une telle façon d'agir aurait violé la loi du roi. Roman D'Angelo était la seule autre personne vivante dans le monde à pouvoir voyager dans le plan astral. Il l'aurait découvert tôt ou tard.

Mais pour Evie, la cave était plutôt réelle, assez froide et suffisamment déprimante. Elle aurait déjà dû rendre les armes.

Charles glissa sa langue sur les extrémités de ses canines puis il déglutit. Le goût de son sang était encore dans sa bouche, lui donnant temporairement faim de plus belle. Il était techniquement rassasié, mais demeurait insatiable d'une façon ou d'une autre.

Il n'avait pas prévu que la torture durerait si longtemps. Il pensait vraiment qu'elle aurait déjà baissé les bras. Une morsure aurait dû faire l'affaire. Il n'avait pas mis ses gants blancs pour ce faire. Il s'était assuré de la faire souffrir, et la deuxième morsure avait été pire encore que la première.

Elle avait toutefois continué à se battre. Il savait qu'elle entretenait l'espoir que D'Angelo la retrouve, mais il y avait plus. Il y avait une aura autour d'elle qui devenait de plus en plus forte chaque seconde. Elle était physiquement faible et il pouvait entendre son cœur faiblir, mais c'était tout le contraire pour son esprit, son *essence*.

— Oh petite Evie, dit-il pour lui-même tandis que son regard bleu commençait à brûler. Vous feriez mieux de céder bientôt, ma chérie, faute de quoi tout ce potentiel sera gaspillé.

Il poussa un lourd soupir, posa ses mains sur ses genoux et se leva.

Il glissa distraitement une main dans ses cheveux châtains, puis sursauta avec étonnement lorsqu'il entendit des coups de feu troubler le plan astral. Il se retourna en vitesse pour faire face à la porte d'entrée du manoir.

Et Roman D'Angelo le frappa avec tant de force que Ward alla donner contre le mur opposé de la pièce, sans connaissance.

CHAPITRE 22

Roman traversa la pièce à grands pas pour le rejoindre. Le coup de poing aurait tué un être humain. Ward n'était cependant pas humain, et ce coup lui fit simplement perdre connaissance quelques secondes, suffisamment longtemps pour qu'il glisse le long du mur craquelé derrière lui et tombe vers l'avant sur le plancher de bois franc.

Roman n'hésita pas une seconde avant de se pencher et d'agripper le sorcier vampire par le devant de sa chemise pour le soulever du plancher une fois de plus. Il pouvait sentir le sang d'Evie dans l'haleine de Ward lorsque les deux hommes se retrouvèrent face à face.

— *Où est-elle?* siffla Roman entre ses canines entièrement allongées, mourant d'envie de créer un canyon dans la trachée de l'homme.

— Vous ne la trouverez jamais, fut la réponse de Ward, dont les yeux bleus étaient brillants de colère et les canines luisantes.

Une brèche de peur s'ouvrit dans la tête de Roman. Il avait examiné la maison à la recherche de la moindre trace d'Evie dès qu'il y était entré, mais n'avait pas pu la trouver. Il pouvait la sentir. Il pouvait la ressentir. Mais il ne pouvait pas la *trouver*, merde.

Roman hésita en y pensant, et ce fut une demi-seconde d'hésitation de trop. Ward eut le temps de se remettre de son coup de poing et de riposter.

Le plancher se déforma sous les pieds de Roman et fut propulsé vers le haut avant de se séparer en deux pour révéler un abîme d'où s'échappait de la vapeur. Roman se retourna et tenta de s'écarter du chemin, mais sa prise sur la chemise de Charles glissa et le sorcier lui donna un coup de tête sur le nez. Les deux corps chutèrent sur le sol tandis que ce dernier se soulevait comme un volcan.

Roman glissa le long de la roche grandissante et roula sur lui-même avant de se remettre sur pied. Charles se tenait de l'autre côté de l'abîme, ses yeux brûlant maintenant du même rouge que ceux de Roman. La vapeur déformait l'air entre eux.

— Je peux l'envoyer n'importe où, Roman, railla Charles, sa bouche aux canines allongées souriant de haine. Tout ce que j'ai à faire est de le vouloir ; elle disparaîtrait alors d'un endroit et apparaîtrait dans un autre. Je règne sur ce royaume, vous savez. Il obéit à chacune de mes commandes. Vous n'avez aucune chance.

Roman observa la scène tandis que Charles commençait à se transformer. Le sorcier vampire se mit à grandir devant ses yeux. Il devint également plus large. Sa peau s'assombrit et se couvrit d'écailles. Des ailes lui sortirent du dos et son visage s'allongea. En quelques secondes, il était passé d'une forme humanoïde à une représentation hollywoodienne de ce qui ne pouvait être autre chose qu'un dragon. Les véritables dragons n'avaient pas cette allure, et Roman était bien placé pour le savoir. Ce n'était cependant pas le cas de Charles. Ce dernier n'avait jamais vu de dragon dans la vie réelle, et il ne savait pas que le roi des dragons était un des plus proches alliés et amis de Roman.

Cela n'importait toutefois pas.

La mâchoire de Roman tiqua. Son corps se raidit. Illusion ou pas et *représentation juste* ou pas, ce que Charles avait pu créer allait être ressenti comme étant vraiment très réel. Il se prépara à y faire face tandis que le dragon passait du rouge au noir à un genre de mélange intermédiaire entre les deux, et ce fut à ce moment que Roman remarqua quelque chose d'étrange.

Il y avait une aura autour de Charles qui fluctuait à chaque changement lié à son sort de modification d'apparence. L'aura l'entourait, mais diminuait progressivement à sa gauche, créant ainsi un flot de magie rouge-orange que Roman suivit jusqu'à sa source.

Il provenait d'un petit livre relié en cuir noir qui était posé sur une table contre un mur de la maison astrale. Sa couverture était exempte d'ornements et il n'était pas doté d'un verrou.

Roman eut seulement un moment pour prendre note de l'existence du livre avant que Ward ne soit sur lui. Roman ouvrit donc immédiatement son esprit au plan qui l'entourait et lança un appel.

Thane!

Il avait besoin que quelqu'un puisse atteindre ce livre. Ce dernier aidait Charles d'une façon ou d'une autre ; Roman aurait été prêt à parier presque n'importe quoi. Roman, roi des vampires, était rompu à la maîtrise de l'esprit, mais l'esprit de Ward ne lui était pas accessible, défendu par un genre de mur obscur qui semblait être noir comme de l'encre et immoral. Il semblait également familier. C'était ainsi que Malachi Wraythe avait l'habitude d'être pour lui.

Roman faisait le pari que ce livre appartenait autrefois au roi des sorciers décédé. S'il parvenait à le détruire d'une façon ou d'une autre, Ward serait beaucoup moins difficile à gérer.

Il n'y eut pas de réponse de la part de Thane, mais lorsque les énormes griffes de Ward s'élancèrent dans la direction de Roman et que ce dernier se déplaça à la vitesse grand V pour les éviter, il sentit qu'il y avait une situation tout aussi pressante à régler provenant de l'extérieur de la maison irréelle. Les balles de Thane avaient seulement causé certains dommages aux Akyri, et voilà qu'il devait leur faire face à lui seul.

Allez jusqu'au livre! Le livre noir! ordonna Roman en espérant que Thane parviendrait à l'entendre malgré tout.

Pendant le plus bref des instants, il vint à l'esprit de Roman qu'il aurait pu causer une injustice grave à Thanatos en lui demandant de l'aider dans ce contexte. Bien que Thane n'était pas vivant à strictement parler, il n'était pas strictement mort non plus. Et une blessure mortelle pourrait le détruire pour toujours même s'il se trouvait dans le plan astral.

Ce doute momentané quitta toutefois son esprit sans plus tarder. Comme pour chacun des Treize, Thane était un roi pour une raison.

Roman serra ses dents et émit un son chargé de douleur en se faisant projeter contre le mur par une gigantesque queue à pointes acérées après être parvenu à esquiver les deux griffes et l'énorme mâchoire remplie de dents de Ward. Une des pointes traversa proprement sa poitrine comme l'aurait fait une aiguille géante, se retrouvant ensuite enfoncée dans le mur derrière lui.

Il s'étouffa dans son propre sang tandis que ce dernier remontait dans son œsophage, mais il parvint d'une façon ou d'une autre à réparer suffisamment ses blessures en lui pour que l'hémorragie interne cesse presque aussi rapidement qu'elle avait commencé. La pointe constituerait cependant un problème pour lui.

Un vampire pouvait se transformer en brume s'il le désirait. Il pouvait aussi se téléporter depuis n'importe quel lieu. Il pouvait enfin changer de forme, adoptant l'apparence de certains animaux non humains, en fonction de son âge.

La queue du dragon retenait toutefois Roman en place. C'était un élément d'un univers magique qui n'appartenait pas à Roman. Il perturbait le flux de son pouvoir, le coinçant ainsi fermement contre le mur.

Roman devait admettre qu'il était impressionné par la tactique de Ward. Peu de vampires étaient conscients qu'il était possible d'ancrer un autre vampire de cette manière. Roman pouvait maintenant voir de près que les écailles sur le corps de dragon de Ward étaient métalliques. Elles semblaient froides là où elles frottaient contre la peau de Roman. Ward s'était blindé le corps dans le cadre de cette illusion. Il avait veillé à tout.

Le rire du dragon était monstrueux, profondément maléfique et évocateur du diable tandis qu'il se répercutait sur les murs qui s'effondraient autour d'eux en se mêlant avec de la vapeur. Son souffle chaud baigna le visage de Roman tandis qu'il se pencha vers lui, ses anciens yeux bleus brûlant maintenant d'un feu noir.

— Qui vous a établi comme juge et bourreau ? gronda Ward. Qu'est-ce qui vous a donné le droit d'interférer ?

Roman savait de quoi il parlait. Ward était bien conscient que Roman avait joué un rôle dans le trépas de Malachi Wraythe et Roman avait eu raison. Ward voulait se venger.

Ward recula ensuite sans avertissement, soulevant son immense tête couverte d'écailles. Le livre en cuir noir à la droite de Roman pulsait de pouvoir, et un flot plus important de magie s'écoula de lui pour venir entourer la silhouette de dragon de Ward.

Roman se prépara, car il savait ce qui s'en venait. Il n'y avait que deux choses qui pouvaient tuer un vampire. Le soleil et le feu. Ward était sur le point de lui offrir le second choix avec toute l'énergie qu'il pouvait rassembler.

* * *

Thane sentit le pouvoir du roi des vampires sortir précipitamment du manoir tel une onde de choc. Il se déversa sur lui et sur l'Akyri qu'il combattait. Cette onde ressemblait à de la foudre liquéfiée, et s'il n'avait pas déjà été sur le sol, elle l'aurait peut-être renversé.

Thane!

La voix de D'Angelo hurla dans sa tête et les yeux gris tempête de Thane tourbillonnèrent de métal liquide rayonnant. Il exposa ses canines et repoussa l'Akyri de son corps avant de se redresser sur ses pieds bottés. Un autre Akyri remplaça le précédent au combat sans perdre une seconde. Thane avait besoin de toute son attention ; il ne pouvait même pas lui répondre.

Allez jusqu'au livre ! beugla ensuite Roman comme s'il savait que Thane ne pouvait pas lui répondre. *Le livre noir !*

La communication se brisa puis il y eut un hurlement à l'intérieur du manoir. Le sol trembla de nouveau sous les bottes de Thane. Il leva les yeux et évalua la situation à la vitesse de celui qui en avait l'habitude. Trois Akyri étaient temporairement hors de combat et les trois autres remettaient cela de plus belle. Il était exponentiellement plus difficile de vaincre un ennemi sans le tuer.

Le manoir situé à quelques verges de lui commençait à s'effondrer sur lui-même. De la fumée sortait en tourbillon d'une des fenêtres. Les douzaines de formes vaporeuses des Animes que Thane avait dépêchés pour retrouver Ward se tenaient derrière le manoir. Ils étaient maintenant en mode attente, en périphérie de l'illusion astrale de Ward.

Thane se retourna à temps pour faire face à l'Akyri qui s'était approché derrière lui. Il lança un ordre spirituel au même moment.

* * *

Evie n'avait aucune idée de ce qui s'était passé. Elle avait été assise pelotonnée contre le mur humide de l'horrible cave où Ward l'avait enfermée puis elle s'était brusquement retrouvée de retour dans une de ces pièces aux murs de brume arc-en-ciel. Seule.

Elle était faible et la douleur torturait toujours son corps, mais le froid était parti et la déprimante illusion n'était plus et étonnamment, cela semblait faire une bonne différence. Evie bénéficiait donc d'un petit répit dans la clarté propre et blanche de la pièce astrale où elle se trouvait maintenant.

Son cœur battait encore de manière irrégulière tout en faiblissant. Elle savait qu'elle avait encore perdu trop de sang. Ce changement inattendu lui permit toutefois d'aller puiser une certaine forme de force profondément en elle et elle se releva sur ses pieds.

Le mur astral ondulait légèrement derrière elle comme de l'eau derrière une feuille en plastique. Elle n'avait d'autre choix que de lui faire confiance tandis qu'elle s'appuyait contre lui et se hasardait à faire quelques pas vers le milieu de la pièce.

Elle demeura debout en son centre et attendit.

Et attendit.

Que se passait-il ? Où était-elle ?

Evie se racla sa gorge précautionneusement. Elle semblait à vif d'avoir tant crié. Elle n'avait pas été en mesure de dissimuler à quel point elle avait souffert lorsque Ward l'avait mordue la seconde fois.

Elle respira à fond puis ferma ses yeux avant de dire :

— Ward ?

On aurait dit un chuchotement, incertain et totalement dénué d'enthousiasme.

Il n'y eut pas de réponse. Evie attendit quelques secondes puis tourna sur elle-même avant de jeter un coup d'œil vers la brume opalescente des murs. Rien.

— Charles !

Elle ne voulait pas vraiment qu'il réponde, mais Evie ne savait pas quoi faire d'autre ni qui d'autre elle aurait pu appeler.

Les murs se mirent ensuite à se déplacer vers l'intérieur. Evie haleta et son corps figea sur place tandis que sa tête jetait des coups d'œil rapides autour d'elle. Les brumes se séparaient et les murs se décomposaient. Ils s'écoulaient dans la pièce tout autour d'elle comme une cellule de prison qui rétrécissait.

Oh non, pensa Evie. Qu'allait-il se passer quand il n'y aurait plus de pièce ? Allait-elle disparaître ? Devenir de la brume, elle aussi ? Après tout ce qu'elle avait vécu, c'était *ainsi* qu'elle allait mourir ?

Evie lécha ses lèvres et se retourna pour faire face aux brumes qui étaient les plus proches d'elles. Elle les regarda s'approcher avec les yeux bien grands.

Puis, elle cligna des yeux et fronça les sourcils. Les brumes devant elle s'amalgamèrent et tourbillonnèrent ensemble comme si elles se retrouvaient prises dans une mini-tornade. Evie devint fascinée lorsque la tornade se mit à grandir et à élargir avant de commencer à adopter des attributs humanoïdes.

Un bras, deux bras, une jambe, deux jambes. Une tête.

Un visage.

Les cheveux de brume de la fille étaient longs, mais pas tout à fait aussi longs que ceux d'Evie. Ses yeux avaient à peu près la même forme que les siens. Puis dans un moment décisif chargé d'épiphanies tragiques, Evie compris qui était cette personne qu'elle fixait ainsi du regard.

C'était la fille que Charles Ward avait assassinée.

Evie vit d'autres choses tout en la regardant. Des extraits de film défilèrent dans sa tête : une chambre dans un dortoir, une voiture d'occasion, un chien, une chambre à coucher dans une vieille maison qui avait été conservée exactement dans le même état que lorsque celle qui y dormait avait quitté la maison pour l'université.

— Diana Layton, chuchota Evie en sachant d'une façon ou d'une autre quel était le nom de la fille.

C'était la vie de cette fille qu'Evie avait vue. Ses pouvoirs de voyante grandissaient.

La fille étudia Evie dans cet étrange silence brumeux pendant plusieurs secondes puis le brouillard de son visage bougea vers l'avant puis vers le bas avant de remonter. Elle venait d'incliner la tête.

Les étranges bras brumeux de Diana émergèrent de son dos avant qu'Evie ne puisse faire ou même demander quoi que ce soit d'autre. Elle tenait un petit livre relié en cuir noir dans ses doigts brumeux.

Evie regarda le livre. Il n'était pas à sa place dans cet espace astral rempli de brume. Il était solide et sombre et il y avait quelque chose à son sujet qui semblait si mauvais qu'elle n'aurait pas pu décrire le sentiment qu'elle ressentait si elle avait eu à le faire par écrit.

Le fantôme de Diana s'avança, tenant le livre devant elle comme un cadeau. Le livre était toutefois précédé d'une aura maléfique qui semblait être un avertissement.

Evie fit un pas chancelant vers l'arrière. Ses jambes étaient faibles. Elle ressentait de l'incertitude.

Diana s'arrêta dans son mouvement vers l'avant, planant au-dessus de l'endroit qu'Evie venait de quitter. Les murs s'étaient plus ou moins reformés tout autour d'elles, mais il y avait des douzaines de fantômes vaporeux avec elle dans la pièce. Aucun d'entre eux ne possédait les qualités tangibles du fantôme de Diana, mais elle savait tout de même ce qu'ils étaient.

Diana tendit de nouveau le livre devant elle en le soulevant légèrement, insistant pour qu'Evie le prenne.

Le regard d'Evie passa des étranges yeux vides formés de brouillard au livre puis vers ses yeux de nouveau, puis elle se redressa. *Prends-le, Evie. Prends ce fichu livre et détruis-le.*

Ce n'était pas tellement une commande mentale qu'elle se donnait à elle-même, mais plutôt une dose de détermination. Elle tendit la main, agrippa la tranche en cuir du livre et le retira de l'emprise légère de Diana.

Il sembla plus lourd qu'il aurait dû l'être et décidément maléfique. Le livre vibra presque dans les mains d'Evie tandis qu'elle le tirait vers elle avant de le retourner. Ses doigts tremblèrent lorsqu'ils se posèrent au-dessus du coin supérieur droit de la couverture. Elle n'avait jamais hésité à ouvrir un livre auparavant. Elle aimait les livres. Elle était une auteure, après tout.

La partie mystique d'elle-même, la partie à laquelle elle commençait seulement à s'habituer, savait toutefois qu'aucun mot contenu dans ce livre ne valait la peine d'être lu.

Détruis-le.

Avec ce dernier effort de motivation personnelle, Evie ouvrit la couverture du livre. La première page était remplie de symboles anciens et étranges rédigés avec une encre rouge-brun. Un chuchotement remplit l'air, sinistre et bas.

Evie agrippa le haut de cette première page et s'arma de courage. La vibration du livre augmenta en intensité et les chuchotements devinrent plus forts. Evie sentit son cœur battre avec toute l'énergie qui lui restait.

Elle se prépara puis déchira la page couverte de sang du livre dans un mouvement vers le bas.

Il y eut un éclat lumineux, vif et rouge et quelque peu douloureux tandis qu'Evie titubait alors que la pièce autour d'elle disparaissait pour être remplacée par un vaste paysage désert. Elle vit sur sa gauche un manoir s'écroulant sur lui-même et devant elle, plusieurs silhouettes en noir qui se battaient à mains nues.

L'horizon s'étirait en offrant à sa vue un sol fendillé et de la foudre lointaine.

Un son insidieux lui provint depuis l'intérieur du manoir, un hurlement semblable à celui qu'aurait pu pousser une bête géante blessée. Le sang d'Evie se figea dans ses veines. Elle fixa le manoir des yeux en demeurant en suspens tandis que ses doigts se refermaient de nouveau sur le haut d'une nouvelle page du journal avant de la déchirer.

CHAPITRE 23

Thane se releva du sol poussiéreux et craquelé et se redressa une fois de plus à sa pleine grandeur. Il avait les muscles endoloris, mais il était vivant. Ou presque. Il n'avait jamais vraiment été vivant. Il avait simplement été *créé* un jour par la force incroyable d'un besoin pur et désigné pour régner sur une terre qui s'était remplie d'âmes maltraitées. C'était un sale travail, et particulièrement en ce moment même, mais il supposait que quelqu'un devait le faire.

À quelques mètres de lui, les trois Akyri qu'il avait assommés revenaient à eux et se relevaient eux aussi sur ce sol accidenté. Thane les regarda à travers ses yeux orageux, sa poitrine se soulevant et s'abaissant rapidement, preuve des efforts qu'il avait déployés à livrer ce combat.

Le démon qui avait temporairement eu le dessus sur lui se trouvait face à lui et le regardait à travers des yeux cerclés de rouge qui étaient à la fois décidés et contrits. L'Akyri ne voulait pas être ici à livrer bataille. Aucun d'eux ne le voulait. Ils étaient cependant liés.

Thane!

La voix de vampire de D'Angelo rebondit sur les murs de son esprit dans ce qui semblait être une dernière tentative désespérée de communication. Ou un avertissement.

Thane regarda les muscles du corps du démon se contracter, prêt à charger et à attaquer une fois de plus, lorsque l'Akyri devint soudainement raide, ses yeux s'ouvrant bien grands, avant de se retrouver coincé dans un cocon spontané d'énergie électrique. L'Akyri poussa un cri de douleur puis tomba sur ses genoux avant de coller rapidement sa paume contre l'insidieuse marque du sorcier qu'il portait à son cou.

Thane jeta un coup d'œil vers sa gauche. Les autres Akyri étaient tous dans la même situation. Tous étaient agenouillés, leurs beaux visages se tordant de douleur, leurs mains étreignant les côtés de leurs cous.

L'énergie électrique continua de se manifester pendant quelques secondes avant de se dissiper, laissant derrière elle un groupe d'hommes respirant difficilement et repliés sur eux-mêmes dans la poussière. Thane se retourna pour regarder celui qui se trouvait le plus près de lui. L'Akyri s'assit lentement sur ses talons puis retira la main de son cou. La marque avait disparu.

Les yeux de Thane s'agrandirent. Il jeta un coup d'œil aux autres. Les marques étaient *toutes* parties.

— Mais qu'est-ce que…, murmura-t-il.

Puis, il entendit un doux son féminin derrière lui et il se retourna vivement sur lui-même. À environ une dizaine de mètres de lui, une belle jeune femme était en train de s'agenouiller sur la terre desséchée, la tête penchée vers l'avant et un petit livre noir dans ses mains. Les pages du livre étaient éparpillées sur le sol autour d'elle, rougeoyant toutes d'une faible lumière rouge. Le livre lui-même était cependant entouré du même genre de cocon d'énergie électrique que ceux des Akyri.

Thane sut immédiatement qui elle était. Il y avait autour d'elle une aura qui l'expliquait aussi clairement pour lui que si elle lui avait été formellement présentée. C'était la reine de D'Angelo, et le livre qu'elle tenait était celui qu'il avait ordonné à ses Animes de récupérer. Ce qu'elle avait bien pu faire au livre avait d'une façon ou d'une autre libéré les Akyri de leurs obligations envers le sorcier.

Thane jeta un coup d'œil aux Akyri par-dessus son épaule. Ils ne le regardaient cependant plus. Ils n'étaient plus concernés par lui d'aucune façon. Tous les Akyri se dirigeaient vers le manoir, sachant que Charles Alexander Ward attendait à l'intérieur.

Thane n'eut pas à se demander ce qui pouvait bien leur passer par la tête. Ils avaient le mot meurtre imprimé dans leurs cerveaux. C'était tellement mal sur plusieurs niveaux de contraindre ainsi un Akyri qu'il ne saurait pas par où commencer.

Mais *ils* le savaient.

Thane aurait esquissé un sourire, n'eût été la présence de la femme. Il se retourna pour lui faire face alors que de l'inquiétude vibrait en lui. Elle était repliée sur elle-même d'une manière telle que sa longue et épaisse chevelure dissimulait maintenant les traits de son visage, et elle semblait avoir mal. Ses deux poignets étaient recouverts de gaze, mais ils étaient tout de même souillés de sang.

Il se mit aussitôt à marcher dans sa direction, mais il n'alla pas bien loin. L'explosion qui retentit derrière lui fut si forte qu'elle le souleva du sol et le projeta à plusieurs mètres dans les airs. L'impact sembla tangible, comme si quelqu'un lui avait donné un coup de poing dans le dos sans avertissement ; il chassa l'air de ses poumons et fit voler de petites étoiles devant ses yeux.

Les yeux de Thane se fermèrent automatiquement et son esprit échappa à son pouvoir. Son corps savait cependant quoi faire. Il commença à s'évaporer. C'était une sensation étrange ; il l'avait déjà fait auparavant, mais très longtemps auparavant. C'était troublant. Il se mit soudainement à voir le monde à travers des millions de très petits yeux, et ils étaient flous et embrouillés. Il voulut les fermer, mais il n'y avait pas d'œil à fermer, pas vraiment.

Ce fut heureusement de courte durée, et Thane tituba tandis que sa grande silhouette s'amalgamait et se solidifiait une fois de plus, du bout de ses bottes à sa tête foncée, deux mètres plus haut. Il retrouva son équilibre puis glissa une main dans ses cheveux poussiéreux avant de poser son regard sur l'horizon du plan astral.

Au loin, le manoir irréel que Charles Ward avait créé était en train de flamber en crépitant bruyamment dans le silence qui, autrement, était à faire frémir.

* * *

Le père de Roman avait été un sorcier, donc Roman avait une magie inhérente en lui qu'il était capable de modeler et de façonner autour de lui pour répondre à ses besoins. Avec le temps, cette magie n'avait fait qu'augmenter en puissance et dans l'état actuel des choses, il était l'un des êtres les plus puissants sur la planète côté magie.

Malgré tout, il demeurait limité par rapport à ce qu'il pouvait et ne pouvait pas faire contre le feu.

Un vampire débutant n'aurait aucunement pu s'en protéger. Ce n'était que grâce à son âge incroyable que Roman avait pu aller puiser de la force en lui à ce moment précis pour former un bouclier autour de son corps. Il savait que le bouclier ne tiendrait pas le coup longtemps. Le feu était l'arme ultime pour détruire les gens de son espèce. Le fait de maintenir le bouclier en place allait certainement l'épuiser plus rapidement que n'importe quoi d'autre, à l'exception possible d'une marche à la lumière du jour sans protection.

Il fut toutefois heureux de pouvoir en disposer lorsque Ward dressa sa tête avant de prendre une longue inspiration teintée de grognements puis de libérer un jet d'une flamme rouge-noire sur Roman comme ce dernier n'en avait jamais vu.

La flamme alla violemment percuter son bouclier, le déformant avec une chaleur enragée. Roman sentit la sueur perler sur son front, mouillant ses cheveux et ses vêtements. L'effort qu'il devait déployer pour maintenir cette barrière magique essentielle entre lui et les flammes qui l'auraient consumé était si difficile, aussi difficile que tenir un flocon de neige dans sa main sous la chaleur de l'été sans lui permettre de fondre.

La flamme courroucée de Ward matraqua le champ de force, s'acharnant sur lui avec une énergie emportée qui commençait à l'user peu à peu. Roman pouvait le sentir s'amincir. L'air se réchauffait. Ses muscles commencèrent à faire mal tandis qu'il puisait de la force de son propre corps physique pour maintenir le bouclier quelques instants de plus.

Thane !

Il pouvait seulement prier que Thane ait reçu le message et qu'il ne soit pas trop débordé par les muscles des Akyri. Il ne pouvait rien faire d'autre, car il demeurait sans réponse.

Le bouclier entourant Roman se mit à craqueler, agonisant avec des convulsions mortelles.

Quelque chose bougea cependant derrière Ward. Il fut d'abord difficile pour Roman de le voir à travers sa vision floue imbibée de sueur, mais il cligna des yeux et concentra son regard, et il le vit à nouveau. Des volutes de fumée. Les vrilles des esprits.

Les Animes étaient dans le manoir.

Il exposa ses dents sous l'effet de la douleur et des efforts tandis qu'il regardait les Animes prendre le livre sur la table où il se trouvait avant de disparaître une fois de plus par les fenêtres du manoir.

Juste un peu plus longtemps. Juste un petit peu…

Une flamme vacillante se glissa par un trou nouvellement formé dans son bouclier au-dessus de sa poitrine, s'étirant pour embrasser sa peau avec sa chaleur infernale. Le son étouffé de douleur de Roman fut produit à travers ses canines qui brillaient à la lueur du feu en suppliant d'avoir du sang.

J'imagine que c'est ce que Malachi a ressenti quand il est mort, Votre Majesté, dit un chuchotement féroce et furieux dans l'esprit de Roman. *Abattu par la foudre. Et qu'est-ce que la foudre, sinon un feu chauffé à blanc ?*

Roman sentit une nouvelle brèche se former dans son bouclier, mais celle-ci se trouvait fort heureusement dans son dos. Il perdait rapidement de sa solidité et le pouvoir de Ward ne déclinait pas, en dépit de la disparition récente de son livre noir.

Roman jeta un coup d'œil à l'endroit où le livre avait été quelques secondes auparavant. *Et voilà pourquoi*, pensa-t-il. Le livre n'était peut-être plus là, mais le lien magique qui unissait Ward à ses puissantes capacités existait encore ; il partait du corps du dragon de Ward et sortait par la fenêtre par où les Animes s'étaient échappés.

Ward allait demeurer comme il l'était maintenant tant que le livre existerait encore.

Roman inhala un sifflement de douleur lorsque la crevasse dans le champ de force au-dessus de sa poitrine s'élargit et que de nouvelles flammes maléfiques de Ward la traversèrent. Les flammes ne laisseraient pas de marque sur sa peau pour l'instant.

Il était suffisamment vieux pour que son sang de vampire guérisse la blessure. Mais si l'attaque se poursuivait plus longtemps, seulement quelques *secondes* de plus, il n'y aurait plus aucun espoir.

Roman commença à se sentir faiblir. Son cœur martelait avec force dans sa poitrine, ses poumons se fatiguaient et ses yeux brûlaient dans son visage avec une chaleur presque aussi intense que le feu de Ward.

Il sentit un changement autour de lui au moment même où il sentait ses dernières forces lui permettant de résister aux flammes sur le point de le quitter. C'était brusque et ahurissant. Il avait l'impression que l'air lui-même avait suffoqué.

Ward recula et ses flammes firent de même, puis tout devint soudainement calme. Un battement de cœur s'écoula. Puis, un autre. Roman pouvait s'entendre respirer, chaque inspiration étant irrégulière et étouffée par de la fumée.

Tout à coup, l'énorme tête de monstre de Ward se cabra et un hurlement strident de rage fut émis par la gorge de son dragon. Le son secoua les murs et traversa le corps de Roman envers et contre tout, agissant comme un ultime signal d'urgence.

Il y avait quelque chose dans l'air. Roman ne pouvait pas dire de quoi il s'agissait, mais son goût froid et métallique surfait sur le temps qui passait en se rapprochant d'eux. C'était l'occasion de Roman. Ward était manifestement distrait. Ce qui était en train de se passer obligeait le sorcier à lâcher du lest. Alors, Roman rassembla presque toutes les forces qui lui restaient pour fermer ses mains autour de la pointe métallique de la queue du dragon qui le maintenait empalé au mur derrière lui avant de tirer sur elle. Il poussa un cri en la tirant, un son de force et de douleur pure, et la pointe recula peu à peu, laissant un trou sanguinolent dans son corps.

Il était toutefois libre.

Une fois l'extrémité de la pointe retirée de son abdomen, Roman transforma son corps en brume. Il se retrouva aussitôt léger et malléable, et les blessures qu'il avait subies commencèrent à se régénérer. Il se déplaça dans la salle de séjour du manoir, mettant ainsi de la distance entre Ward et lui.

Derrière lui, le corps massif de Ward commença à se transformer une deuxième fois, rapetissant et se tortillant tandis que les écailles et la queue disparaissaient et que la couleur de sa peau revenait à son teint normal. Roman se demanda pourquoi il agissait ainsi, mais il n'avait jamais été du genre à gaspiller ses chances. À la lumière de l'évolution de la situation, il pensa reprendre sa forme solide une fois de plus pour en finir avec Ward une fois pour toutes et avec ses mains nues.

L'apparition de pas moins d'une demi-douzaine de grandes et fortes silhouettes dans l'embrasure du manoir le fit cependant changer d'avis. Les Akyri se tenaient sur le seuil de l'entrée du manoir, leurs yeux cerclés de rouge remplis de haine, serrant et desserrant leurs poings avec un besoin de vengeance.

Si Roman reprenait tout de suite sa forme humaine, il rivaliserait avec les Akyri pour avoir une chance de tuer le sorcier. Un tel combat ne servait à rien. Il n'eut besoin que d'un coup d'œil dans leurs yeux brûlants pour savoir qu'ils pourraient très bien se charger de ce travail seuls.

De plus, Roman voulait désespérément retrouver Evie. Il pouvait la sentir de nouveau, plus près de lui maintenant qu'auparavant, et il aurait pu jurer qu'il pouvait la sentir pour vrai une nouvelle fois. Il sentait le parfum des fleurs de cerisier. Il y avait aussi l'odeur du sang et celle de l'adrénaline qui accompagnait la peur. Mais il y avait l'odeur des fleurs de cerisier. Et ça, c'était Evie, en chair et en os.

Les Akyri franchirent le seuil et Ward, de retour à sa forme humaine, se retourna pour leur faire face. Il se rendit compte qu'aucun d'entre eux ne portait désormais sa marque, et cette constatation fut visible dans les traits de son visage tandis que ses yeux devenaient très grands.

Sur ce, Roman s'échappa par la même fenêtre qui avait été empruntée par les Animes, quittant ainsi les frontières du manoir irréel à une vitesse incroyable.

Il aperçut presque aussitôt Thane, le roi des fantômes, au moment où ce dernier se retournait et commençait à s'éloigner très rapidement du manoir. Roman regarda pour voir où il s'en allait. À 30 mètres de lui se trouvait une belle jeune femme agenouillée, sa petite silhouette repliée de douleur ou en raison de sa concentration, un petit livre en cuir noir dans ses mains.

Evie.

Et puis, tout explosa.

CHAPITRE 24

Boum boum.

Boum boum.

Evie entendit un battement de cœur. C'était la seule chose qu'elle entendait. Elle se sentait au chaud et dans un état paisible, et il n'y avait aucun autre son à part celui qui était produit par le mouvement du sang dans ses artères.

Le son devenait toutefois de plus en plus faible.

Boum… boum. Boum… boum.

Et tandis qu'elle était couchée là, elle sentait que la chaleur avait également commencé à se dissiper. Elle ouvrit les yeux quand elle ressentit de la douleur, immédiatement ramenée à la réalité qui était devenue son monde fou et terrifiant.

Sa tête reposait dans le creux du bras de quelqu'un. Evie cligna des yeux et retrouva sa vision avant de lever les yeux vers l'homme le plus beau qu'elle avait jamais vu.

— Roman, dit-elle tout doucement, heureuse d'entendre que sa voix fonctionnait malgré tout.

Roman ne lui répondit cependant pas. Et son expression était sévère.

— Elle ne peut pas venir, Roman, renchérit quelqu'un d'autre.

C'était une vieille voix, criarde et écorchée, comme un parchemin séché. Evie jeta un coup d'œil à sa droite, luttant pour voir qui avait parlé.

La vieille femme qui avait été assise à côté d'elle sur le lit de Roman dans le refuge il y avait ce qui semblait être une éternité s'avança avec sa canne. Ses yeux bleus brillaient d'intelligence et ses lèvres étaient minces d'inquiétude.

— Je suis désolée, indiqua-t-elle, et Evie sentait qu'elle ne pouvait être plus sincère. Mais Dannai est tombée gravement malade lorsqu'elle a guéri une jeune femme au centre d'achats suivant une attaque des Chasseurs, expliqua la vieille femme.

Lalura, pensa Evie. *Son nom est Lalura.*

Lalura jeta un coup d'œil vers elle, tout comme si elle avait été en mesure de lire dans son esprit.

— Elle ne peut pas la guérir, Roman. Elle en a presque perdu ses enfants à naître. Et… elle ne pourrait pas guérir cela de toute façon.

Les doigts et les orteils d'Evie semblaient froids. Pas engourdis, mais froids.

— Le sang de loup-garou, tenta Roman en continuant de regarder Evie avec intensité.

— C'est une blessure différente, Roman, contra Lalura. Vous le savez.

Elle fit quelques pas de plus vers l'avant, diminuant la distance entre eux afin qu'elle se retrouve à côté d'Evie, qui était étendue sur le sol, le haut de son corps appuyé contre Roman, qui était agenouillé.

— Ward savait qu'il mourait et a décidé de l'entraîner avec lui. Il n'avait pas l'intention de lui permettre de survivre.

Roman trembla. Elle pouvait le sentir là où il la tenait si tendrement. Mais tandis qu'elle levait les yeux vers lui, quelque chose fut visible dans son visage et il lui posa une question.

— Evie, pouvez-vous vous asseoir ?

Evie y pensa. Elle se sentait étrangement faible et avait de plus en plus froid chaque seconde qui s'écoulait. Elle ne pouvait cependant pas dire pourquoi il en était ainsi. Elle n'avait mal nulle part à l'exception de ses poignets, où les canines de Ward avaient fait des entailles cruelles dans sa chair.

Elle hocha la tête. Elle pourrait s'asseoir pour lui.

— Que faites-vous ? questionna une troisième voix.

C'était la voix d'un homme.

David Cade, pensa Evie. Elle était vraiment bonne de se souvenir de tous ces noms.

Roman ne répondit pas, se concentrant seulement à aider Evie à s'asseoir elle-même. Ses mains étaient fortes mais douces sur elle et son contact la réchauffait là où il la touchait.

— Il va la transformer, ajouta une autre voix.

Evie était maintenant assise. Elle se tourna pour étudier son environnement. Ils étaient dans la salle de séjour de ce qui ne pouvait être à son avis qu'un autre refuge de Roman. Il y avait plusieurs personnes sur place. Elle reconnut David. Et Jaxon. Il y avait également deux autres hommes, tous deux incroyablement beaux et vampires, à l'évidence.

Puis, il y avait trois autres femmes. L'une d'elles était Lalura. Une autre était une jeune fille rousse qui semblait être dans la jeune vingtaine. La troisième était une femme magnifique aux cheveux bruns et aux yeux d'un vert vif. La rousse et la brune étaient manifestement des vampires, elles aussi ; Evie commençait à être douée pour les identifier. La brune était celle qui avait parlé.

Tous l'observaient dans le silence le plus complet, leurs expressions faciales aussi intenses que celle de Roman.

Evie cligna des yeux. *Attendez un peu.*

Qu'est-ce que la femme aux cheveux bruns avait dit?

— C'est la seule solution, Evie, souligna doucement Roman.

Sa voix, si grave et mélodieuse, agit comme un baume sur les nerfs d'Evie.

— Je sais que Ward vous a dit ce qu'il fallait dire.

Il prit doucement son visage entre ses mains chaudes et douces et frotta son pouce sur ses lèvres, faisant naître des ruisseaux de plaisir sur la peau d'Evie.

— Dites ces mots pour moi maintenant.

Evie le regarda sans comprendre. Tout semblait si confus et incohérent. Elle se sentait légère… *trop* légère.

— *S'il vous plaît*, Evie, répéta Roman, ses mains tremblant là où il la tenait. Vous n'avez pas beaucoup de temps. Dites les mots.

Il ferma ses yeux et sembla lutter contre quelque chose d'invisible quand il dit :

— Dites-les, Evie. *Addo nox noctis.*

Les mots, pensa-t-elle. *Les mots.* Elle les connaissait maintenant. Elle se rappelait ce que Ward lui avait dit.

Et lorsqu'elle se le rappela, elle se rendit compte de ce qui était en train de se passer.

— Le sort de Ward vous a blessée là où rien d'autre ne peut se rendre, Evie, expliqua Lalura, sa voix ancienne presque aussi charismatique dans sa façon d'être que celle de Roman pouvait l'être. Il a blessé votre âme, mon enfant, et rien d'autre ne pourra vous sauver.

Si elle le dit, alors c'est vrai, pensa Evie. D'une façon ou d'une autre, elle le savait, tout simplement. Si quelqu'un savait quoi que ce soit à propos du fonctionnement du monde, c'était Lalura Chantelle.

Evie ouvrit sa bouche et lécha ses lèvres.

— Addo…, commença-t-elle, et Roman se tendit à côté d'elle.

Ses yeux profondément sombres s'ouvrirent en vitesse, brillant comme des étoiles sur le point de passer au stade des supernovae. La pièce était devenue silencieuse et immobile autour d'elle. Les autres vampires dans la pièce attendaient ; elle pouvait sentir qu'ils retenaient tous leur souffle.

Si je le dis, je deviendrai comme lui, tenta-t-elle de se convaincre.

— Nox…, chuchota-t-elle.

Les autres vampires derrière Roman commencèrent à s'avancer. Les yeux de Roman s'agrandirent et elle aperçut un petit bout de canine derrière ses lèvres.

Si je ne le fais pas, je mourrai.

— Noctis.

— Retenez-le ! ordonna Cade en se tournant vers les hommes Chimères qui attendaient derrière Roman.

Ils réagirent immédiatement, obéissant tout de suite à cet ordre.

Les hommes bougèrent à la vitesse vampirique et plus de quatre paires de mains se retrouvèrent soudainement sur Roman, certaines retenant ses bras et d'autres fermées solidement autour de sa large poitrine.

Evie fut perplexe, et sa confusion s'alimenta d'une crainte naissante, mais la femme aux cheveux bruns était à côté d'elle, s'agenouillant pour que leurs yeux soient au même niveau.

— Vous devez vous nourrir de lui, Evie, indiqua-t-elle rapidement. Vous avez prononcé les mots ; vous devez maintenant achever le sortilège et faire la transition aussitôt que possible.

La femme passa ses mains sous les bras d'Evie et la souleva avec une force vampirique jusqu'à ce qu'Evie puisse sentir ses genoux sous son corps. Elle se prépara et tenta de stabiliser son corps. Son regard était au niveau de celui de Roman.

Jamais dans ses rêves d'auteure les plus fous n'aurait-elle pu imaginer des yeux qui avaient l'air de ça. Ils étaient passés à l'étape de la supernova. Ils pulsaient maintenant avec une lumière diabolique à chaque battement de cœur. Ces yeux lui traversaient le corps, leur chaleur la brûlant presque physiquement. Ils pouvaient voir en elle de nouveau, dans son esprit et même dans son âme. Elle le savait parce qu'elle pouvait le sentir.

Un point rouge attira l'attention d'Evie. Là, à la base du cou de Roman, une petite entaille avait été formée. Le sang montait vers l'ouverture, précieux et cramoisi. Cette entaille n'était pas là la seconde précédente, et Evie sut instinctivement que c'était l'œuvre des paroles qu'elle venait de prononcer.

Elle trembla violemment.

— Buvez maintenant, l'incita Cade en jetant un coup d'œil à ses compagnons vampires comme s'il voulait leur dire de tenir leur roi avec toute la force dont ils étaient capables.

Evie pouvait voir les muscles de Roman se tendre contre les prises de ses sujets.

Elle pouvait aussi sentir la magie que ses mots avaient libérée. Elle pulsait dans l'air autour d'elle comme si elle attendait impatiemment qu'Evie finisse ce qu'elle avait commencé.

— Faites-le maintenant, Evie, insista la femme aux cheveux bruns.

Evie plaça doucement ses mains contre la poitrine de Roman, sentant les muscles tendus sous le tissu noir de sa chemise.

La blessure qui avait été ouverte par ses paroles attendait, petite, rouge et remplie de promesses. Avec une force dont elle ignorait la provenance, Evie se pencha et posa ses lèvres sur l'entaille minuscule.

Roman rua immédiatement contre elle et elle put sentir les vampires qui le tenaient communiquer entre eux. Elle pouvait presque les *entendre*. Comme si elle était déjà une des leurs. Ils resserrèrent leur prise sur lui, déployant de grands efforts pour le tenir en place. Evie pouvait sentir que chacun de ses muscles sous le bout de ses doigts était tendu avec une puissance à peine contenue.

Elle passa lentement et avec hésitation sa langue contre l'entaille saignante de son cou. Un grondement sourd fut produit quelque part profondément en lui. Son sang avait le goût d'un vin impétueux, puissant et salé. Il brûla sur la langue d'Evie et engourdit sa gorge en y glissant. La sensation était agréable. *Très* agréable.

Puis, Evie referma solidement sa bouche autour de la blessure et commença à sucer son sang. La détresse qu'avait pu ressentir son corps commençait à s'estomper tandis qu'elle l'avalait. Le sang qu'elle avait perdu fut remplacé, les blessures qu'elle avait aux poignets cessèrent d'être douloureuses et le flou qui s'était installé sur elle se souleva et voleta au loin.

Tout fut remplacé par un genre de paix. Elle avait l'impression de boire du bonheur liquide ; il effaçait l'agonie, l'incertitude et la souffrance en remplaçant tout ça par un contentement au plus profond de l'âme. Il n'y avait pas de plaisir plus grand que la fin de la douleur et ici, maintenant, s'opérait la fin de tous les types de douleur qu'Evie avait jamais pu connaître. Il n'y avait plus de ressentiment d'avoir vécu une vie normale au milieu des surnaturels dont elle ne connaissait pas l'existence. Il n'y avait plus de panique ou d'inquiétude. Tout était parti ; *absolument tout.*

Elle continua à boire au cou du roi des vampires, et chaque fois qu'elle tirait et avalait le liquide magique qui coulait dans ses veines, Roman luttait plus férocement contre la prise que ses hommes avaient sur lui.

Qu'est-ce qui ne va pas avec lui ? L'appréhension soudaine d'Evie ressembla à une lance de lumière crue et vive dans une mer obscure chaude et tranquille. Sa question était davantage pour elle que pour n'importe qui d'autre et fut partagée sur un lien mental qu'elle avait formé sans même le savoir.

Son sang vous guérit, répondit Cade mentalement.

Les yeux d'Evie s'agrandirent… Elle venait de communiquer avec quelqu'un par télépathie. Elle pouvait maintenant entendre les autres ! Elle ne pouvait cependant pas se résoudre à arrêter de boire. Pas encore.

— Le fait de boire ainsi de son sang est un acte qui le remplit d'un désir dangereux, Evie, déclara la femme à côté d'elle. Si nous ne le retenons pas, il vous prendra jusqu'à la dernière goutte de votre sang avant que vous ne soyez assez forte pour vous guérir vous-même quand il aura terminé.

Evie pouvait sentir que quelque chose se produisait à l'intérieur. C'était presque déconcertant, mais pas tout à fait, parce qu'il n'y avait aucune incertitude et aucune crainte rattachée à ce changement.

Quelque part dehors, la foudre déchirait le ciel de l'Oregon, et le tonnerre se faisait entendre et ressentir dans le refuge. La pointe de magie qui était prise des veines du roi et infusée dans celles d'Evie était si puissante qu'elle avait l'impression d'absorber un aphrodisiaque liquide. La chaleur qui avait engourdi sa langue et sa gorge se répandait dans sa poitrine et se glissait plus bas encore, réchauffant son ventre et humidifiant son slip entre ses jambes.

Elle poussa un gémissement contre la gorge de Roman, un son involontaire et doux. Roman réagit en baissant sa tête contre son cou, et Evie put sentir son souffle chaud contre sa peau lorsque ses lèvres s'entrouvrirent.

— Tenez-le ! cria la femme aux cheveux bruns. Elle n'est pas prête ! Il la tuera !

— Pardonnez-moi, mon Seigneur, s'excusa David Cade.

Il empoigna les épais cheveux noirs de Roman et lorsqu'Evie sentit les canines de Roman frôler la peau de son cou, l'autre vampire tira la tête du roi vers l'arrière.

Roman hurla de rage, et le son se répercuta sur les murs avec plus de force que le tonnerre avait pu le faire. Les lumières au plafond vacillèrent. De petits morceaux de plâtre et de peinture séchée tombèrent sur le plancher. Les vagues de son pouvoir déferlèrent avec colère, abrasant tout ce qui se trouvait dans la pièce, incluant les hommes qui le retenaient. Ils serrèrent les dents de douleur, leurs propres canines bondirent de leurs gencives, et leurs yeux se mirent à briller. Ils tinrent tout de même bon.

Evie les vit tous et les sentit tous lutter contre Roman, et hoqueta de peur en craignant de ne pas pouvoir se transformer à temps. Ils ne seraient plus en mesure de retenir Roman encore très longtemps.

Et là, elle le sentit avec une certitude qui grandissait lentement. C'était là et ça tombait en place, comme si sa supplication silencieuse avait été entendue et qu'on y avait répondu.

Comme si elle réalisait tous les rêves qu'elle avait jamais eus. Comme si toutes les histoires qu'elle avait jamais écrites se réalisaient. Evie cessa lentement de boire et se détacha du cou de Roman avec un sentiment de confusion qui laissa une sensation de picotement dans ses doigts et ses orteils, puis elle retira ses mains de la poitrine de Roman et se redressa.

Le roi des vampires tremblait sous la poigne de ses hommes dans toute la beauté de ses larges épaules. Evie pouvait sentir son pouvoir de façon plus tangible maintenant, comme s'il s'agissait d'une entité vivante. Ce pouvoir écorchait tout ce qu'il y avait dans la pièce avec une colère non utilisée, mais il s'enveloppait également de manière possessive autour d'Evie comme s'il ne voulait pas qu'elle se détache de lui.

Elle avait toutefois un pouvoir bien à elle maintenant. Elle le sentait s'élever autour d'elle aussi sûrement que celui de Roman le faisait autour de lui, et cette force magique inhérente lui permit de mettre suffisamment de distance entre elle et le roi pour que David soit en mesure de le libérer.

Le regard de Roman baissa sur celui d'Evie. Il s'y attarda pendant un moment, rouge et brûlant. Les hommes qui retenaient Roman le libérèrent subitement et reculèrent tous d'un pas en même temps. Le roi des vampires demeura d'abord immobile ; le silence s'était abattu sur la pièce. Son pouvoir se manifestait encore autour de lui et lorsqu'il toucha le sien, le corps d'Evie fut parcouru de frissons d'anticipation.

Roman s'avança vers elle à la vitesse vampirique. Elle sentit ses bras glisser autour d'elle, mais ce n'était là qu'une sensation parmi tant d'autres. Tout se passa en même temps. Il prononça une parole magique, mais cette dernière se fit entendre dans l'esprit de Roman. Et parce qu'elle pouvait maintenant entendre ses pensées également, elle se fit également entendre dans son esprit à elle. La téléportation passa en mode action, la pièce changea de forme, le temps se déforma et les autres vampires qui s'étaient trouvés autour d'eux n'étaient plus là.

Le monde pulsa vers l'extérieur, recula rapidement et se solidifia une fois de plus. Evie inhala et jeta un coup d'œil autour d'elle. Ils étaient seuls dans la caverne secrète de Roman, agenouillés sur un carré d'herbe touffue et de trèfle sur une des îles. La chute d'eau sur un côté de la caverne remplissait l'espace magique d'un bruit de fond paisible. Les affluents de la rivière clapotaient comme des ruisseaux et les arbres des îles individuelles se balançaient presque imperceptiblement sous une brise qui ne se ressentait pas. De la fumée sortait de la cheminée de la maison de campagne plusieurs îles plus loin et Evie pouvait sentir l'odeur de biscuits tout frais sortis du four.

Roman baissa les yeux vers elle à travers ses yeux qui pulsaient maintenant entre le rouge et le noir.

— Comment vous sentez-vous ? demanda-t-il de sa belle voix rauque de désir et de pouvoir non utilisé.

Evie se sentait particulièrement bien. Aucune douleur, aucune fatigue, aucune colère. Seulement la sensation de la vie, immortelle et forte. C'était le sang de Roman qui circulait dans ses veines.

— Je me sens bien, l'assura-t-elle en le pensant du fond de son cœur.

— Je suis heureux de l'entendre, rétorqua-t-il, ses lèvres esquissant un sourire si sournois et si résolument ténébreux qu'il en était cruel.

Magnifique et absolument cruel.

Il se retrouva ensuite sur elle, les emmenant tous les deux sur le sol. Elle le vit à peine venir en dépit du fait que le sang de Roman coulait dans ses veines. Son corps passa à la vitesse vampirique devant elle et ses mains l'agrippèrent solidement, mais tendrement. Elle se retrouva donc sur le dos dans l'herbe touffue et le trèfle avec lui une jambe de chaque côté de son corps avant même qu'elle ne puisse cligner des yeux.

Elle haleta, étonnée, et leva de grands yeux vers lui. Il était dressé par-dessus elle, sa chemise noire ouverte au niveau du col, ses canines découvertes. Ses muscles se tendaient contre le matériel moulant de ses vêtements, menaçants et prometteurs, et ses cheveux d'un noir d'encre formaient des bouclettes humides contre son front et ses joues. Il était stupéfiant. Du genre que l'on pourrait retrouver dans un rêve érotique surnaturel.

Avez-vous aimé le goût de mon sang ? demanda-t-il en souriant tandis qu'il lui chuchotait la question dans son esprit. Une de ses mains fortes s'empara de ses deux petits poignets de manière experte et les épingla contre le trèfle au-dessus de sa tête. Elle pensa à lutter contre lui pour le plaisir de la chose, mais elle décida de s'abstenir. C'était le roi des vampires. Il vivait depuis 3000 ans ; il avait un bon 2970 ans d'avance sur elle. Peu importe à quel point elle était devenue forte avec son sang en elle, il remporterait la bataille. Et pour une fois, il était amusant de se soumettre en toute simplicité.

Vous êtes délicieux, lui dit-elle en le raillant avec un sourire lascif.

Il rit sous cape au-dessus d'elle, le son lui faisant ressentir des vibrations tentantes dans tout le corps à partir de leur point de contact, au niveau de ses hanches.

Alors vous comprendrez pourquoi je dois faire ça.

Les mots eurent à peine le temps de se frayer un chemin dans son esprit qu'il avait déjà retourné sa tête d'un côté avec sa main libre et enfoncé ses canines dans sa gorge, ce à quoi elle répondit en poussant un cri de surprise.

La sensation était hallucinante. C'était tout ce qu'Evie avait pu imaginer, écrire et rêver. Et c'était encore plus.

Les pointes des canines de Roman étaient tranchantes comme un rasoir. Elles se glissèrent dans sa gorge de manière experte, directement et rapidement, et se logèrent si profondément en elle qu'Evie se sentit bien possédée. Elle se faisait dominer en ce

moment, prise par un homme qui gouvernait un royaume surnaturel depuis 3000 ans. C'était un homme si indomptable qui
était au centre des fantasmes de millions de femmes dans le
monde. Et il l'avait choisie entre toutes ces femmes.

Il n'est plus possible de faire marche arrière, mon amour. Les mots
de Roman se déversèrent dans l'esprit d'Evie, allumant un feu
qui se transforma en un brasier infernal lorsqu'il tira son sang et
l'avala, la bouche contre sa gorge.

Oh mon Dieu… Il y eut un délire qui n'était pas une pensée,
pas un mot, mais une sensation d'une telle ampleur chaotique
qu'Evie eut l'impression d'être en train de voler et de chuter à la
fois. Elle haleta et gémit tandis qu'elle mouillait encore plus entre
ses jambes, imbibant davantage son intimité, puis ses mamelons
se durcirent presque péniblement.

Addo nox noctis… Ma reine.

Il tira et avala de nouveau son sang, son corps s'appuyant fermement sur le sien, sa dureté une adéquation parfaite pour sa silhouette brûlante. La chaleur en elle s'intensifia puis tourbillonna
et s'accumula entre ses jambes. Son dos s'arqua et la prise de
Roman sur ses poignets se resserra.

Le roi tira et avala son sang une fois de plus avec une détermination langoureuse qui commençait à ressembler à une forme
de torture graduelle. Chaque seconde réveillait davantage de terminaisons nerveuses dans le corps d'Evie et chaque aspiration
contre ses veines la faisait s'approcher de plus en plus d'une
certaine folie parfaite.

Assez… La notion flotta dans son esprit, libérée par son
désespoir. *Je n'en peux plus maintenant,* pensa-t-elle. Il la mangeait
vivante, son pouvoir léchait sa peau, ses lèvres caressaient sa
gorge, son vampirisme prenant le sang à même son âme comme
s'il n'allait jamais en avoir assez.

Un éclat de rire déferla dans son esprit, éminemment cruel. C'était la voix de Roman, exempte de pitié, exempte de contrainte. Le rire la railla, la tenta et la taquina comme s'il voulait lui dire à peu près ceci : « Vous pouvez en prendre tellement plus que ça, mon amour, et je vais vous en donner la preuve. » Il allait l'emmener tout au bord de la mort et la ramener ensuite à la vie. Il allait la boire jusqu'à sa dernière goutte.

Alors qu'il prenait une autre gorgée de son sang et que la douleur dans son corps devenait insupportable, un bruit qui était une moitié de grognement de frustration et une moitié d'un cri rempli de désir bouillonna dans sa gorge et menaça de se manifester.

— Roman ! cria-t-elle, ne sachant même pas pourquoi elle disait son nom ou ce qu'elle lui demandait.

Cela n'importa toutefois pas, puisque peu importait quel était son besoin, le sien devait être décuplé. Il répondit à son cri en poussant lui-même un grognement, retirant ses canines de sa gorge et se soulevant au-dessus d'elle. Elle avait horreur qu'elles aient été retirées ainsi de son corps ; elle avait l'impression qu'elle avait été arrachée au plaisir en tant que tel.

Je peux arranger ça, indiqua-t-il en ne se donnant pas la peine de le dire à haute voix. Ils étaient liés maintenant, là où ça comptait vraiment.

Il prononça une parole magique à haute voix. Il y eut un éclat de lumière suivi d'une brise chaude sur le visage d'Evie. Et lorsqu'elle passa, sa peau eut des frémissements provoqués par la sensation de l'air frais sur son corps nu.

Elle haleta et baissa les yeux, mais la magie que Roman avait utilisée avait également fait en sorte de le dévêtir, lui aussi, et son regard s'arrêta.

Par tous les dieux.

Toutes les pensées logiques disparurent de l'esprit d'Evie à l'exception de ces quatre mots. Ses lèvres s'entrouvrirent, sa respiration était difficile et ses yeux décidèrent de faire ce qu'ils voulaient, soit de traîner le long des crêtes et des pentes de ce qui était certainement le plus beau corps jamais formé. De le voir ainsi devant elle la remplit d'un désir ardent insupportable.

Elle était également terrifiée.

Ses yeux s'agrandirent lorsqu'ils glissèrent vers le bas pour y trouver la preuve manifeste de ce qu'elle avait pu lui faire jusqu'à présent. Un tremblement d'agitation déferla en elle. Il était énorme. *Il va me tuer.*

La réponse de Roman fut un autre de ces sourires maléfique, qui le transforma en véritable incube au-dessus d'elle, un démon de séduction triomphant qui avait capturé sa victime et qui était assurément sur le point de la mettre en morceaux.

Oui, lui dit-il. *Je vais le faire.*

Evie était couchée sous lui, ses poignets à présent libres, mais son corps était incapable de bouger tant il était coincé sous les nombreuses couches de désir brûlant et douloureux qu'il posait sur elle et la crainte quelque peu figée par rapport à ce qu'elle savait qu'il était sur le point de lui faire. Les canines dans la gorge étaient une chose. Ça, c'en était une autre.

Vous allez les prendre tous les deux, révéla sa voix maléfique.

Comme une promesse.

Puis, il fut de nouveau en mouvement, et Evie cria lorsque ses mains se retrouvèrent soudainement autour de sa taille et qu'elle se retournait à la vitesse vampirique dans l'air de la caverne tandis qu'ils changeaient de position.

Elle libéra un souffle chancelant et se risqua à baisser le regard. Il la tenait au-dessus de lui, sa féminité placée directement au-dessus de son énorme membre gonflé.

Oh mon Dieu.

Elle allait s'empaler s'il la relâchait. Ses yeux remontèrent pour croiser les siens, les trouvant de nouveau brûlants et totalement enflammés. Ses canines étaient exposées et ses traits étaient durs. Elle n'allait pas pouvoir s'en sortir.

Ses mains couvraient la presque totalité de la surface de sa petite taille. Elles resserrèrent leur emprise sur elle lentement, si lentement que c'en était désespérant. Puis, il l'abaissa sur lui. Evie ferma ses yeux et ne put rien faire pour réprimer le gémissement qui s'échappa d'elle lorsqu'elle sentit le bout de son membre entrouvrir ses lèvres moites et prêtes.

Il attendit là, permettant à Evie de sentir cette intrusion d'une manière qu'elle n'aurait jamais pu imaginer. Elle était poussée à bout, merveilleusement et joliment poussée à bout, mais pas assez. Ce n'était pas assez !

Il bougea de nouveau, l'abaissant encore légèrement. La tête d'Evie se pencha vers l'arrière, exposant sa gorge.

Faites attention, petite. Vous tentez la bête.

Evie n'avait pas de mots pour lui répondre. L'idée qu'elle soit inconsciemment en train de l'agacer était ridicule. Elle aurait donné pratiquement n'importe quoi à ce moment-là pour qu'il la laisse tomber, pour qu'il la prenne entièrement.

Une fois de plus, son rire grave et maléfique résonna dans son esprit. Evie exposa ses dents. Elle baissa la tête et lui jeta un regard furieux, s'attendant à ce qu'il lui renvoie son sourire maléfique. Le regard qu'elle trouva cependant sur son visage en fut légèrement teinté de perplexité.

Vous êtes stupéfiante, déclara-t-il.

Evie fronça les sourcils. De quoi parlait-il, par le diable ? *Roman !*

Puis, son expression changea. Elle devint intense et sérieuse, et Evie retint son souffle.

Il l'abaissa alors subitement et complètement sur lui et se pressa dans son étroitesse chaude et humide, s'enfonçant jusqu'à la garde. La tête d'Evie fut projetée vers l'arrière et ses cheveux bougèrent tout autour d'elle tandis qu'elle poussait un cri qui alla retentir jusque dans les recoins de la caverne. La douleur qu'elle ressentait était merveilleuse. Elle était parfaitement agonisante.

Si remplie…

Il ne lui donna cependant pas le temps de s'y habituer, car il changea de nouveau de position, se retournant avec elle dans le trèfle afin qu'elle se retrouve de nouveau sous lui. Elle sentit la douce verdure sous elle et à sa prochaine inspiration, Roman glissa sa main dans ses cheveux et tira brusquement sa tête vers l'arrière.

Elle sut que ça allait se produire une milliseconde avant que ce ne soit le cas. Les longues canines pointues de Roman s'enfoncèrent de nouveau en elle, allant aussi loin qu'elles le pouvaient. Evie poussa un nouveau cri. La sensation d'être prise si profondément et revendiquée si totalement par un tel homme était indescriptible.

Elle sentit une dangereuse apothéose s'approcher, si intensément agréable, et elle sut qu'elle ressentirait quelque chose de semblable à une explosion, incluant et détruisant tout. Ça continuait de monter en elle, de plus en plus près, prometteur et menaçant à la fois.

Il va me tuer…

Oui, répéta Roman, et elle pouvait sentir sa voix mentale la revendiquer aussi sûrement que son corps le faisait. C'était un mot chargé de pouvoir, prononcé avec de la magie, et il s'enroula autour d'elle en l'attachant fermement comme auraient pu le faire de solides cordes de soie. *Je vais le faire.* Il en fit la promesse et la scella avec son âme. *Chaque fois que j'en aurai l'occasion.*

Puis, il bougea, libérant ses cheveux pour appuyer fermement ses mains sur le sol de chaque côté de sa tête. Ses muscles ondulèrent et se contractèrent tandis qu'il soulevait son corps, ne brisant jamais le sceau qu'il avait formé sur son cou. Il tira et avala son sang de sa gorge tout en sortant lentement d'elle à la hauteur de leurs intimités avant d'y plonger de nouveau. Evie frissonna sous l'effet de l'impact, le sentant plus profondément en elle qu'elle ne l'aurait jamais cru possible.

Il se retira une fois de plus et de nouveau, il y retourna avec force, la revendiquant avec une poussée qui la conduisit encore plus près de son orgasme. Encore une fois, il retira ses canines sauvages de sa gorge tendre, et Evie trembla sous l'effet des sensations qui l'assaillaient lorsqu'il frôlait ses dents le long de la chair de son cou jusqu'à sa clavicule.

Les mains d'Evie s'accrochèrent à la poitrine de Roman, s'émerveillant inconsciemment des larges arêtes sous le bout de ses doigts. Et lorsque les dents de Roman montèrent sur la crête de son sein pour s'arrêter à la barrière de son mamelon douloureux, Evie enfonça ses ongles dans ses muscles, désespérée de se faire libérer de cette tension accumulée.

La bouche de Roman se referma sur son mamelon et les yeux d'Evie s'ouvrirent en vitesse lorsque la pointe d'une de ses dangereuses canines menaça de piquer sa chair tendre. Il suça son mamelon et se souleva pour aller à sa rencontre tandis que des ruisseaux de foudre formaient des arcs électriques entre son sein et son sexe, arrachant un cri de plaisir de sa gorge.

Sa langue caressa de manière experte son petit bouton sensible avant qu'il ne se relève à la vitesse vampirique et remonte le long de son corps pour enfoncer ses longues canines acérées dans son cou pour la troisième et dernière fois.

La dichotomie était trop forte. Evie se cabra sous lui et comme s'il avait su qu'elle se débattait, les mains de Roman se retrouvèrent de nouveau autour de ses poignets, les pressant contre l'herbe sous eux.

Proche… si proche.

La folie montait, le sommet plus près que jamais tandis que Roman allait et venait encore et encore en elle, chaque pouce de son long membre la revendiquant comme étant sienne jusqu'au point de délire. Il aspira son sang plus avidement, tirant contre elle sans retenue. La tête d'Evie se rangea sur un côté, n'ayant nulle part où aller. La douleur grandit encore et encore, et son corps trembla sous le roi des vampires, consumé par une passion qu'il ne pouvait supporter.

Puis, telle une prière exaucée, Roman s'enfonça en elle une dernière fois, poussant profondément et déclenchant les convulsions de bonheur fou qui avaient été tout près pour l'agacer, tout juste hors de portée, jusqu'à maintenant. Elle put sentir la jouissance de Roman telle une éruption de lave, la faisant roussir jusqu'en son centre et intensifiant son propre orgasme lorsqu'il fut enfin atteint. Des vagues déferlèrent sur Evie, l'emportant dans une mer suffocante de plaisir jusqu'à ce que sa dernière goutte de sang soit bue par le roi des vampires.

Elle se sentit mourir à ce moment-là. La mort ne ressemblait en rien à ce qu'elle aurait pu s'imaginer. C'était comme si elle se dépouillait de sa vieille enveloppe charnelle mortelle à la faveur d'une nouvelle enveloppe supérieure à la précédente. Elle ne ressentait aucune faiblesse, aucune douleur, aucune peur.

Elle cria dans l'air de la caverne lorsque son dernier orgasme volcanique lui traversa le corps, sa belle nouvelle voix de vampire devenant rauque sous l'effet de son effort.

Au-dessus d'elle, le roi des vampires se releva comme un dieu et revendiqua ses lèvres avec les siennes, subtilisant le dernier de ses cris et l'avalant dans un baiser qui menaça de ramener Evie tout droit sur le bord du désir.

Son orgasme l'avait dévastée, essorant jusqu'à la dernière once de résistance de son nouveau corps immortel et l'infusant avec un sentiment de calme qu'elle n'avait jamais connu. Cette paix tira un petit soupir frissonnant de sa gorge et obligea ses paupières à se fermer au moment où Roman relâchait ses poignets et caressait doucement ses bras de ses mains pour les positionner autour de sa taille.

Roman détacha ses lèvres des siennes et attira son regard vers le sien. Ses yeux étaient redevenus noirs et Evie vit des étoiles dans leur obscurité infinie. Elle se perdit en eux, flottant dans ce cosmos hypnotique.

Son regard s'attarda au sien pendant de longs moments puis se baissa vers sa bouche. Evie sentit un tic dans ses lèvres. Elle glissa sa langue sur le bout de ses dents, et ses yeux s'agrandirent.

Des canines. Elle avait des *canines*.

Elles étaient nouvelles, petites et très pointues.

Roman sourit au-dessus d'elle. C'était un sourire chaleureux, accueillant et fier. Evie hésita seulement un court moment avant de lui rendre son sourire, lui révélant ce qu'il lui avait donné.

Roman sembla stupéfait pendant un instant. Son sourire hésita puis son expression devint abasourdie. *Evie,* dit-il dans un murmure d'émerveillement. *Mon Dieu. Tu es parfaite.*

Le sourire d'Evie s'agrandit. En matière de compliments, le roi des vampires était imbattable. Elle glissa sa langue sur ses dents de nouveau et éprouva un nouveau genre de frisson. Tout à fait inopinément, elle ressentit une forte envie soudaine de ramener Roman contre elle et d'enfoncer ses nouvelles canines dans son cou puissant ; c'était une envie automatique et qui lui procurait une certaine excitation.

Elle ne passa cependant pas à l'action. Peut-être plus tard.

Puis, les yeux de Roman s'obscurcirent. L'aura autour de lui s'intensifia, passant d'un émerveillement évident à une faim flagrante en un temps record.

Chaque fois que j'en aurai l'occasion, lui répéta-t-il, permettant à la profonde et sombre promesse qu'il lui avait faite plus tôt de bien s'enregistrer dans son esprit. Evie posa ses paumes sur sa poitrine avec l'intention de mettre une certaine distance entre eux, mais elle n'alla pas bien loin. Roman était toujours profondément logé en elle et lorsqu'il bougea, la sensation obligea Evie à devenir immobile, son souffle se faisant difficile et son corps frissonnant encore de ses premières sensations intimes de vampire.

Que Dieu me vienne en aide, pensa-t-elle tandis que là, devant ses yeux, le regard du roi des vampires passait du noir au rouge brûlant une fois de plus. La nuit serait très longue.

ÉPILOGUE

Trois mois plus tard

— Sur un échiquier, la reine est toujours plus puissante que le roi, expliqua Lalura en marchant lentement à côté de Roman. Ses pouvoirs continueront de croître.

— C'est déjà le cas, indiqua-t-il en souriant. Elle m'a lancé mes vêtements ce matin, ajouta-t-il en riant sous cape. Par télékinésie.

Lalura hocha la tête.

— Elle est déjà une voyante convaincante. Elle aura bientôt toutes vos capacités et plus encore, heureusement pour elle. Sinon, ce globe là-bas aurait pu poser problème, dit-elle en soulevant sa canne et en pointant le soleil lumineux dans le ciel.

Ils marchèrent en silence dans le jardin bourgeonnant du printemps pendant un moment, le bras de Lalura accroché à celui de Roman. C'était une chaude journée et une douce brise soufflait. Lalura Chantelle était d'une humeur calme, comme c'était le cas chaque fois qu'ils marchaient dans ses jardins. Il savait que ces derniers lui rappelaient de quelqu'un. Quelqu'un qu'elle avait perdu il y avait très longtemps.

De temps en temps, la vieille sorcière s'arrêtait et se penchait avec grand soin pour effleurer du bout de ses doigts les nouveaux pétales d'une fleur ou pour en humer le parfum.

— Avez-vous parlé aux Treize de ma vision ? demanda-t-elle, connaissant fort probablement déjà la réponse.

— Je l'ai fait.

— Je l'avais présumé, admit-elle, confirmant ce qu'il pensait. Ça fait un moment, mais j'ai supposé que vous aviez besoin de temps.

Ils se remirent en marche et furent silencieux pendant plusieurs minutes avant qu'elle ne reprenne la parole.

— Et que ferez-vous de votre loi maintenant ? demanda-t-elle.

— Elle a été révoquée, répondit-il.

Lalura s'arrêta et se retourna lentement pour lui faire face, sa petite silhouette bossue se dépliant pour croiser son regard perçant.

— Les Chimères peuvent donc transformer un mortel en vampire si elles le souhaitent ? demanda-t-elle, sans doute de nouveau au courant de la réponse qu'il allait lui donner.

Il ne se passait pas grand-chose dans le monde surnaturel sans qu'elle ne le sache.

— Oui.

Elle arqua un sourcil.

— Et vous faites confiance aux représentants de votre peuple pour qu'ils fassent des choix judicieux, n'est-ce pas ?

Roman respira à fond et y réfléchit.

— Je dois le faire, souligna-t-il doucement. Je crois que les Chimères sont bonnes, pour la plupart.

— Que ferez-vous lorsqu'un autre vampire échappera à votre loi ? Ou transformera quelqu'un avec qui il ou elle n'est pas censé être ?

— Je devrai traiter chaque cas sur une base individuelle, avança-t-il.

Il y avait longuement réfléchi et au final, ce n'était pas juste de demander à son peuple de vivre pendant une éternité sans partenaire lorsqu'il venait tout juste de choisir de faire le contraire. Il y aurait des répercussions, mais il y veillerait.

Il y eut un petit bruit furtif sur leur gauche. Roman sourit et se retourna pour faire face au sentier qui menait au reste des jardins du manoir. Il avait pressenti son arrivée. C'était comme une sensation de chaleur dans son sang, un réconfort qui ne pouvait pas être nommé. Il se sentait entier quand elle était près de lui. Complet. Il était étonné de ne pas avoir su qu'il avait été brisé pendant 3000 ans.

Elle apparut devant ses yeux comme un rêve, vêtue d'une robe d'été blanche, ses longs cheveux épais détachés brillant sous la lumière du soleil. Le monde ralentit pour lui, transformant chaque seconde en année, et il profita de ces heures supplémentaires pour mémoriser chaque détail.

Ma reine, pensa-t-il sans voix, abasourdi de constater à quel point son cœur se serrait et accélérait la cadence en même temps.

Elle lui décocha un sourire et lui coupa le souffle.

Mon roi, rétorqua-t-elle de sa belle voix qui cajola son esprit et son corps comme une berceuse.

Il la regarda s'approcher de lui, chaque pas étant la représentation même de la grâce et de la perfection. Puis, il comprit quelque chose. Il ne s'y habituerait jamais. Pas dans 3 autres mois, pas dans 300 ans.

Pas dans 3000 ans.

Il l'aimait un peu plus chaque jour, et si la manière dont elle lui souriait était une indication quelconque, Evelynne D'Angelo ressentait la même chose.

* * *

Ramsès se retourna pour faire face à la porte quand le Chasseur entra. Le jeune homme fit une petite révérence et prit la parole.

— Mon Seigneur, il y a une jeune femme ici qui veut vous voir.

Le regard de Ramsès se plissa.

— Oh?

Le Chasseur inclina la tête.

— Elle est d'une façon ou d'une autre parvenue à trouver le quartier général toute seule, mon Seigneur. Nous ne savons pas comment elle y est arrivée et elle sait exactement qui nous sommes. Elle prétend cependant qu'elle a de l'information qui vous mènera au roi des vampires.

Ramsès cligna des yeux puis il se redressa.

— Faites-la entrer, ordonna-t-il doucement.

Le Chasseur se retourna et quitta la pièce, laissant Ramsès seul une fois de plus. Il baissa le regard vers le téléphone qu'il tenait en main. Il y regardait des photos; des images de Dannai Caige et de son mari, Lucas. Lucas était un loup-garou.

Ramsès eut beaucoup de matière à réfléchir.

Il leva les yeux de nouveau puis ferma le téléphone en un clic avant de le mettre dans sa poche au moment où le son des talons s'approchait de son embrasure.

— Seigneur Ramsès, le salua la femme alors que sa silhouette féminine occupait l'embrasure.

Elle croisa ses bras sur sa généreuse poitrine et s'appuya contre le montant de la porte, ses yeux glissant sur le corps de Ramsès avec un intérêt évident, ainsi que du désir.

Ramsès sut immédiatement qu'elle n'était pas humaine. Elle était belle, grande et souple, et son corps dégageait une grande impression de sensualité. Il y avait une lueur dans ses yeux bleu foncé qui était totalement surnaturelle.

Il attendit.

— J'ai apporté un cadeau, dit-elle.

Elle se repoussa du montant de la porte et décroisa ses bras. Elle agita sa main et un disque compact dans un étui transparent apparut sur la table ronde métallique à côté de Ramsès.

Ramsès y jeta un bref coup d'œil. Elle était une sorcière, une femme-sorcier ou une vampire. Il réduisait les options.

— Qu'est-ce? demanda-t-il, toujours du genre à aller droit au but.

— Le roi des vampires a pris une reine, expliqua-t-elle, puis quelque chose de maléfique apparut brièvement sur ses jolis traits de porcelaine. Cela vous aidera à les trouver tous les deux.

Ramsès l'observa pendant un instant, l'examinant soigneusement. Son regard vif détecta de la jalousie dans ses yeux aussi aisément qu'il aurait remarqué une empreinte dans la neige.

— Pourquoi êtes-vous disposée à faire cela? demanda-t-il en connaissant déjà la réponse.

— La nouvelle reine a pris quelque chose qui aurait dû être à moi, souligna-t-elle simplement. Quelque chose de très précieux à mes yeux.

Les lèvres de Ramsès tiquèrent, sur le point de sourire.

— Je vois.

Le regard de la femme se plissa.

— Ne gaspillez pas l'information, insista-t-elle. Elle n'a pas été facile à trouver.

Elle se retourna pour partir, mais avant qu'elle ne puisse disparaître, Ramsès libéra une décharge de son pouvoir, l'attirant tout près de lui.

Elle figea sur place et il l'entendit inhaler brusquement. Elle se retourna lentement sur place, son expression beaucoup moins sûre d'elle-même qu'elle l'avait été un moment auparavant. Elle n'était plus tout à fait sûre de savoir à qui elle avait affaire.

— Je veux votre nom, exigea-t-il.

Ce n'était pas une demande. C'était simplement un ordre.

La femme avala sa salive avec difficulté. Sa gorge s'était asséchée. Elle hocha toutefois la tête à une reprise puis elle le révéla.

— Ophélia.

Ramsès absorba le nom.

— Merci, dit-il.

Ophélia attendit le temps de quelques battements de cœur, puis elle se retourna et le laissa seul une fois de plus.

FIN

NE MANQUEZ PAS LA SUITE

PROLOGUE

Le métal de l'arme à feu glissa sous la prise humide de Steven. Ce n'était pas censé arriver. Il n'était jamais censé se retrouver dans cet état, couvert de sueur et terrifié, sans avoir la situation — ou son arme à feu — bien en main.

Lorsque la fenêtre arrière vola en éclats, explosant vers l'intérieur dans un fracas de verre brisé, Steven ne se leva cependant pas de là où il était accroupi entre le canapé et la petite table renversée. Il ne se leva pas pour faire face à son ennemi. Pas cette fois.

Il apprenait. La leçon était difficile, rapide et irréelle, mais l'esprit de Steven était celui d'un policier entraîné et il savait quoi faire en dépit de la nature impossible de ce à quoi il faisait face : absorber l'information et l'assimiler.

Il serait un homme mort s'il se levait et décidait d'affronter cet adversaire. Il ne vivrait pas assez longtemps pour voir le soleil se lever. Son seul espoir était de sortir de la maison et de s'en éloigner le plus possible, aussi *rapidement* que possible. Donc... il n'avait réellement aucun espoir.

Steven ferma ses yeux et déglutit avec difficulté quand il entendit des bruits de pas traverser lentement le carrelage de la cuisine. Le verre éclata et craqua sous une paire de bottes, et un filet de sueur coula vers l'œil de Steven. Ses respirations étaient soudainement criardes et elles menaçaient de perturber le silence. Il tenta de les contenir dans ses poumons. *Il va m'entendre*, pensa-t-il.

— Vous êtes un petit humain courageux, dit son assaillant, ses mots teintés d'un léger accent recélant un plaisir évident. Je dois vous l'accorder.

Steven essuya très soigneusement la sueur de son front et tourna vite son regard vers la porte de la salle de séjour. Elle était à six mètres de lui et c'était la distance qui le séparait d'une possible liberté.

— Vous êtes dans mon chemin, détective, indiqua la voix.

Elle était plus proche maintenant et le bruit des bottes indiquait clairement la distance qui les séparait.

— Avez-vous une idée du nombre de petites merdes comme vous qui ont tenté de se mettre sur ma route au cours de ma vie ?

Steven examina ses options. Il lui restait 11 balles dans son chargeur, mais les 4 premières balles avaient été tirées à bout portant dans la poitrine de son assaillant sans produire le moindre effet.

— Des milliers, continua la voix.

Elle éclata d'un rire sinistre et grave qui eut pour effet de faire dresser les poils des bras de Steven et de remplir son ventre de plomb.

— *Des milliers.*

Steven essaya d'ignorer la voix. Quelle autre option avait-il ? Son téléphone était sur le comptoir de la cuisine. *Inutile.* La maison était éloignée de la route et le voisin le plus proche se trouvait à une trentaine de mètres de là. Personne n'avait fait part de son intention de lui rendre visite. Il était seul.

— Elle va renter à la maison et vous trouver dans une mare de sang sur le plancher de la salle de séjour, détective, poursuivit son ennemi quand il se pointa sur le seuil de la salle de séjour. Puis, sa détresse la rendra faible.

Le cœur de Steven martela dans sa poitrine. Son regard se plissa et son estomac se noua. La voix continua de rire, projetant de la douleur dans la mâchoire de Steven tandis que ses dents se serraient avec suffisamment de force pour faire craquer une de ses molaires.

— Et elle sera mienne.

Toute la raison, toute la logique et tout ce que Steven avait pu apprendre à ce jour s'unirent pour rendre une décision partagée séance tenante.

Il n'allait pas s'en sortir vivant.

Le mieux qu'il pouvait espérer était de donner à Siobhan une chance de faire ce qu'il ne pouvait pas faire. *S'évader.*

Steven se leva depuis l'arrière du canapé et se retourna tout comme le fit le démon. Ils étaient face à face à se regarder directement dans les yeux. Le regard rouge du démon se posa brièvement sur l'arme à feu dans la main de Steven et il sut ce que ce dernier allait faire, cette connaissance visible sur les traits magnifiques, mais oh combien trompeurs de son visage. Le détective avait appris sa leçon la première fois.

Le démon contre-attaqua au moment précis où Steven souleva son bras en appuyant sur la détente. La grande silhouette du détective se retrouva enveloppée de furieuses flammes rouges tandis qu'il déchargeait ses 11 balles restantes dans le visage de son adversaire.

Sur la pelouse extérieure, un gros chat roux observait la maison avec ses grands yeux jaunes. Sa queue tiqua lorsqu'une fenêtre éclata et que des flammes en sortirent pour venir embrasser la température décroissante de la nuit.

Le chat produisit un étrange miaulement, puis inclina sa tête légèrement sur le côté avant de soulever son menton pour observer une bouffée de fumée rouge s'élever de la cheminée de la maison enflammée avant de disparaître dans la nuit.

Une seconde plus tard, tandis que les sirènes hurlaient à la vie au loin et que la maison crépitait vivement et de tous ses feux, le chat roux se retourna et s'esquiva en vitesse, disparaissant lui aussi.

* * *

Thanatos, qui se faisait appeler Thane la plupart du temps, s'agenouilla à côté de son dernier projet et glissa son bras sur son front. Il n'était habituellement pas embêté par la température ou le climat ; tous deux glissaient sur lui comme sur un fantôme. Mais aujourd'hui, il n'était pas en grande forme.

Le roi des fantômes pouvait passer beaucoup de temps sans dormir. Des jours, des semaines ou même des mois. Mais de temps à autre, l'énergie qui faisait de lui qui il était et ce qu'il était avait besoin d'être renouvelée. Il avait donc dormi la nuit dernière, et les rêves étaient alors venus.

Il s'était retrouvé debout dans le désert, seul comme à son habitude. L'air avait changé, devenant plus sombre, puis des carreaux s'étaient dessinés sur le sol, comme un immense échiquier. Une silhouette était apparue au loin, définie par l'horizon. Il avait pu voir ses longs cheveux être balayés par le vent et ses reflets ressembler à des flammes sous l'éclat du soleil. Il n'avait cependant rien pu voir d'autre, malgré la vitesse à laquelle il avait couru vers elle et la durée de son rêve.

Il se demanda s'il y avait là un lien avec les 13 rois et 13 reines dont le roi des vampires leur avait parlé lors d'une réunion quelques mois auparavant. Il se le demanda… mais tenta de ne pas trop y penser, car de telles pensées pouvaient rendre un homme cinglé.

Il se retrouvait maintenant entier de nouveau sur le plan physique après une nuit remplie de rêve, mais il était épuisé mentalement. C'était une nouvelle sensation pour lui et il se sentait facilement irritable et même *méchant*.

Thane pinça l'arête de son nez et ferma ses yeux, puis il sentit la présence derrière lui de la même façon dont il la ressentait toujours, ou presque. C'était une perturbation dans l'air, une sensation instable, comme si le vent se préparait à prendre une inspiration avant de se mettre à souffler.

Thane fit alors ce qu'il faisait toujours quand il ressentait cette perturbation particulière. Il rangea l'outil qu'il avait alors en main dans la boîte à outils à sa droite puis il se leva, se dressant à sa pleine taille impressionnante avant de tendre la main vers le chiffon sur le dessus de son banc de travail pour essuyer ses mains couvertes de graisse.

Il se tourna ensuite vers l'obscurité poussiéreuse et relativement fraîche de son garage et attendit tandis que l'air devant lui miroitait, se déformait et se séparait.

Les scientifiques de génie avaient visé juste lorsqu'ils avaient prétendu que tout était relatif. Le *temps* était relatif. Particulièrement ici, dans le royaume de Thanatos.

C'était le purgatoire, une couche désolée de réalité, clairsemée, désespérée et sèche. C'était du moins le cas en ce moment. Il semblait changer avec le temps, devenant le reflet de l'homme qui y régnait. Et puisque Thanatos avait été de cette humeur pour plusieurs des derniers siècles, c'était aussi cette humeur qui se dégageait de son plan. Le vaste désert s'étirait à perte de vue, ses frontières éloignées se mêlant à celles du plan astral et aux vagues frontières inconcevables de la réalité.

C'était la terre des âmes perdues, l'endroit où les esprits venaient mourir.

Le royaume de Thane accueillait chaque « essence » de chaque être humain qui avait connu une mort inopportune et injuste dans le monde matériel. Et parce qu'il y avait simplement un trop grand nombre de ces décès en raison des guerres et des homicides, le temps fonctionnait différemment dans le purgatoire. Il s'allongeait, transformant les secondes en jours et les années en siècles.

En tant que roi des fantômes, Thane dominait ce cercle temporel sur lequel la physique quantique n'avait pas d'emprise et traitait avec la pléthore de morts injustes sur une base individuelle.

C'était ce qu'il faisait maintenant.

L'air dans le garage devant lui cessa de s'entrouvrir et une silhouette humaine s'amalgama dans cette fente étrange aux allures de portail. Elle crépita et miroita avant de prendre une forme mâle solide, debout sur ses pieds bottés juste devant Thane, avant que l'air autour d'elle ne se referme une fois de plus, remplissant l'espace avec le son du tonnerre.

Thane y était habitué, mais ce n'était bien sûr pas le cas pour cet esprit. Le roi des fantômes observa et attendit patiemment tandis que cet homme nouvellement formé plaquait ses mains sur ses oreilles et se baissait rapidement d'un geste réflexe.

L'homme se redressa lentement quelques secondes plus tard, puis il baissa ses mains et regarda Thane et le garage autour de lui avec des yeux franchement terrifiés.

Thane fronça les sourcils. Il y avait quelque chose de familier à propos de cet homme. Ce n'était pas que Thane le reconnaissait de quelque part. C'était plutôt la signature de l'énergie qui était véhiculée par son corps. Comme une aura. Il était certain de l'avoir déjà ressentie quelque part auparavant.

— Où suis-je? demanda l'homme. Et qui êtes-vous, par le diable?

Sa voix était rauque et légèrement enrouée, comme s'il venait tout juste de crier à tue-tête. L'expérience de Thane lui permettait de savoir qu'il venait de livrer un combat. Il était également habillé des pieds à la tête et si Thane ne se trompait pas, il dégageait une petite odeur de feu.

Son regard argenté se plissa.

— Ne me dites pas que quelqu'un vous a incendié.

C'était là la seule chose qui aurait été un tant soit peu logique. C'était toutefois un étrange moyen de tuer quelqu'un.

L'homme devant lui continua de le fixer du regard et Thane eut l'occasion de le regarder sous toutes ses coutures. Il était manifestement Américain, étant donné ce qu'il avait déjà dit et l'accent qui avait teinté ses paroles. De plus, la magie de Thane lui donnait toujours des informations de base au sujet d'un esprit lorsque l'un d'entre eux apparaissait dans son royaume. Celui-ci avait grandi en tant qu'orphelin et n'avait plus aucune famille vivante. Il était le dernier de sa lignée.

Il était grand et bien bâti, avec des allures de dur.

— Vous êtes un flic, n'est-ce pas? raisonna tranquillement Thane.

L'homme avala sa salive avec difficulté et se redressa.

— Je suis mort, n'est-ce pas?

— J'ai posé ma question en premier, insista Thane en essayant de ne pas sourire.

Il n'avait *vraiment pas* beaucoup d'occasions de s'amuser dans son domaine et encore une fois, il se sentait méchant. Il y avait également quelque chose à propos de cet homme qui l'agaçait.

L'homme le regarda en silence pendant plusieurs longs moments de contemplation; des moments que Thane étirait par magie dans la ligne du temps à venir. Après tout, une autre victime de meurtre allait faire son entrée d'une minute à l'autre.

— Détective, corrigea l'homme en se redressant encore un peu et en tentant manifestement de reprendre la maîtrise de ses facultés. Détective Steven Lazare.

Thane hocha la tête à une seule reprise.

— Et maintenant, je vous en prie, dites-moi si je suis mort, continua le détective, l'air désespéré.